I Canguri

Feltrinelli

Peppe Lanzetta

Giugno Picasso

Prima edizione ne "I Canguri" maggio 2006

ISBN 88-07-70175-8

Alla memoria di mia madre

Ho sempre sognato molto. Sono stanco di aver sognato, ma non sono stanco di sognare.

FERNANDO PESSOA

I mostri figlianti e i mostri figliati
Rimpiangono allegri i giorni passati
Ché non erano mostri e non erano nati.

MAURIZIO BARBATELLI

Non ci sono state immagini per lungo tempo. Solo la notizia. Che l'Oceano Indiano ha cancellato isole, coste, villaggi. L'onda enorme dello tsunami è arrivata fino in Somalia.

Ora qualcosa si riesce a vedere. Passano immagini spaventose. Chiudo.

Mi stendo sul letto.

Bastardo! Bastardo! Lo conosco quel mare. Anche quello ho conosciuto, tanti anni fa.

La mia casa di Stromboli fu visitata dal mare nel dicembre del 2002. Un piccolo tsunami... E io non c'ero. Ma la storia che mi ha portato fin qui comincia prima.

Riaccendo il televisore. Continuano a passare le stesse immagini. Come sempre quando il mondo fa le prove della sua fine. Questa è una catastrofe che mi riguarda più da vicino.

Portici, dicembre 2004

1.

ARRIVANO GLI DÈI

Tirava vento. Il cielo era pulito. Sulla piazza di San Vincenzo il carro funebre si fermò nerissimo contro tutto quell'azzurro. La folla si aprì per lasciar passare la bara. Fra i portatori don Alfonso riconobbe Edoardo Laganà, l'uomo di fiducia del barone Condrò. Non poteva che essere lì. Edoardo, tutto zigomi e magro magro dentro il vestito scuro di circostanza, era stato per anni al servizio del barone prendendosi cura di lui e della villa di Stromboli con scrupolo e dedizione filiali.

Don Alfonso avrebbe volentieri accompagnato il feretro in chiesa, ma era in arrivo la nave da Napoli e voleva essere al porto per tempo. Si chiedeva cosa sarebbe stato della grande dimora del barone e, più in generale, come sarebbe stata divisa l'eredità. Era risaputo che gran parte delle sue rendite venivano dalle terre che possedeva in Sicilia, nel Messinese e soprattutto nella Val di Noto: ettari ed ettari di terra fertilissima riconvertita alla coltura di alberi da frutto. In continente poteva inoltre contare su redditizie partecipazioni in grosse imprese dell'industria conserviera. Mischiata alla folla, don Alfonso mise a fuoco anche la sagoma di Annabella Condrò. Era tra le poche donne a non portare scialle o foulard nero. Bastava la chioma lunghissima, scompigliata dal vento rabbioso, a velarla. Poco distante Luca Condrò, il primogenito, dava ordini. Prima di prendere la strada per il porto, don

Alfonso vide il figlio del barone confabulare con il sacerdote davanti al portone pieno d'ombra della chiesa. La bara carica di fiori ondeggiava immobile e la gente sembrava accalcarsi intorno a quelle due figure per sapere cosa sarebbe successo.

"Torno più tardi," pensò don Alfonso, e accelerò il passo verso l'Ape posteggiata vicino alla balaustra della piazza per proseguire verso il porto. Il ronzio del motore lo accompagnò per il serpeggiare della via, giù fra le case, in mezzo al raro passeggio dei turisti, fino all'ampia spianata della spiaggia.

Don Alfonso amava la vita e aveva scelto un'isola per continuare a vivere.

Per più di trent'anni aveva fatto il marinaio: era passato da imbarco a imbarco, prima sui mercantili e poi sulle navi della flotta Lauro, l'*Achille* e l'*Angelina*. Con i soldi della liquidazione poi si era comprato una casa a Stromboli. E da lì continuava a sognare con lo sguardo rivolto al mare.

La casa era composta da due corpi, nei quali – con il tempo e un piccolo investimento – don Alfonso aveva ricavato otto camere. Due grandi terrazze con panche in muratura e colonne mozze guardavano verso il mare di Ficogrande. Una ripida scala esterna dalle massicce balaustre colorate di rosa portava al piano superiore. Sul resto della muratura, tirato a calce, bianco, bianchissimo, spiccava sgargiante una superba buganvillea, violenta come una passione, delicata e forte come una presenza femminile.

Don Alfonso aveva tenuto per sé due stanze che si affacciavano sulla terrazza più grande. Sotto la pergola aveva sistemato un lungo tavolo intorno al quale, nelle sere d'estate, si riunivano ospiti e amici. In un angolo giaceva ammucchiata da anni una vecchia rete, ricordo di chissà quale lontananza.

Nella cucina che sapeva di pesce c'era anche un piccolo forno a legna per il pane, ma lui aveva rimesso in funzione quello esterno che biancheggiava, minuscola moschea, fra i due corpi della casa. Sul fronte che dava verso strada, e verso le pendici del vulcano, prosperava un orto piccolo ma rigoglioso: una palma maestosa ombreggiava un fazzoletto di terra dove don Alfonso cercava testardamente di far crescere un prato e che tornava utile nei mesi estivi, complice l'ampia chioma dell'albero, per guadagnare se non la frescura almeno il ristoro dell'ombra. Da questo piccolo giardino si entrava nella camera da letto di don Alfonso, traboccante di ninnoli, souvenir, oggetti piccoli e grandi che arrivavano da paesi lontanissimi o da porti del Mediterraneo.

C'era di tutto, in quella camera. Perché tutto gli serviva per ritrovare i suoi tempi, i suoi odori, quel misto di passato e presente che era la sua vita. E vi si respirava un'aria salmastra, le tracce dei suoi percorsi marini sembrava fossero lì a ricordargli l'uomo di mare che era stato. Su un ripiano della libreria giacevano mucchi polverosi e disordinati di fotografie e vecchie cartoline raffiguranti alcune navi della flotta Lauro: la *Napoli*, la *Surriento*, ma soprattutto l'*Achille* e l'*Angelina*. Tutti sapevano che don Alfonso non aveva bisogno di molto per vivere: gli bastava quello spazio e ciò che conteneva. Perché si era portato dentro il mare, così diceva. E il mare gli dava la misura della proprietà, dei rapporti umani, delle parole da spendere. Il mare l'aveva sempre tenuto lontano da qualcosa. Quando si era imbarcato per la prima volta aveva assaporato questa sensazione di permanente distanza e anche ora, nella sua isola, tornava a riconoscerla come un destino.

La stanza era piena di banconote di paesi lontani incorniciate, fiches rubate in chissà quale casinò. Da una scatola di vecchie fotografie spuntavano volti e sorrisi di ragazze, dediche. E poi cavallucci marini, conchiglie, bottiglie di colonia ormai vuote. Su tutto polvere, polvere ovunque: sugli oggetti e sui manuali di navigazione, sulle mappe, sulle cartoline e sulle fotografie scattate a Rio, Salvador, New York, Buenos Aires.

Sulla parete di fronte al letto, dipinta di azzurro, spiccavano un grande manifesto di Carlos Gardel, il re del tango, e i ritratti di altri celebri tangueros, in omaggio a quella che don Alfonso definiva la sua patria di elezione: l'Argentina. In paese infatti lo chiamavano l'Argentino, oltre che il Marinaio.

Nel primo cassetto del comò, sul quale torreggiava una pila di libri, nascosto sotto le calze appallottolate c'era un diario. Un quaderno dalla copertina di tela logora, con le pagine di carta pesante, color paglierino.

Don Alfonso non vedeva il figlio da quasi un anno, quell'inverno aveva saltato la consueta visita durante le vacanze di Natale. Omar gli aveva annunciato che sarebbe arrivato insieme a un amico. "Sarà il benvenuto," aveva risposto lui, e non aveva chiesto altro. Mentre la sua Ape gialla percorreva l'ultimo rettilineo, la nave cominciava le operazioni di attracco. Ebbe tutto il tempo di bere un caffè e fumare una sigaretta. Sapeva che la presenza di Omar l'avrebbe costretto a uscire più spesso, a ridere più spesso, a parlare più spesso, e di tutto ciò era grato al figlio. Con gli occhi fissi sulla sagoma immobile della nave, don Alfonso pregustava il prossimo uscire dal guscio. Quando i due ragazzi sbucarono sulla passerella, ebbe un colpo al cuore. Gli capitava sempre così, perché a ogni sbarco leggeva nella figura del figlio un cambiamento, lo splendore cangiante della giovinezza. Omar era ormai un uomo, alto, sottile, e tuttavia non privo di una scultorea muscolatura. Ora avanzava lento con una sacca sulle spalle, e sorrideva. Don Alfonso avrebbe voluto abbracciarlo stretto Omar, sentire quella parte di sé riattaccarglisi addosso.

"Lui è Pablo, papà," disse Omar facendo cenno con la testa verso il giovane che si era fermato qualche passo più indietro, lasciando cadere un borsone floscio.

"Benvenuto a Stromboli," disse don Alfonso tendendo la mano. Pablo rispose con uno sguardo cortese e tuttavia intensissimo. Manteneva le distanze, ma non rinunciava a una premessa di intesa. Don Alfonso non sapeva cosa aggiungere: l'emozione di avere di nuovo Omar con sé e l'apparizione di Pablo l'avevano quasi ammutolito. La giovinezza e la bellezza latina di Omar sembravano trovare una sorta di eco luminosa, un riverbero esaltante, nella solarità di Pablo. "Due messaggeri degli dèi," pensò don Alfonso, e si sentiva fiero di percorrere la passerella insieme a loro. "Messaggero con gli zoccoli," si corresse don Alfonso, e avvertiva un che di familiare e allarmante nella camminata dell'amico del figlio. Teneva il braccio destro intorno alle spalle di Omar e cercava parole che non gli salivano alle labbra.

"Pablo è nato a Barcellona, ma la famiglia della madre è italiana," sentì che diceva Omar mentre procedevano lentamente sotto il sole, in mezzo alla folla del nuovo arrivo.

"Barcellona," ripeté meccanicamente don Alfonso, "Barcellona. Ne abbiamo una anche in Sicilia, di Barcellona."

"Parla benissimo italiano," continuò Omar. Pablo ascoltava e sorrideva: e il suo era un sorriso spremuto agli angoli della bocca, uno sciamare di rughette sulla pelle abbronzata sotto la cascata dei capelli biondo sporco. C'era in questa simpatia fisica di Pablo una confidenza con il mondo e insieme un'alterezza che confondevano. Se Omar pareva piegare la luce dello sguardo dentro di sé, Pablo la portava tutta fuori. Era evidente: don Alfonso avvertì subito questo gioco fra interno ed esterno, ma nel breve lasso di tempo di quella camminata riuscì solo a riconoscere una sorta di timido imbarazzo nei confronti della fisicità di Pablo.

Fu solo quando arrivarono davanti all'Ape gialla posteggiata vicino al bar del porticciolo, che finalmente tornò al pieno possesso di sé e prese a parlare con il figlio. Pablo ascoltava seduto su un muretto, giocherellando con la zip del borsone e lasciando dondolare gli zoccoli sui piedi. Era come se aspettasse il suo turno con tranquilla pazienza.

"Pablo dipinge," disse Omar tracciando un segno nell'aria.

"Dove sono gli strumenti?" chiese don Alfonso ripetendo il gesto di Omar.

"Viaggio senza," rispose Pablo agitando la mano nel vuoto come se cancellasse i segni immaginari lasciati dagli altri due.

Lo sbarco era finito e i gruppi di turisti andavano prendendo il lungo rettilineo del porto. Con uno schianto metallico il ponte della nave-traghetto si richiuse.

"È morto il barone Condrò," disse infine don Alfonso, e lo disse mentre dalla strada che curvava dentro l'abitato spuntava il corteo funebre.

Era sorpreso: non immaginava che il corteo sarebbe passato di lì, ma Luca Condrò aveva voluto che suo padre scendesse per l'ultima volta fino a quel porto che così spesso l'aveva visto arrivare e poi ripartire. Don Alfonso, che si era ripromesso di partecipare alla cerimonia, prese Omar per un braccio e lo pregò di avviarsi verso Ficogrande da solo. Gli avrebbe lasciato l'Ape per caricare i bagagli. "Se vuoi restiamo con te," disse Omar, e raccolse un cenno d'assenso da Pablo.

"No, vado io. Tu fai gli onori di casa," rispose don Alfonso, e si allontanò con il suo bel passo da marinaio in terra. A metà strada fra il porticciolo e il corteo funebre, che ora girava su se stesso riprendendo la strada per la chiesa, si volse indietro a salutare i due ragazzi immobili sotto il sole davanti alla banchina ormai deserta.

Faticò non poco per arrivare vicino a Edoardo, che con espressione assente ora si trascinava al seguito del feretro. Camminarono insieme, abbracciati come due fratelli silenziosi. I turisti che venivano dal porto si erano confusi nel corteo macchiando di colori estranei il lento fluire di figure in abiti scuri.

"Ci vieni a Ficogrande, appena te la senti?"

Edoardo fece di sì con la testa.

"Me lo prometti?"

"Promesso, promesso," e scoppiò in lacrime.

Poco più in là, Annabella aveva gettato per terra un mozzicone di sigaretta e lo schiacciava sotto la scarpa. Accanto a lei, un ragazzo alto e impettito che don Alfonso non aveva mai visto prima. "Il nuovo fidanzato," pensò, quello di cui gli avevano parlato. Non era così strano vederla ogni volta con un uomo diverso, ma era strano – ora gli sembrava evidente – che non fosse stata una toccata e fuga. La morte del padre – non certo imprevedibile, con il cuore che si ritrovava – era comunque arrivata all'improvviso. Annabella dunque era rimasta sull'isola almeno una decina di giorni. Adesso era lì con gli occhi gonfi, bella e pallidissima.

"È arrivato Omar," sussurrò nell'orecchio a Edoardo.

"Salutamelo," fece l'altro senza guardarlo.

Luca Condrò si trasse velocemente fuori dal corteo funebre e avvicinò un uomo corpulento che si reinfilò subito la giacca appena appoggiata sulle spalle. Gli occhi cilestrini da normanno del nuovo barone Condrò si intorbidarono subito come se le due parole che gli erano state soffiate nell'orecchio l'avessero messo di malumore. Reagì sollevando l'indice della mano destra come volesse mettere in guardia l'interlocutore. Poi riguadagnò il corteo e, aprendosi strada con mala grazia, raggiunse Edoardo e gli disse a bassa voce ma in modo tale che i più vicini sentissero: "Laganà, stasera ci sono ospiti in casa. Si dia da fare. Faccia ordine. Abbiamo lasciato entrare tutti e adesso la villa è un letamaio". Fece per allontanarsi, ma poi ebbe un ripensamento: "A me i parassiti non piacciono". Tornò allora in testa al corteo cercando di evitare la sorella e l'uomo che le stava a fianco.

"Del parassita mi ha dato," fece Edoardo tirando su col naso. "Si è permesso."

Don Alfonso si ripropose di parlare con il giovane Condrò: forse non aveva idea di cosa fosse stato Edoardo per il padre. O forse lo sapeva benissimo. Ma don Alfonso avrebbe trovato la maniera giusta perché Edoardo godesse di maggior considerazione. E ne avrebbe parlato anche all'amica Régine. Sapeva che lei conosceva il giovane avvocato e il vecchio barone. Ma che Régine non fosse al funerale non meravigliava nessuno. Detestava le cerimonie funebri.

Luca Condrò continuava a muoversi lungo il corteo. C'era un nuovo nervosismo nella sua persona, una specie di elettricità che irradiava dal palmo largo delle mani, dall'andatura a scatti, dalle improvvise immobilità.

Sarebbe diventato l'erede di una grossa fortuna, il padre gli aveva aperto uno studio, gli aveva costruito intorno ottime relazioni, e aveva riposto in lui quella fiducia che, come tutti sapevano, la figlia femmina si era mangiata, pezzo a pezzo.

Il feretro superò la soglia della chiesa e, seguendolo, don Alfonso ebbe la sensazione di precipitare nel buio. Ascoltò la messa, il breve discorso di Luca, le raccomandazioni del parroco ai figli. Una lama di sole attraversava la navata e cadeva in un angolo deserto della chiesa.

"I figli, i figli," ripeteva don Alfonso fra sé, e si trovò a immaginare la cena che avrebbe preparato per Omar e il suo amico. "Stavolta ci devo parlare con questo figlio mio." E mentre così pensava, scrutava il volto poco lontano di Annabella Condrò, che aveva avuto una giovinezza travagliatissima, sgangherata, sofferta, e che sul padre, sempre chiuso in villa o nel palazzo di Messina, aveva potuto contare poco.

Che cosa sarebbe stato di Edoardo Laganà, adesso? Sì, avrebbe parlato con Luca Condrò quanto prima.

La stanza che don Alfonso aveva preparato per i ragazzi era fresca e pulita: due letti, un armadio, un tavolino che fungeva da scrittoio, un baule, nient'altro.

Tornando dal funerale, li trovò seduti in terrazza all'ombra della pergola.

"L'eredità. Si scanneranno per l'eredità," disse posando il braccio sulle spalle del figlio.

"E Edoardo?" chiese Omar.

"Edoardo se la caverà. Deve cavarsela, o tutti questi anni non saranno serviti a niente."

Sdraiato su una poltroncina di vimini, le mani dietro la nuca, i capelli sulle spalle, Pablo ascoltava.

"Lo conoscerai, Pablo," fece don Alfonso. "Conoscerai tutti. Da Ficogrande non si scappa. Passano tutti di qui," e fece una pausa, "quelli che devono passare."

"Ma anche un'isola ha i suoi peccatori," disse Omar slacciandosi dall'affettuosa stretta del padre. "Non è mica il migliore dei mondi possibile. Kurt e Veronika, Josette e Gérard. Nessun ospite nuovo?"

"C'è un'amica belga di Josette, una restauratrice."

"Gli ospiti di mio padre," disse Omar, ma lo disse con un nervosismo che don Alfonso non gli conosceva. Faceva avanti e indietro sulla terrazza con il braccio destro teso verso l'alto a sfiorare le foglie del pergolato. "Sono cinque anni che vengo a trovarlo regolarmente a Natale e a giugno, e ci sono sempre ospiti speciali. Non vengono per fare vita mondana. A loro piace la reclusione in questo nido," e dicendo "nido" strappò con rabbia una foglia di vite, "nient'altro. E il mare, naturalmente. Questo mare." Con la foglia appallottolata nella destra uscì dal pergolato, nel sole, e se ne liberò.

Pablo sembrava accettare e capire. Anche questo avvertiva don Alfonso. Fra i due ragazzi esisteva una fortissima complicità.

"Bella l'isola, eh Pablo? Bella questa casa, no? A mio padre non l'hai ancora detto. Cosa aspetti? Insisto, insisto perché tu lo faccia. Sta aspettando."

"Io veramente aspettavo te. Da un anno," fece don Alfonso più seriamente di quanto avrebbe voluto e cercando gli occhi di Pablo perché rispondessero.

"Lo so, lo so. E mamma mi ha dato questa." Omar infilò nervosamente una mano nella tasca di dietro dei pantaloni e allungò al padre una busta sgualcita che don Alfonso tardò a prendere. "È per te."

"Grazie," disse don Alfonso confuso, la lettera sul palmo aperto della mano. Fu allora che comparve Régine.

"E allora, in cucina non ci va nessuno?"

Sembrava sbucata dal nulla. Ma era così che faceva. Sempre.

I sopravvissuti. Le stime cambiano di giorno in giorno.

Io ne ho viste di tempeste nel mare. Le creste bianche nella notte. La nave che si arrampica come all'infinito e poi si scaraventa giù nel cavo dell'onda. I colpi spaventosi dell'acqua contro lo scafo. Ma soprattutto, fuori, quelle pareti altissime di oceano che vogliono portarsi via tutto, a dispetto dei motori, delle eliche, della forza che vanamente si oppone. Sui mercantili era così. Perché bisognava guadagnare tempo. Perché il carico doveva arrivare. Salvo casi rarissimi si evitava il riparo a costa e si entrava nel cuore della tempesta, cercando almeno di correggere la rotta per frangere le onde a dritta. Ma qui, nessuno poteva prevedere. L'Asia è in ginocchio.

Anch'io allora non sapevo nulla.

E quel che sapevo non mi serviva più.

E quel che avevo potuto anticipare, non volevo saperlo.

Portici, dicembre 2004

2.

RÉGINE

Régine era una scrittrice anglo-canadese fedele a Stromboli da almeno quarant'anni. Adesso ne aveva una sessantina. In omaggio alla madre francese firmava, come un vezzo, accentando la prima sillaba.

Suo marito era stato un pittore di qualche fama, soprattutto negli anni cinquanta, e lei amava raccontare che quando erano arrivati insieme sull'isola per la prima volta avevano affittato una casa in una posizione meravigliosa in cambio di un quadro. Conosceva ogni anfratto, ogni sentiero, la gente, le storie, gli aneddoti.

Régine girava sempre scalza, avvolta in ampie tuniche colorate. Le piacevano molto i ragazzi e a Stromboli si diceva che se li portasse a casa persino quando il marito era vivo. Si diceva anche che a lui piacesse guardarla. Mentre lei stava con loro.

Ma erano, per l'appunto, voci. Che a un certo punto erano cessate: il pittore si era guadagnato rispetto fra i residenti lasciando scritto nel testamento che le sue ceneri dovevano essere disperse in mare, oltre Strombolicchio.

Martin, così si chiamava, aveva dipinto molto a Stromboli. L'aveva scoperta da solo, appena dopo la guerra, e se n'era innamorato. Dapprincipio lui e Régine ci venivano soltanto d'estate. In seguito avevano preso l'abitudine di arrivare in primavera e tornare negli Stati Uniti in autunno, finché a un certo punto si erano trasferiti definitivamente: Martin sapeva di essere malato, non aveva alcuna intenzione di finire in una camera d'ospedale e voleva passare lì quel che gli restava da vivere.

Aveva settantacinque anni quando era morto e sull'isola lo piansero in molti. Nonostante quel che si diceva sulle abitudini sessuali di quella coppia così stravagante.

Régine aveva sempre avuto una passione per i ragazzi. Era attratta dai loro corpi giovani, dalla loro goffaggine acerba, dalla loro prepotenza. Qualsiasi altra donna della sua età avrebbe temuto il rifiuto, la compassione, ma non Régine, che sapeva preparare il terreno e non aveva bisogno di avance troppo esplicite.

Non era rimasta insensibile nemmeno al fascino di don Alfonso, ma questo era un altro discorso. Régine sentiva di avere qualcosa in comune con lui. Quando era arrivato sull'isola non solo lo aveva aiutato consigliandolo e incoraggiandolo, ma gli aveva persino dato una mano a mettere su la pensione: ne era divenuta poi la prima cliente, nonostante una casa lei ce l'avesse, forse scomoda ma bellissima, fuori dal paese, in alto, con una delle terrazze più spettacolari di Stromboli. Régine era fatta così. Le piaceva quell'uomo silenzioso e scuro, ci si riconosceva. E dunque di tanto in tanto si trasferiva, armi e bagagli, a Ficogrande.

L'esuberanza di Régine era travolgente e contagiosa: la sera in cui erano diventati amanti aveva riso, chiacchierato – il bicchiere di malvasia in mano –, tempestato di domande don Alfonso che la guardava ammirato, sedotto da quella donna appassionata che a un certo punto si era alzata e l'aveva divorato di baci. Per diversi anni gli si era data, senza ossessione, senza impegno.

Ed era stata anche un'ottima procacciatrice di clienti. Da solo don Alfonso forse non ce l'avrebbe fatta, ma quando Régine si metteva in testa qualcosa travolgeva qualsiasi ostacolo. E la casa di Ficogrande era divenuta ben presto una residenza molto amata. Pochi ospiti fissi, stoviglie scompagnate e, senza regolarità, la cucina di don Alfonso.

Quando la pensione fu avviata, Régine se ne tornò a casa sua. Ma spesso la si vedeva comparire scalza in fondo alla stradina, avvolta in una delle sue tuniche, gli occhiali da sole grandi come vetrate di cattedrale, un mazzo di fiori o un cesto di frutta tra le braccia. Fra lei e don Alfonso si era stabilita un'intesa muta e profonda. Régine capiva immediatamente quando lui voleva star solo e allora com'era venuta se ne andava, ma non prima di aver lasciato il suo dono sul tavolo della terrazza. Spariva per settimane. E poi una mattina spuntava di nuovo, all'improvviso. Aveva voglia di caffè, del caffè di don Alfonso. Lui dormiva ancora, ma Régine non aveva fretta. Aspettava.

Omar squadrò Régine con i suoi occhi liquidi. Vi si leggeva l'allegria di rivedere una persona cara e insieme quel tormento che aveva appena finito di esibire con il padre. Don Alfonso accompagnò Régine davanti a Pablo tenendola a braccetto. Lui si alzò in piedi. "Ci vorrebbe una vita per spiegarti Régine..." disse don Alfonso.

"...e poi capiresti che sarebbe stata una vita sprecata," disse Omar danzando intorno al terzetto e sottraendosi con altre sinuose piroette al bicchiere d'acqua che Régine, con altrettanta destrezza, aveva raccolto dal tavolo e gli aveva lanciato.

"Non dirmi che ti sei offesa, ne morirei se non restassi a cena con noi..." la prese in giro il ragazzo.

"Certo che resta con noi," tagliò corto imbarazzato don Alfonso, che non era ancora riuscito ad abituarsi a quello strano modo di dialogare.

"Per un attimo ci avevo sperato," disse Omar, ma questa

volta l'ironia fu al servizio di un autentico moto d'affetto che Régine non mancò di cogliere: "Fuck you, baby," e agitò il sedere sotto la tunica cremisi.

Régine entrò in cucina con don Alfonso.

"Io ai funerali non ci vado, per principio," esordì Régine.

"Lo so, non hai bisogno di giustificarti... Lo so."

"Bel trancio di spada."

"Me lo prepari il battuto? Io non lo frequentavo il barone Condrò, ma per quel poco che ne so era una persona perbene. Tu ci hai sempre ricamato su."

"Be', era un fascista, ecco cos'era, un maiale. Una volta il giovane Luca aveva l'aria del bravo ragazzo, ma adesso l'hai visto anche tu, ormai è tutto dentro quel vivaio di assassini che è l'azienda di suo padre."

"Che parole grosse. E comunque il barone Condrò qualche merito ce l'ha, se non altro il bene che ha fatto a Edoardo."

"Sensi di colpa."

"Ma no."

"C'è gente che all'odore della morte gli si accende la coscienza e farebbe qualsiasi cosa per spegnerla. Adesso... Si scanneranno."

Si riprese il tema della morte del barone Condrò anche a tavola. Régine riferì che in paese tutti parlavano del testamento, che sarebbe stato aperto dal notaio nei giorni successivi, a Messina.

Omar diceva la sua anche sul barone, e soprattutto sui suoi familiari: sarebbero stati ben felici di liberarsi di Edoardo, che avrebbe perso anche l'appartamento di Messina in cui don Calogero l'aveva sistemato e si sarebbe ritrovato di nuovo in mezzo alla strada.

Ma non era solo la preoccupazione per Edoardo a rendere Omar nervoso e insofferente. Non era superstizioso, eppure l'idea che il loro arrivo sull'isola avesse coinciso con il funerale del barone Condrò lo metteva a disagio, gli sembrava un segno di cattivo auspicio.

Don Alfonso offrì della malvasia, poi Omar decise che ne aveva abbastanza e invitò Pablo a salire sul tetto terrazzato della casa. Sparavano fuochi d'artificio da qualche parte. Radi e potenti. Facevano la prova per la festa del 24 giugno. Si diceva che a Stromboli, in una notte di giugno di quasi cent'anni prima, una tremenda mareggiata avesse travolto le barche di alcuni giovani pescatori che erano usciti per mare. Secondo la leggenda, i pescatori erano stati trasformati in stelle luminosissime, che dopo aver brillato brevemente nel cielo nero erano state di nuovo inghiottite dai flutti. Così era nata la tradizione di sparare quei malinconici "fuochi a mare".

Pablo e Omar, accoccolati sulla balaustra che si affacciava sull'acqua, osservavano silenziosi la luna, che quella sera straziava di luce e bellezza sino a Strombolicchio. Era così vicina e luminosa che a Omar sembrava quasi di distinguervi lineamenti umani. Schiena contro schiena, i due ragazzi aspettavano.

Omar cantava sottovoce. "*Quante varche 'e marenare...*"

"In che lingua canti?" chiese Pablo.

Ma Omar si zittì e puntò il dito in aria: si era appena aperto un enorme crisantemo di luci bianche che cadevano morbide nel buio. E di lì a poco altre fontane.

"Ti piace questa roba?" fece Pablo scendendo dalla balaustra.

"Da bambino, a Napoli, *questa roba* mi faceva piangere." E anche in quel momento aveva gli occhi lucidi. Pablo tradusse quello che avrebbe potuto sembrare l'impulso di abbracciarlo in un accenno di lotta. Lo strattonò giù dalla balaustra, lo colpì sul braccio ripetutamente come un boxeur in allenamento e infine lo tenne per la vita.

"Difenditi, piccoletto," lo incitò.

Omar si divincolò e chiuse il collo di Pablo dentro la morsa del braccio piegato a tenaglia. Finirono a terra. Omar teneva l'amico inchiodato al suolo come un guerriero a cui non prema la vittoria.

Fu così che li trovarono Régine e don Alfonso quando li raggiunsero. Omar si levò di scatto in piedi e Pablo restò sdraiato, a braccia aperte, il petto ansante, a godersi lo spettacolo del cielo.

"È bellissimo," disse Régine esplorando il corpo di Pablo, abbandonato sul pavimento della terrazza. Don Alfonso diede fiato al pensiero che l'aveva attraversato quella mattina: "È un semidio. Come mio figlio. Sono arrivati per farci sapere qualcosa che non sappiamo ancora," e intanto spiava l'andatura sbilenca di Omar che aveva raggiunto la balaustra e vi si era appoggiato a palme aperte e busto teso come dovesse fare dei piegamenti.

"Gli dèi tacciono," proseguì.

"Hai bevuto troppa malvasia, mon ami," disse Régine.

"Certe cose possono accadere solo qui. Siamo in un pezzo di mondo sospeso nel mondo."

"Non farti sentire dal tuo bad boy, ma forse questo giovanotto te la lascia passare," e Régine scivolò accanto a Pablo supino, scavalcandogli il braccio e lasciando che un lembo della tunica gli sfiorasse il viso. Poi si volse a guardarlo: "Mi hanno detto che dipingi".

"Più o meno. E a me hanno detto che anche tuo marito dipingeva," replicò Pablo.

"Allora abbiamo qualcosa in comune."

"Bisogna che tu vada a casa di Régine." Si sentì la voce di Omar che parlava dando loro le spalle. "Martin ci sapeva fare."

"È la prima cosa carina che dici da quando sono arrivata."

"Ma davvero?" Omar girò su se stesso, si avvicinò a Régine con un balzo felino, l'abbracciò, la strinse forte in vita e la sollevò per aria. "Sei la mia zietta, sei la mia sorellina, sei la mia adorata regina madre!" si mise a gridare.

"Mettimi giù!" Régine rideva. Dalla sua bizzarra prospettiva Pablo guardava la scena divertito, insieme a don Alfonso che in realtà faticava a capacitarsi di quei repentini cambi d'umore. "Mettimi giù!" continuava a ripetere Régine.

"No. Mai," diceva lui, e poi sottovoce ma in modo che gli altri sentissero: "Perché con me mai, eh? Non ti metto giù finché non me lo dici. Perché non con me, regina della notte?".

"L'hai già detto tu, canaille! I ragazzi sì. Ma non l'incesto," e le risate si confondevano con le parole. "Mi fai il solletico. Mettimi giù!"

Omar la lasciò scivolare lentissimamente a terra e restarono così, abbracciati nel mezzo della grande terrazza sotto il cielo pieno di stelle, il fianco del vulcano sbiancato dalla luna.

"Sei bello, mon petit," Régine tirò fuori la sua carezza più materna, "ma hai bisogno di mangiare, sei troppo secco."

"Ci penso io," disse don Alfonso.

Pablo si appoggiò sui gomiti, si dispose ad arco e scattò su puntando i piedi nudi a terra mentre esplodeva un altro fuoco tardivo, l'ultimo.

Tutti lo videro, l'equilibrio ancora incerto, assorbire il bianco incandescente di quella luce, e rifletterla.

Quella notte don Alfonso ricominciò a scrivere sul suo diario.

Il mare. Il mare. Il mare.

E dal mare è arrivato un dono.

E dal mare è arrivato come un pirata.

Non sono riuscito a guardarlo negli occhi.

Ma ormai neppure mio figlio riesco a guardarlo negli occhi.

Ci sono animali che se li guardi, se li fissi in quegli occhi liquidi ci cadi dentro come in un mare e quel che credevi di vedere non lo trovi più.

Sono stato anch'io dentro quel cerchio magico di giovinezza. L'avessi saputo allora, sarebbe stato diverso. Avevo il mondo in mano. Avrei potuto dettare il prezzo e la legge.

Quanto spreco. I doni si riconoscono solo quando arrivano tardi.

Ma è poi veramente così?

Giugno 2002

3.

EDOARDO

Quando don Alfonso si svegliò, il mattino successivo, la casa di Ficogrande era un'isola di silenzio. Il vento del giorno prima era cessato e si annunciava il primo caldo deciso della stagione. Uscì nudo dal letto e andò a spiare il mare. Il suo mare. Il mare eterno che l'aveva accompagnato sempre. Fino a lì. Si vide riflesso nella grande specchiera dell'armadio e riconobbe il suo corpo massiccio, ancora saldo, i muscoli ben segnati, il torace ampio da nuotatore, i fianchi svelti senza cedimenti di pinguedine.

Uscì sul terrazzo così com'era, stirò le braccia e inspirò forte godendo di quell'alba immensa che gli carezzava la pelle infondendogli calore e certezza.

Poteva essere stato vent'anni prima: lui nudo davanti al mare, dall'altra parte dell'oceano, e dietro di sé, come ora, una portafinestra socchiusa e una voce che lo chiamava. Sul letto sfatto, una giovane affogata dentro una chioma carbone: "Alfonsiño, tu tienes el culo mas bonito que yo visto. Svegliami di baci. Prendimi". E lui la rivedeva supina sopra le lenzuola, i seni bruni e umidi come due frutti all'alba, l'ospitale oscurità fra le cosce infinite, l'abisso gentile che prometteva. "Alfonsiño mio." Cercò un asciugamano per nascondere l'erezione svegliata dalla imprudente memoria.

C'erano troppe cose di cui occuparsi. Il giorno prima aveva trascurato i suoi ospiti paganti, che lui chiamava "i buoni solventi". Avrebbe dovuto sovrintendere al cambio della biancheria, scendere in paese, fissare l'uscita dell'idraulico, accordarsi per il trasporto dell'ultimo ordine di alimentari da Lipari, e incontrare Edoardo al bar di Maddalena.

Sapeva che sarebbe rimasto a Villa La Torre – la famiglia era ancora a Messina – "a fare da cameriere," così aveva detto, "a tutti i Condrò". Avrebbe cercato di parlare con Annabella e magari con Luca. Voleva sapere che cosa sarebbe stato di Edoardo, una volta morto il barone.

Di tutto questo avrebbe dovuto occuparsi, ma il risveglio, le immagini che l'avevano seguito, la stessa presenza di Omar e Pablo, il loro giovane sonno, tutto ciò gli aveva infuso una mollezza, un languore di cui in fondo non voleva liberarsi.

Si vestì. Pantaloni bianchi. Camicia bianca, una specie di sahariana. E gli tornò in mente quando una matura signora di Buenos Aires gli aveva messo gli occhi addosso in un bar della Boca, l'aveva trascinato nel suo appartamento del centro, l'aveva rivestito e quindi portato con sé a Montevideo per una settimana di vacanza. L'hotel era così di lusso, così esageratamente sfarzoso che, appena entrato, il giovane mantenuto si era lasciato andare in una lunga, esibita risata. Ma, in capo a poche ore, era entrato nel ruolo. Aveva preso la matura signora contro la porta della stanza, l'aveva coccolata e messa a letto. Poi si era fatto la doccia e, biancovestito, la camicia aperta sul petto, i pantaloni larghi di lino, era sceso lungo lo scalone centrale dell'hotel, come fosse a Chiaia sui gradini di Francesco D'Andrea, sentendo quasi sulla pelle lo sgomento, la fascinazione che la sua fisicità giovane e impudica suscitava nella gente. E aveva proseguito – forte del bizzarro potere di sentirsi un oggetto prezioso, qualcosa che si paga, che si può comprare – verso la piscina. Lì, dal blu dell'acqua aveva visto emergere una figura femminile che non meno di lui sognava e faceva sognare la promessa di eternità del corpo. Avevano incrociato gli sguardi. Quasi senza pause avevano continuato a muovere l'uno verso l'altra, lei manovrando un asciugamano sui capelli bagnati, lui liberandosi del suo nuovo elegantissimo lino. Si erano baciati a occhi aperti, sotto un impassibile sole pomeridiano, folgorati dal desiderio, mangiandosi via, bocca nella bocca, e procedendo mal allacciati verso un capanno appena protetto da una morbida tenda rossa, dove avevano scopato con foga su tappeti e cuscini. Avevano poi deciso di riprendersi i corpi già dati in affitto, infliggendo ai loro maturi accompagnatori una sgomenta settimana di astinenza.

Troppa memoria. Don Alfonso lo sapeva. Ma ora ecco Omar e il suo giovane amico. Belli come era stato lui. Più belli. Più vicini al cielo. Si ricordò della lettera che Omar gli aveva messo in mano. La lettera di Rosa. L'avrebbe letta. Ma non adesso. Quante lettere aveva ricevuto dalla moglie. Troppe, anche quelle. Lettere che lo aspettavano nei porti. Lettere di minaccia, di gelosia, di risentimento, di disperazione. E questa? Da quando la separazione si era consumata, Rosa usava il telefono. Era finita la stagione delle lettere. L'aveva appoggiata sul comò. La guardò come si guarda qualcosa di noto, che rimanda a qualcosa di noto, qualcosa – anche quella lettera – che veniva dal passato.

Un leggero moto di curiosità si spense al rumore di una barca a motore che stava passando sotto la casa di Ficogrande.

Guadagnò il vialetto d'ingresso, balzò sull'Ape e cominciò il suo giro.

Edoardo lo incontrò al bar del porto, come convenuto.

"I signori si svegliano tardi," esordì Edoardo davanti alla seconda tazza di caffè. "I signori si arrangino. Quelli hanno solo la fame dell'oro. Quelli," e fissò don Alfonso, "sono i nostri nemici, e noi, minchia, il fantasma che se ne va in giro per il mondo siamo."

Don Alfonso l'aveva salutato da un pezzo, Carlo Marx.

In carcere Edoardo aveva conosciuto una persona che gli aveva aperto gli occhi, che gli aveva "dato coscienza", così diceva sempre lui, lui che veniva dalla povertà di Messina, dalle case popolari, dai tanti fratelli, dall'ignoranza dei genitori, da una vita consumata in scippi, rapine, eroina.

"Hanno cercato di fare di me un esempio, un modello da seguire, il bravo tossico redento." Ma lui non voleva essere un modello per nessuno, diceva, "alla fine sono uscito dall'eroina e dalla vita balorda perché mi interessava capire se ci poteva essere un'altra vita e come poteva essere, questa vita. E quando l'ho capito, di merda ci sono rimasto, avrei voluto dire: be'... sarebbe questa la tanto decantata vita? Sarebbe questa la risposta a tutti i miei errori? Alla fine sono contento di esserne venuto fuori per quella mischina di mia madre, come un cane ha sofferto. Ma se devo essere onesto, l'unica risposta l'ho trovata nell'eroina".

Aveva due figli Edoardo, adesso, e doveva lavorare, basta fare casini. Il barone Condrò aveva sentito parlare di lui da un medico e aveva voluto conoscerlo: se l'era preso a cuore e gli aveva dato fiducia, offrendogli un posto come custode della sua villa di Stromboli.

Ma in poco tempo Edoardo era diventato molto più di un semplice custode: si occupava della manutenzione di Villa La Torre come se fosse stata sua, con impegno e attenzione, lavorava in giardino, puliva la piscina, eseguiva piccole riparazioni, organizzava il personale che veniva da fuori in occasione di feste e ricevimenti, insomma ce la metteva tutta per ripagare la fiducia che gli era stata concessa e nutriva nei confronti del suo benefattore una devozione e un affetto sconfinati. Il barone Condrò, dal canto suo, lo trattava come un figlio: aveva persino trovato una sistemazione dignitosa per la famiglia di Edoardo, a Messina, ed era fiero della buona riuscita del suo protetto.

Ma con lui, che era molto religioso, la rivoluzione e le masse erano tabù: Edoardo era sveglio e si era subito adeguato.

Esibiva tutta la sua passione politica repressa solo quando si trovava al bar del porto con quelli che lo lasciavano sfogare.

"Ma come? Un rivoluzionario come lei accetta lavoro da quel fascista del barone Condrò?" lo punzecchiava Régine.

"Signora Regina, lei ricca è, e artista..." ribatteva Edoardo alzando le sopracciglia con aria rassegnata, "certe cose non le può capire." E cercava di trarsi d'impaccio con le frasi fatte che gli avevano inculcato.

"Lei fa finta, signora, che soldi non ne ha," e indicava i piedi scalzi.

Erano in molti a voler bene a Edoardo, malgrado le sue sparate sulle masse oppresse.

"Quelle masse non ci sono più, non ci sono più operai, non ci sono più contadini," gli diceva don Alfonso battendogli la mano sulla spalla, "rilassati."

"Stai bestemmiando," diceva Edoardo, "io le vedo le masse. Io le vedo ancora."

"Sì, in tv," rispondeva acida Régine.

"Voi la fine del mondo aspettate, e vi piace così," ribatteva lui tormentandosi. "I ricchi e i poveri, io li vedo. E voi state dalla parte dei ricchi."

Spesso gli capitava di pensare a se stesso come a una casa senza porte né finestre che chiunque avrebbe potuto saccheggiare, ma non si tirava indietro: nonostante per lui la vita non fosse stata facile, le si lanciava incontro armato soltanto delle proprie ingenue convinzioni. Ogni insignificante fatto di cronaca, ogni banale episodio che gli accadeva intorno, diventava il pretesto per ribadire che al mondo non c'era giustizia e che prima o poi i poveri si sarebbero ribellati al grande oppressore, ai ricchi. Citava tre o quattro frasi di Marx e Lenin, celebrava Che Guevara, ce l'aveva a morte con il consumismo e le multinazionali ma poi, sempre attaccato al cellulare come un manager di Wall Street, sfoggiava scarpe da ginnastica di marca e per la sua famiglia sognava lusso e benessere.

Durante la stagione estiva, Edoardo si trasferiva con i suoi in una sorta di dépendance che il barone Condrò gli aveva messo a disposizione. La moglie e i bambini erano felici di potersene andare al mare tutti i giorni; lui rimaneva in villa, pronto a soddisfare qualsiasi richiesta del barone. Alla fine dell'estate, o meglio quando si "rompeva il tempo", come amava dire il barone, la villa veniva chiusa e Edoardo tornava a Stromboli soltanto un paio di volte alla settimana per assicurarsi che fosse tutto in ordine.

Aveva passato sedici anni tra riformatori e penitenziari: conosceva quelli di Messina, Palermo, Catania, Catanzaro, Napoli, L'Aquila, Bellizzi Irpino, Siracusa. Caterina, la moglie, "aveva fatto mala vita", come a volte ricordava, seguendolo nel suo pellegrinaggio e aspettandolo con tenacia amorosa. Il primo figlio praticamente se l'era cresciuto da sola: e intorno agli otto anni Antonio si era ritrovato davanti quell'estraneo che doveva chiamare "papà" e che, oltre ad aver preso il suo posto nel letto della mamma, voleva sempre baciarlo.

Non era stato facile per Edoardo. L'eroina gli aveva aperto porte che erano rimaste aperte e quella nuova vita familiare e domestica spesso lo faceva sentire un animale in gabbia: allora la sera andava a ubriacarsi, sentiva che il suo corpo aveva bisogno di qualcosa. La nascita del secondogenito lo aveva aiutato: aveva trent'anni e si rendeva perfettamente conto che un altro deragliamento avrebbe potuto essergli fatale. Era cambiato, a poco a poco: non era più il ragazzo intemperante e autodistruttivo di una volta. E a un certo punto il destino, sotto forma del barone Condrò, aveva deciso di dargli una mano.

Edoardo non sapeva come spiegarsi quella generosità, aveva cercato anche di darle altri nomi. Si era perso, com'era sua abitudine, dentro un vortice di ipotesi, si era quasi dannato l'anima per non doversi sentire grato, ma infine aveva tacitato le sue voci interiori e aveva accettato il dato di fatto. E a quel punto era andato ben oltre. Aveva preso l'abitudine di telefonare ogni sera al barone anche se non aveva necessità o urgenza di parlargli, proprio come un figlio chiama il padre, per sentire la sua voce o farsi dare la buonanotte.

"Torno a Messina," disse Edoardo. Si tormentava con le dita ossute le guance scavate che davano ancor più risalto agli zigomi altissimi e pronunciati. "Tu, Argentino, che hai visto il mondo, cos'è 'sto mondo?, che ti fece questo gran mondo? Un esercito di disgraziati è, il mondo."

"Sei fuori di te," lo placava don Alfonso.

"Disgraziato. Disgraziato sono."

"Adesso basta."

"Ancora invece, e ancora e ancora."

Si era levato in piedi e minacciava fantasmi, minacciava se stesso. Rimase con il braccio alzato. Si guardò intorno. Lo abbassò e cominciò a piangere. Prima muto, poi entrando in una spirale di singhiozzi, la testa sul tavolo, di fianco alla tazzina di caffè.

"Maddalena, un po' di rum, per favore. È un toccasana a quest'ora," disse don Alfonso. "Hai perso qualcuno che in fondo ti ha fatto da padre, questa è la verità," proseguì poi rivolto a Edoardo. "Ma tu sei padre a tua volta, hai da ingegnarti a continuare."

"Non saprò mai essere un padre, un padre vero," disse Edoardo alzando la testa.

"Hai il seme della famiglia nel sangue."

"Sì, tanto che con l'eroina ho dovuto allungarlo."

"Non serve più. Non ti serve."

"Il barone mi voleva bene."

"Lo so."

"Ma sua figlia, sangue suo, non la poteva vedere."

"È difficile tenere insieme le famiglie."

"E tu ne sai qualcosa, eh?" disse Edoardo.

Ogni tanto mi prende una strana nostalgia. Ma di cosa?

Sono diventato un uomo saggio. Vengono tutti a chiedere consiglio. E io ne dispenso di consigli.

Improvvisamente mi sento povero come uno dei poveri che immagina Edoardo, un uomo senza niente.

Avrei dovuto parlare con l'avvocato Condrò e non l'ho fatto. Scrivi, mi dico, scrivi. Prendi nota delle imprese compiute e di quelle incompiute.

Improvvisamente non ho più forze.

Giugno 2002

4.

ANNABELLA

Annabella era sempre stata una ragazza difficile. Lo faceva dannare, suo padre.

"Mi ha rovinato la vita," diceva lui, e si consolava con Luca, l'avvocato.

Fin dall'adolescenza Annabella aveva dato filo da torcere. Non che facesse chissà che, ma rispetto alle altre ragazzine della buona società messinese era sempre stata più precoce, più esuberante.

Aveva cominciato presto con i fidanzati: e ogni volta sembrava quello giusto. Annabella partiva in quarta, ma i suoi entusiasmi nascevano e morivano con grande rapidità. A diciassette anni aveva chiuso con la scuola. Poi ci aveva ripensato. Aveva ripreso gli studi, ma neanche un mese dopo se n'era scappata a Francoforte al seguito di un ragazzo tedesco che aveva conosciuto a Taormina e per tre mesi aveva vissuto insieme a lui come una clocharde.

Le malelingue su quella storia si erano scatenate, per mesi. Infine il padre era riuscito a riportarsela a Messina e in un primo tempo aveva giocato la carta di un collegio esclusivo. Ma non c'era stato verso. Annabella aveva fatto di tutto per farsi cacciare.

Era stata allora la volta di una vecchia zia che le voleva bene. Annabella le aveva rubato dei gioielli e aveva preso la strada del Nord. Dopo aver trovato un posto come barista in un autogrill, se n'era andata a Londra da un'amica, e lì era sprofondata in una tremenda crisi depressiva.

Si era già fatta un paio di rote pesanti Annabella, ma, nonostante la droga, era bellissima. E sognava ancora. Si era messa a sognare che per potersi salvare doveva salvare quella parte di mondo che come lei era finita in un buco. Conobbe un poliziotto napoletano di stanza a Catania, Maurizio, e decise che lui l'avrebbe aiutata a venir fuori dall'eroina. Annabella era convinta di aver trovato le risposte ai suoi tormenti e si lanciò in quella storia senza paracadute. A un certo punto aveva persino deciso di tornare in Sicilia per avere la benedizione di papà.

E infatti era tornata. Aveva un progetto in testa, un'idea. Aprire un centro di accoglienza, una comune per i disperati come lei. Era convinta di sapere sin troppo bene l'anima cos'è, quando si rompe, e di poter fare qualcosa. Altro che comunità. Aveva bisogno di un posto, in campagna, e poi si sarebbe data da fare. In cuor suo sapeva che ce l'avrebbe fatta. Il barone Condrò non vedeva alcun motivo di sollievo o di contentezza nel fatto che sua figlia si fosse trovata l'ennesimo fidanzato, benché poliziotto. Annabella aveva cercato di spiegarsi. Gli aveva mostrato, cosa che non era mai riuscita a fare, la parte tenera, morbida, di sé. Il barone era stato a sentire, le braccia sopra le lenzuola parallele al corpo, immobile. Quando il discorso era approdato per l'ennesima volta al centro di accoglienza, si era seccato e l'aveva pregata di allontanarsi che voleva dormire. La mattina dopo era morto.

"La moglie l'ha trovato così, morto nel sonno: una santa morte, come diciamo noi, una santa morte per un sant'uomo."

"Quattro bypass?"

"Quattro."

"Ormai non si vedeva più in giro."

"Annabella è tornata qui a maggio con il poliziotto. Maurizio. Gli è rimasta accanto quando lui gliel'ha permesso. Ha provato a parlargli. Voleva convincerlo. Che questo Maurizio era l'amore vero. Che erano finiti i vagabondaggi. Che voleva mettere in piedi un centro di recupero."

"E dove?"

"In una delle terre del barone. Nella Val di Noto. Lo so perché me ne ha parlato. 'Lo convinca lei,' mi ha detto. Figurarsi."

Edoardo, che fino ad allora aveva parlato di Annabella Condrò con simpatia, cambiò drasticamente registro. Era la signorina, la baronessina che vedeva in quella conversazione. Nel mondo confuso di Edoardo, le figure di potere subivano slittamenti imprevedibili.

Il barone Condrò era intoccabile. Come era intoccabile la massa dei disgraziati e dei diseredati che aveva in testa. Annabella non poteva entrare fra i secondi se non per la parte della droga, ma era evidente che non c'era un vero posto per lei e che non poteva sommarsi alla figura del padre.

Don Alfonso capiva quel guazzabuglio di rivolta e remissione che c'era nel cuore di Edoardo e, quando la tensione si allentava, teneva botta alle sparate troppo ardite, esibiva buon senso, cercava di penetrare il furore del giovane amico. In questo caso si limitò a sottolineare:

"Era solo una ragazza di venticinque anni che ti chiedeva aiuto, e un po' di complicità".

"Ma quale complicità. Quella padrona è. E puttana."

Don Alfonso mise davanti al giovane un altro bicchiere di rum. "Allora stasera ti aspetto, Edoardo. Non stare in villa. E non stare da solo."

"Sulla coscienza te lo porti!" aveva gridato la madre ad Annabella, fra le lacrime.

"Sei una figlia indegna," aveva sibilato zia Concetta.

Maurizio aveva dovuto riconoscere che Annabella non

aveva esagerato: i suoi familiari la detestavano. Il fratello Luca, l'avvocato di successo, orgoglio della famiglia, non fu da meno. Era vissuto come l'erede, e tale si sentiva egli stesso in cuor suo.

Annabella era veramente addolorata per la morte del padre, ma nessuno ci credeva o sembrava curarsene. D'altro canto, alle parole dure e agli sguardi di disprezzo lei c'era abituata, ma era anche convinta che l'ipocrisia dei suoi parenti avrebbe impedito loro di comportarsi in quel modo davanti a Maurizio, che era pur sempre un estraneo. L'unico che non si mostrò ostile verso di lui fu proprio Luca, che anzi ebbe modo di compiangerlo, senza offenderlo, come compagno di quella disgraziata di Annabella.

Tutto questo sotto il sole di Stromboli, in quell'inizio d'estate che prometteva di essere meravigliosa, azzurra, calda e profumata.

Luca avrebbe voluto che la sorella non fosse mai tornata, per gestire tranquillamente da solo la questione del testamento e dell'eredità, con l'approvazione della madre e delle onnipresenti zie che lo adoravano perché, secondo loro, ci aveva "peso, misure e qualità".

Non che la morte del padre lo lasciasse indifferente, tutt'altro – sentiva che la sua educazione, per qualche verso, non era finita –, ma Luca non aveva avvertito quello strappo doloroso, quella tremenda sensazione che non ci fosse più tempo per spiegare, per recuperare, che invece angosciavano la sorella. Riavutosi, il suo pensiero era subito corso agli affari di famiglia, di cui un poco sapeva e molto presumeva: non vedeva l'ora che aprissero il testamento, preoccupatissimo all'idea che suo padre infine non avesse messo fuori gioco Annabella, come tante volte aveva minacciato di fare, e che quindi gli sarebbe toccato dividere il patrimonio anche con lei, oltre che con la madre. Annabella intanto piangeva tutte le sue lacrime – "È il senso di colpa," bisbigliava zia Concetta. "Poteva pensarci prima," rincarava la dose zia Maria Catena a voce neanche troppo bassa – e Maurizio sentiva nascere dentro di sé un prepotente istinto di protezione, che di giorno in giorno si inquinava d'altre affezioni, d'altri pensieri: quello ad esempio che la sua nuova compagna non lottava per trovare punti di forza nel conflitto familiare. La notte credeva bastasse quello che nei primi tempi della loro relazione era stato decisivo. Le diceva "Lasciami fare," e la prendeva con furia. Quanto più la risposta di Annabella era intenerita o distrattamente affettuosa, tanto più aumentava la furia.

Rimetto tutto in ordine. Ogni giorno faccio ordine, e mi piace. Dalla grande finestra del salotto si vede il vulcano. È una casa che hanno costruito negli anni settanta. Ci sono due appartamenti, noi siamo al primo piano. E durante la bella stagione si può stare sulla terrazza che dà verso la montagna. Si sente l'autostrada, da lontano.

Quando ha squillato il cellulare sono balzato fuori dalla poltrona.

"Avete visto?" mi chiede Penelope. "Come nel 2002."

La linea era disturbata.

"Hai paura?"

Non risponde e mi chiede come sta Omar.

Portici, dicembre 2004

5.

IL MARE

Omar si era svegliato al rumore dell'Ape. Infilatosi il costume, si era gettato nel mare lì sotto, ma dopo qualche bracciata era stato costretto a tornare a riva da una fastidiosa sensazione di freddo. Ed era rimasto con un asciugamano addosso ad aspettare che gli altri si svegliassero.

Da quando aveva quindici anni, Omar passava il mese di giugno a Stromboli con il padre e poi lo raggiungeva di nuovo durante le vacanze di Natale.

Era sempre stato legatissimo alla madre, però quel padre che c'era e non c'era, che andava e tornava e ogni volta lo incantava con le sue storie, era comunque riuscito a conquistarsi un posto nel suo cuore. Un posto scomodo forse, ma Omar sapeva di voler bene al padre e sapeva godere della sua compagnia, quando la compagnia c'era davvero. Aveva presto capito che la sua vita sarebbe stata diversa da quella della maggior parte dei suoi compagni di scuola, ai quali continuava a dire che don Alfonso era imbarcato. Per i suoi amici inventava storie di porti lontani, sempre sudamericani, città rubate all'atlante, e abbelliva con la fantasia i racconti del padre.

Il Sudamerica aveva la faccia di suo padre. Di questo Omar era sicuro, anche se non c'era mai stato. Gli amici lo ascoltavano, ma non mancava mai quello che di punto in bianco sbottava: "Ma nun dicere balle!".

Allora lui si infuriava e non parlava più. Per qualche giorno non si faceva vedere in giro, poi dimenticava e ricominciava da capo. Ripetere le storie di suo padre era un modo per tenerlo vivo nell'assenza, per accorciare le lontananze.

I racconti degli altri erano storie ordinarie, senza impennate, senza emozioni. Lui questo lo aveva capito. Era dolcemente condannato ad avere un racconto diverso, una salita diversa e una diversa discesa. Diversi i voli, le cadute, le curve, i dolori, i tormenti, i sogni, le ribellioni, le inquietudini, le gioie e tutto quello che la vita gli avrebbe messo davanti.

Adesso aveva freddo. Avrebbe potuto chiamare Pablo, svegliarlo, ma perché? Salutò Kurt Hauptmann e Veronika, una coppia di cinquantenni che l'avevano visto diventar grande, e scambiò con loro qualche parola. Il loro italiano elementare lo divertiva. Gli dicevano che aveva le labbra blu, che si vestisse. "Sto bene," ripeteva, ma sempre meno convinto. Sarebbe tornato in acqua per dimostrarlo, almeno agli Hauptmann.

"Il mare può tutto," diceva sua nonna Lucia, e così gli tornava in mente il mare di Napoli come glielo raccontava suo padre, quello dove don Alfonso andava con i cugini. Il mare di Licola.

Zio Tonino lavorava per gli americani. Li imbarcava tutti all'alba e "posava" la nidiata di nipoti – Alfonso e i suoi cinque cugini –, accompagnati dalla madre che custodiva, proteggeva dal sole assassino con la vegetallumina, corazzata con un'enorme cesta di vimini stracolma di cibarie e perfino di bottiglie d'acqua. Perché mai comprare l'acqua, con quello che costava in spiaggia? Frittata di maccheroni, panini con la mortadella, thermos con il caffè e fette di anguria. No, non era certo una spiaggia elegante, quella. E se qualcuno dimenticava il costume lo poteva affittare dal bagnino, alla faccia dell'igiene, dei funghi e delle dermatiti, tanto ci pensava il sale a disinfettare. "Il mare può tutto," e tutti correvano a tuffarsi, con la testa sotto.

Il lido lo aprivano loro. Erano i primi ad arrivare e ogni tanto i più piccoli, se i bagnini non erano svelti ad aprire, cominciavano a prendere a calci il cancello. Erano le sette del mattino, quando gli occhi avrebbero dovuto essere ancora azzeccati dal sonno e invece erano vispi, aperti, spalancati sul mare che a quell'ora era tutto per loro. Il primo tuffo era sempre il più vero, il più bello, il più "isso". E poi, per merenda, la fetta di pane con la cioccolata da spalmare della Nato procacciata da zio Tonino. Alfonso e i suoi cugini non sognavano l'America: sognavano Bagnoli, la Nato. Anche se non sapevano cosa fosse, anche se non immaginavano a cosa servisse, anche se per una vita intera si erano chiesti il perché di quelle targhe dietro le macchine degli americani: AFI. Ma dovevano essere buoni, quelli della Nato, perché a zio Tonino davano tante belle cose e grazie a lui loro, invece di aspettare il pullman, pagare il biglietto e quant'altro, venivano scaricati al cancello del lido ed entravano prima di tutti. Lido Blu, Lido Conchiglia d'Oro, Lido Riez, Lido delle Nereidi... E tanti altri, che nel corso degli anni erano poi scomparsi, cambiati, morti, rinati dalle loro ceneri, araba fenice di se stessi, lidi su lidi, lidi veri, lidi semplici della povera gente. Che non avrebbe voluto essere povera. E sognava.

E se proprio il mare non bastava, c'era la piscina del Lido Conchiglia d'Oro. Per entrare occorreva un distintivo che cambiava ogni giorno: cambiava di forma e colore, per difendersi dai furbi che altrimenti avrebbero fregato il bagnino all'entrata. Ma loro puntualmente lo fregavano, il bagnino. Con un solo distintivo si intrufolavano in sette, otto, certe volte si portavano pure gli amichetti. Uno entrava con il distintivo e, una volta dentro, senza farsene accorgere se lo sfilava dal costume per passarlo attraverso le sbarre a quello che stava aspettando fuori: il trucco era tuffarsi subito e restare a mollo sino all'ultimo minuto, così il bagnino non li poteva controllare.

Immersi in quell'acqua di un colore strano – verde scuro,

quasi marrone, un marrone che in certi momenti tendeva al nero –, a loro sembrava di toccare il cielo con un dito: erano solo bambini, ma avevano già capito che per andare avanti bisogna darsi da fare. E siccome il distintivo costava bisognava fottere. Per non restare al palo e sognare l'acqua verde scuro, a volte marrone che in certi momenti diventava quasi nera.

Quando organizzavano il concorso Miss Piscina le due cugine più grandicelle non si tiravano indietro: anche se avevano le gambe grosse e i rotoli di ciccia sulla pancia non ci pensavano su due volte e correvano a iscriversi, salvo poi essere subissate di fischi quando sfilavano in passerella. Ridevano tutti. Ridevano anche loro, e anche le cugine. Persino Lina una volta decise di partecipare, e i cugini maschi si scompisciavano dalle risate perché sapevano che non sarebbe mai passata, anche se aveva un bel viso, perché era chiatta e le chiatte erano condannate in partenza.

Quando Lina fu eliminata, cioè quasi subito, per solidarietà i cugini se ne tornarono tutti in spiaggia, disertando la piscina che non aveva saputo apprezzare la loro bellezza paesana. Perché era l'hinterland quello che sbarcava a Licola. Giugliano, Marano, Pozzuoli, Mugnano, Secondigliano, Afragola... Loro, figli dei "paesi", occupavano la loro regina, la loro sirena, la loro Lighea, ed erano gli ultimi ad abbandonarla quando ormai il sole era calato e le facce abbrustolite.

La separazione dei genitori sembrava non aver toccato particolarmente Omar, o quanto meno era sempre stato molto bravo a mascherare i suoi sentimenti.

Aveva dieci anni quando suo padre se n'era andato, per sempre, a Stromboli. Donna Rosa non si dava pace, Omar capiva confusamente le sue ragioni ed era dispiaciuto per lei, ma non riusciva a nutrire alcun risentimento nei confronti di quel padre marinaio che sapeva di sole e di sale, di bugie, di peccato e di innocenza.

Pablo raggiunse Omar sul suo scoglio e gli si sedette accanto.

"C'è un caffè che ti aspetta," disse Omar.

"Già preso."

"Entri in acqua?"

"Aspettavo la tua permisión," disse Pablo ridendo, e si tuffò riemergendo più in là. Diede un colpo secco di testa schizzando acqua dai capelli e prese a nuotare con ritmo impeccabile, bracciata dopo bracciata, silenzioso e veloce. Quando si fermò e sventolò il braccio salutante era quasi un punto luminoso, un riverbero lontano. Omar levò in alto l'asciugamano sbandierandolo e prese la via di casa, si infilò un pullover e portò i libri in terrazza.

"Cosa leggi?" chiese don Alfonso, rientrando carico di borse, seguito da un ragazzo senegalese che spingeva cassette di verdura e altra mercanzia impilate sopra un carretto.

"*Su le tombe si vive: e spesso atterra / le nostre eternità breve tremoto.*"

"Cos'è?"

"Giacomo Lubrano, un poeta napoletano."

"E se mi aiutassi a mettere dentro tutta questa roba?"

"Al vostro servizio, don Alfonso."

"E io al vostro, figlio mio."

Risero e don Alfonso caricò sulle braccia di Omar due cassette di melanzane.

"Chi viene a cena stasera? Ci sono anche i buoni solventi?"

"Vengono tutti. Si festeggia il vostro arrivo."

"Ah, allora..."

"E Pablo dov'è?"

"In acqua."

"Siete dei pesci, tutti e due."

"Io sto preferendo la terra, come vedi."

"C'è qualcosa che non va?"

Don Alfonso non aveva ancora finito la domanda che già si era pentito di averla fatta. E, come aveva previsto, Omar si rabbuiò, non rispose, e tornò fuori a prendere le cassette di peperoni.

6.

GIÙ PER LA CHINA

La cena fu il trionfo del buon umore e della buona cucina fino all'arrivo di Edoardo. Régine gli si fece incontro e lo abbracciò. Omar fece altrettanto. "Sei fatto grande," disse Edoardo. Per lui c'era una sedia fra don Alfonso e Veronika, che prese a parlargli sottovoce confortandolo.

Per i buoni solventi la tavola di don Alfonso non era un appuntamento fisso. Spesso si arrangiavano da soli sulla seconda terrazza della casa di Ficogrande, oppure scendevano in paese. Sapevano che il martedì e il venerdì potevano partecipare senza preavviso. Gli altri giorni poteva accadere che don Alfonso li invitasse (molto dipendeva dalla pesca), o che si autoinvitassero. Ma quella che celebrava l'arrivo di Omar era una cena a cui non potevano sottrarsi. Si era unito al gruppo anche Biagio, un fisarmonicista di strada che di tanto in tanto imbracciava lo strumento per accompagnare la serata con qualche struggente melodia. Edoardo non mancava mai e arrivava solitamente con tutta la famiglia. Ma quell'anno la moglie era tornata a Messina con i figli dopo il funerale del barone e di lì a poco anche lui l'avrebbe raggiunta.

Era arrivato in ritardo perché sapeva che la sua presenza avrebbe immalinconito i convitati, Régine però aveva lasciato in caldo per lui la zuppa di pesce e le melanzane alla parmigiana. Quando gli mise il piatto davanti, Edoardo la ringraziò con un bel sorriso largo che diede ancora più rotondità ed evidenza agli zigomi.

"Sei tra amici, Edoardo," disse don Alfonso, e propose un brindisi per Omar e Pablo seduti in fondo alla tavola insieme ad Anne, la restauratrice di Bruges, una bella quarantenne dalla pelle chiarissima, quasi diafana e – si capiva – ben difesa dal sole di Stromboli. Le lampade a gas diffondevano una luce calda, pacata, su tutti i presenti azzittiti dall'arrivo di Edoardo.

Omar sapeva che quel momento sarebbe arrivato e prese a far dondolare la sedia sulle gambe posteriori con le braccia allungate dietro lo schienale. Anne lo guardò con tenerezza, come indovinasse un imbarazzo e cercasse di alleviarlo. "C'est justement un toast, mon jeune Hamlet," disse alludendo alla maglia e ai pantaloni neri che Omar portava sempre.

"Il mare mi ha portato qui," disse don Alfonso con fare ispirato, gonfiando il petto.

"Ci siamo," ridacchiò Régine. "Per i neofiti," e fece cenno ad Anne, "il padrone di casa si prepara a una delle sue proverbiali tirate."

"Le sue meravigliose tirate," disse Kurt levandosi in piedi, anche lui a petto gonfio, per fargli il verso.

Edoardo si guardava intorno cercando di aggrapparsi al clima di festa.

"Smettetela, e lasciatemi continuare," fece don Alfonso con un buffo tono autoritario, e poi rientrò nella parte. "Il mare è una cosa seria. Dovunque andassi, da marinaio, c'era sempre qualcosa o qualcuno che si allontanava. Ma quando arriva mio figlio, quando questa casa si riempie di amici, tutte le distanze se le mangia la notte. La bellezza di stare al mondo è questo, caro Edoardo. La gioia, la tristezza, il coraggio di amare, che tu conosci benissimo."

"Canta il tuo Gardel!" disse Régine, e cominciò lei: "*Si arrastré por este mundo...*".

"Biagio non la sa," si difese don Alfonso.

"Non la so," gli fece eco Biagio. E chiuse simbolicamente, facendola sfiatare, la fisarmonica che teneva in grembo.

"Non importa," disse Pablo conferendo un'inattesa serietà al suo invito. Da quel momento in poi tutti sapevano che don Alfonso avrebbe cantato, a voce nuda.

Anne, la mano intorno al collo, studiava il profilo di Pablo.

Quando arrivò al picco del ritornello, "*Ahora, cuesta abajo en mi rodada, / las illusiones pasadas / yo no las puedo arrancar*", scrosciarono gli applausi. Biagio, che aveva inteso il giro armonico, entrò con timidi ma precisi accordi. Don Alfonso corresse appena la tonalità e andò verso il gran finale con passione, spingendo indietro il capo, la mano aperta sul petto. Rimase così per un istante, come dovessero scattargli una foto, e poi squadrò tutta la tavolata.

"Giù per la china..." Régine rideva commossa.

Biagio riprendeva grappoli di note del motivo sulla tastiera e ripeteva: "Ci vorrebbe un bandoneon". Veniva dall'interno della Sicilia, da Sperlinga per l'esattezza, dove non era così raro l'uso di nomi lombardi come il suo. La massa arruffata e stopposa dei capelli dava l'idea che portasse sempre un bizzarro cappello in testa. E ancora più bizzarri erano gli stracci che aveva indosso, una camicia blu alla russa e un paio di bragoni lenti lenti tagliati al ginocchio sui quali erano attaccate spille da balia di dimensioni diverse.

Régine cercava di non fargli mai mancare qualche soldo in tasca. Con discrezione, gli passava quello che si sarebbe potuto chiamare un regolare stipendio. Lo invitava a casa, gli dava da mangiare, gli procurava piccoli ingaggi.

"Bella è, ma lo spagnolo non lo so," fece Edoardo.

Pablo cominciò a tradurre a braccio: "*Si crucé por los caminos*, se ho traversato le strade come un disgraziato che il destino si è accanito a distruggere, se sono stato debole e cieco, voglio soltanto che si comprenda il valore che rappresenta il coraggio di amare. *El coraje de querer*".

Edoardo piangeva tranquillo, la forchetta in mano. “Grazie,” disse, “ho capito.” E pose la forchetta accanto al piatto, perfettamente allineata al coltello.

“Non hai capito!” gridò Omar, e ripeté più piano: “Non hai capito”.

“Cosa?” chiese Edoardo.

Per la prima volta don Alfonso ebbe paura. Paura di suo figlio.

“Qui è tutto un gioco di specchi. Altro che coraggio di amare.”

“Omar!” Don Alfonso non si era reso conto di aver alzato la voce. Era un ordine, quello. Era una minaccia. Ma in realtà don Alfonso sapeva che si stava difendendo. Il cucciolo aveva mostrato i denti, e li aveva lunghi e affilati.

“Vedi,” disse Omar rivolgendosi a Pablo, “non posso parlare. L’isola della libertà è un gulag bello e buono.”

“Mi ha fatto piacere. Davvero, Omar,” disse Edoardo.

“Certo,” brontolò Omar, “certo, ti ha fatto piacere. Sei un bravo ragazzo.”

“C’è bisogno di vino,” fece Régine abbandonando la tavola.

“C’è bisogno che io me ne vada,” disse Omar.

“C’è bisogno che io ti accompagni,” disse Pablo prendendolo per il braccio.

“Je n’ai rien compris,” disse sottovoce Anne a Josette.

“Il messaggero degli dèi ha parlato,” fece Régine accarezzando la nuova bottiglia di bianco, “ma, c’est dommage, non sa quello che dice. Hai sbagliato canzone, mio caro. Niente Sudamerica. Troppe emozioni, mette in moto troppe emozioni,” e si toccò la pancia. “Sono cose che prendono qui e ti ubriacano. Lei un ubriaco lo capisce quando parla? Vous entendez les ivres quand ils parlent? Mettono insieme parole e sentimenti che arrivano chissà da dove. E non gli si sta dietro. Le sens est interdit, sono una strada chiusa. E se gli andate dietro, pac, c’è il rischio di sbattere da qualche parte. È così." E cominciò a riempire i bicchieri con generosità. "E allora beviamoci su, anche noi."

"Est-ce qu'ils ont trop bu, les garçons?" chiese ancora Anne cercando, fra ingenuità e spirito di conciliazione, di ridurre al suo significato letterale il paragone di Régine.

"I giovani..." cominciò Kurt con un tono prevedibile da sociologo da tavola.

"No, ti prego," lo interruppe Régine, "i giovani no. Non ci sono più giovani, e non ci sono più vecchi. C'è chi ha un corpo e chi non ce l'ha più, o si prepara a perderlo."

"Non capisco, Régine," disse Edoardo.

"Se è per questo, voi due non vi siete mai capiti." Era la voce di Omar che veniva dall'alto. Tutti volsero la testa in su e lo videro spencolarsi dalla balaustra del tetto tra le foglie del pergolato. "Chiedo scusa a tutti, non so cosa mi ha preso," aggiunse, e sparì in mezzo al fogliame, lasciando apparire al suo posto il volto sorridente di Pablo. Era un sorriso scavato dentro il fiotto dei capelli dorati e solo don Alfonso capì che si era affacciato per lui come un angelo ambiguo, confortante ed enigmatico.

Biagio attaccò un walzerino gentile, una specie di ninna nanna.

Avrei voluto altri amori, altre felicità.

Avrei voluto mille figli e tante canzoni da imparare per poi cantargliele di sera prima di farli addormentare.

Omar vorrebbe urlarmi qualcosa.

Ha una luce offuscata negli occhi. Vorrei tanto che fosse felice, questo figlio mio. Certe volte la sua inquietudine mi fa paura.

Avrei voluto lasciar entrare dentro di me tutti quelli che sognavano una vita diversa, migliore, piena di emozioni e senza paure, acciacchi, guerre, dolori, spaventi. Mi sarei addormentato insieme a loro, su di loro, io giaciglio per tutti i corpi che non sanno più di avere un corpo.

Giugno 2002

7.

MARTIN

Il giorno seguente fu Omar a svegliarsi per primo. Don Alfonso sentì il rumore di un tuffo e si affacciò sul mare. Vide Omar riguadagnare la riva. Il tempo era diventato un ostacolo. Questo don Alfonso lo sapeva bene.

Ne aveva discusso spesso con Régine. Persino con Edoardo.

"Cosa devo fare?"

"Le parole lasciano il tempo che trovano," diceva Régine. "Goditelo, e basta."

"'Stu picciotto assai soddisfazione ti darà," diceva Edoardo.

E comunque ogni volta don Alfonso si preparava. Solo un anno prima, a Natale, era riuscito a parlargli di Rosa, di sua madre, ma poi si era perso nei ricordi del corteggiamento, di lei, incinta, sulla banchina del porto di Napoli, ad aspettarlo. Era tornato a essere quel gran raccontatore di storie che era, quando parlava con il figlio, e Omar era rimasto ad ascoltarlo come quando era bambino.

D'estate era come se il tempo volasse. E se non volava, si distendeva pigro sui pensieri, sui progetti, sulle intenzioni. Come nei giorni di scirocco, don Alfonso stava immobile, perché l'anima non si muovesse, non sudasse domande, e intanto si mangiava quel figlio con gli occhi. Che altro c'era da spiegare?

Quando non lo si vedeva in giro per un po', Omar era in mare. Aveva sempre i capelli bagnati. Ogni occasione era buona per allontanarsi e tuffarsi. Come se in quel mare avesse in qualche modo voluto sciacquare, lavare, pulire, nascondere, insabbiare un male che si portava dentro.

A don Alfonso piaceva guardarlo da lontano, quando Omar non sapeva di essere osservato. Come ora. Quel figlio un po' ribelle, aspro, lo inorgogliva. Più che guardarlo lo spiava, e se ne rendeva conto. Omar sedeva sul suo scoglio, con l'asciugamano sulle spalle, come il giorno avanti. Don Alfonso pensò di scendere in cucina e preparare un caffè, ma non lo fece. Restò lì dov'era e avrebbe voluto sentire la musica dei pensieri del figlio. Non gli arrivava nulla. E le ragazze? Improvvisamente si rese conto che aveva dato per scontato il suo successo con le donne, e che lo aveva fatto con superficialità; eppure non lo aveva mai visto "stare" con una ragazza. A diciotto anni, è vero, si era presentato a Stromboli con una milanese "addormisciuta" – così l'aveva etichettata Maddalena – di cui poi non aveva sentito più parlare. Rosa gli aveva accennato a una fidanzata, a una compagna di università, ma anche questo risaliva a molto tempo prima. E così gli tornò in mente la lettera appoggiata sul comò. Era ancora lì, sgualcita, in attesa di essere aperta. Don Alfonso guardò il figlio sullo scoglio, guardò la lettera e ancora una volta scelse l'immobilità. Suo figlio era diventato inavvicinabile, questo pensava, e non sarebbe stata la lettera della madre a dargli qualche strumento in più. Fu allora che vide comparire Pablo in costume: brandiva una macchina fotografica, una polaroid. Si avvicinava di spalle a Omar senza far rumore. Quando fu fermo e saldo sui piedi lo chiamò, Omar si volse e Pablo scattò.

"Scemo."

"Una non basta."

Rimasero seduti uno accanto all'altro davanti al mare. Di tanto in tanto Pablo scattava una foto e quando la stampa slinguava fuori, ci premeva sopra i pollici, lavorando l'immagine come fosse creta.

Don Alfonso finalmente uscì, incuriosito, e chiese ad alta voce: "Cosa fai?".

"Buongiorno," rispose Pablo, "lavoro."

"È così che dipinge, papà," fece Omar, "dipinge con le polaroid."

"Non è vero," brontolò lui. "Fermo lì." E puntò l'obiettivo su don Alfonso. "Non si può," disse poi sottraendo la foto al suo sguardo curioso, "non adesso." E cacciò la stampa in una busta di plastica che chiuse insieme alle altre in una custodia. "Il mare. Adesso tocca a lui," concluse, e guadagnò lo scoglio dei tuffi.

Mentre Pablo spariva nel verde trasparente dell'acqua, Omar si strinse nell'asciugamano come avesse avuto freddo per lui. Don Alfonso guardava Pablo puntare al largo.

"Perché non andate a Strombolicchio in barca?"

"Io resto a casa. Sono stanco," rispose Omar. "E poi Pablo ha promesso a Régine che oggi sarebbe andato a trovarlo."

"Di già?" Don Alfonso aveva un'aria maliziosa. E Omar ridacchiò, affondando la faccia nell'asciugamano come mimasse un moto di vergogna.

L'arrivo dei due ragazzi aveva avuto un effetto elettrizzante su Régine.

Régine provava per Omar una tenerezza quasi materna, e non solo perché l'aveva visto crescere. Il suo unico figlio, Brian, era morto a sedici anni in un incidente.

L'unica traccia pubblica di quel dolore devastante era la dedica che compariva in un suo romanzo, ma Régine aveva sempre evitato accuratamente l'argomento. Per anni. Finché, una notte, aveva pianto abbracciata a don Alfonso e gli aveva raccontato di Brian. "Adesso sai tutto," gli aveva detto, "non chiedermi altro e non parlarmene mai più." La ferita non si era rimarginata, ma a Stromboli il dolore finiva per essere più tollerabile. Ogni tanto Régine prendeva il sentiero dell'Osservatorio e continuava su, sulle pendici del vulcano. Sola, pensosa, disfatta, rimaneva per ore seduta sulla roccia nera, nel vento. E lì stava in compagnia di Brian.

Pablo arrivò a casa di Régine in tarda mattinata. Lei lo vide venire da lontano sullo sterrato di ciottoli lavici: avanzava a passi lunghi e lenti, armoniosissimo nell'andatura. "Un puma," pensò Régine. Lo salutò con un cenno breve e secco della mano e lo accolse all'ombra del portico, sdraiata su una chaise longue.

"Prenditi una limonata. C'è del ghiaccio, se vuoi. È tutto lì." E indicò un tavolo di vimini coperto da un'elegante tovaglia di lino bianco.

"Quello che ci vuole," disse lui versandosi da bere, "è fantastico qui."

"Ma lontano dal mare."

"Ma lontano da tutti."

"Ma non abbastanza lontano."

"Ma bellissimo."

"È stato mio marito, Martin, che ha voluto costruirla qui. Era un tardissimoimpressionista. Gli piaceva lavorare en plein air e qui era perfetto. Manca solo la prospettiva del vulcano. Siamo troppo sotto, ma insomma... Paysage. Soleil couchant. Soleil levant. Secondo le stagioni. Poi è arrivato il tempo della Sciara del Fuoco. E infine quello dei fichi d'india. No. Per l'esattezza non i fichi. Le pale dei fichi. Le più sofferenti. Marce. Rotte. Pale cadute. Mordicchiate. Offese da legni, sassi, chiodi, ferraglie." Aveva parlato tutto d'un fiato, esplorando il giovane Pablo proprio come avrebbe fatto un pittore, un fotografo. Era eccitata di avere il "puma" così vicino, ma era eccitata anche all'idea di parlare del lavoro del marito. Sentiva che lui poteva capire, lo vedeva capire, lo vedeva in quieta attesa.

"Posso entrare in casa?"

"Sì, ma i quadri non sono lì."
"Hai detto che sono rimasti tutti a te..."
"Sì, ma non in casa mia. Nelle stanze di casa mia le pareti sono bianche, pulite, non ci appendo niente. Dobbiamo scendere nel suo studio, in magazzino. È qui sotto."
Régine allungò le gambe fuori dalla chaise longue e con una fatica più spirituale che fisica si alzò in piedi.
"Vieni. Ti accompagno." Lo prese per mano e scesero sotto la veranda. Aprì la grande porta di legno scorrevole che scivolò lungo i binari con qualche scricchiolio.
La luce penetrò con violenza dentro uno stanzone basso totalmente ingombro di tele.
Pablo avanzò nel corridoio lasciato aperto fra le tele allineate orizzontalmente e appoggiate a supporti di legno da imballaggio. Erano tutte di medie dimensioni: sessanta per centoventi. Pablo arrivò sino in fondo, dove c'era molta meno luce e dove invece erano appese al muro in bell'ordine almeno una ventina di piccole tele, immediatamente visibili.
"Non c'è una luce qui in fondo?"
Régine fece scattare un interruttore e si accesero quattro faretti.
"Ma chi era quest'uomo?" fece Pablo allungando la mano verso la tela che aveva di fronte. Le sue dita cercavano la promiscuità della materia, del colore.
Régine gli venne dietro, lo sentiva respirare, sentiva l'odore dei capelli, del sudore, misurava la forma delle spalle sotto la camicia, la lieve forza del puma.
Sotto le dita di Pablo passava la crosta impervia del colore rappreso, il verde marcio di una pala ferita, aperta come una bocca, il magma biancastro dello spacco, il nero brulicante di accensioni in cui pareva galleggiare come un mostro vegetale in un fango secco.
"Era questa la sua Stromboli?" chiese poi cercando una correzione all'idea che si era fatto di Martin come pittore di genere.

“Ma no, ma no, campava con queste belle prospettive del vulcano,” disse Régine tirando fuori una tela più grande, “o con queste casette eoliane, bianco su blu, bianco su nero, panni stesi, barche che attraccano al pertuso di Ginostra, e così via. Li vendeva. I paesaggi li vendeva. Lui non voleva un nome,” disse Régine scuotendo la testa, “o non l’ha più voluto dopo New York. La sua prima personale. Nel ’56. Un fiasco. A Parigi andò meglio, due anni dopo. C’era anche la Bergman, che lui aveva conosciuto qui durante la lavorazione del film. Dopo il ’60, basta. Ed è stato allora che ci siamo incontrati. Si accontentava di vendere di tanto in tanto qualche paesaggio attraverso un amico gallerista. ‘La mia roba per turisti,’ li chiamava.”

“E quelle pale, non le ha viste nessuno?”

“Quasi. Non le ha fatte vedere a nessuno. E lo stesso vale per le sciare, guarda.” E gli mostrò una tela dove un magma polveroso, una cupa accozzaglia di bruni venati di rosso, era come tagliato in basso da una voragine di blu cobalto.

“Questa non è roba per turisti.”

“Lo sapeva. E infatti sono qui,” disse Régine esplodendo in una delle sue belle risate di pancia.

Restarono nel magazzino a lungo, lei raccontando della bizzarra carriera di Martin, lui ascoltando con attenzione, sorpreso dalla competenza, anche tecnica, di Régine. Lei si rendeva conto di non essere mai stata tanto prodiga di particolari, di non essersi mai arrischiata a tracciare una biografia artistica che la riguardava così da vicino. Non solo: avvertiva che tutto ciò accadeva grazie a Pablo, alla percezione della sua fisicità, della sua stessa bellezza, ma che fisicità e bellezza non erano il premio di tanta confidenza, quanto semmai l’esatto contrario. Lo desiderava, desiderava mettergli le mani addosso non diversamente da come accadeva con altri giovani, ma al contempo – e per la prima volta – avrebbe voluto prolungare l’attesa della seduzione ancora e ancora e ancora. Sapeva che avrebbe persino potuto raccontargli del figlio Brian, di quando l'aveva perduto, di come l'aveva perduto, ma glielo impediva un antico pudore, che in quel caso l'allertava a non mettere nelle mani di quel ragazzo, tutta in una volta, così come le veniva voglia di fare, tutta la sua vita. Parlava e la presenza di lui, o addirittura l'immaginazione della sua presenza, le apriva una via nei sensi, tanto che doveva, talora, cercare un appiglio per reggere lo struggimento nuovo che la stava tormentando.

"E tu, che pittore sei?" chiese di punto in bianco, quasi a stornare l'attenzione da sé.

"Vuoi un'etichetta?"

"Dillo come vuoi tu."

"Gioco. Parto dai colori. Li metto in disordine. E quando dal disordine viene fuori un fantasma, un'ossessione, allora ci cado dentro. Dentro il quadro. A volte anche materialmente. Un quadro non lo si controlla, l'hanno già detto."

"Mi piacerebbe vederti lavorare," disse Régine, e lo disse come avrebbe dato voce a un'offerta d'amore.

"Dammi da lavorare," rispose lui, quasi soprappensiero.

Régine si alzò, si diresse verso una porticina metallica e l'aprì. Pablo entrò dietro di lei nello studio di Martin. Tutto era coperto con cerate e panni bianchi. Régine tirò a sé un panno con uno strappo e scoprì ciotole di colore rappreso. Tempere.

"Quando vuoi..."

Pablo sputò sulla mano e la calcò in una ciotola di rosso, la ritrasse e la stampò sulla guancia di Régine. Poi con l'indice scompose l'impronta in un ghirigoro nervoso. Risputò sulla mano e fece la stessa cosa con un giallo sporco.

"Tu sai cosa dicono di me qui a Stromboli?" disse Régine mentre lasciava fare, passiva come non era mai stata.

Pablo avvicinò la bocca a quella sorta di tatuaggio di sangue e cominciò a leccare adagio, e poi a dare colpetti in punta di lingua.

Régine chiuse fra le labbra la lingua macchiata di Pablo e

poi gli spinse la sua in bocca. Stava per chiuderlo in un abbraccio quando Pablo liberò le labbra e le avvicinò all'orecchio di Régine sussurrando: "Non ancora". Non era un ordine, tanto meno una preghiera. Era semplicemente un "non ancora". E lo vide Régine, quel "non ancora", negli occhi luminosissimi del ragazzo. Era più grande di una promessa. Lui la prese per mano e la condusse fuori. "Vediamo la guancia, come reagisce al sole."

Nunziata, la domestica di Régine, aveva preparato un'insalata ed era sparita. Mangiarono parlando di don Alfonso e ancora una volta Régine fu generosa di aneddoti, di dettagli. Lei non fece domande su Omar, anche se avrebbe voluto. Sentiva che lui avrebbe detto un altro "non ancora".

Quando Pablo se ne andò – e lei lo guardava scendere con il suo passo da puma la stradicciola inchiodata dal sole – Régine ebbe una sorta di mancamento. Sentiva il sapore di tempera e il sapore della lingua di Pablo in bocca. Corse in bagno a specchiarsi. Si spogliò. Si carezzò il disegno, quella macchia informe di colore sulla guancia, e cominciò a masturbarsi finché un grido, un pianto, un singhiozzo prolungato non le annunciò che il piacere la stava visitando con inusitata violenza.

La sera nella casa di Ficogrande passò tranquilla. Don Alfonso guardava con una certa apprensione il figlio muoversi nerovestito fra terrazza e cucina. E vedeva che Pablo faceva lo stesso. Nel dopocena arrivò Edoardo a raccontare altri episodi della sofferta convivenza a Villa La Torre, della tensione fra Annabella e il fratello, della partenza degli altri familiari. La lettura del testamento sarebbe avvenuta di lì a una settimana ed era stato convocato anche lui. Chiedeva a don Alfonso come avrebbe dovuto comportarsi e se quell'invito avrebbe potuto corrispondere a una qualche forma di lascito da parte del barone Condrò.

"Avrà pensato a te, di sicuro," disse don Alfonso, "ma non metterti strane idee in testa. Vai e ascolta. E non farti fregare."

"Io la legge sempre dalla parte sbagliata l'ho vista," diceva Edoardo, "io della legge mi scanto. Assai. Quelli mi chiamano, mi fanno domande, e io 'un saccio rispondere."

Diceva che aveva spesso sentito Annabella piangere e che il suo compare-marito la consolava. Era sicura che non avrebbe avuto nulla, e allora cercava di coinvolgere il fratello Luca nel progetto della comunità.

"Ma quello non la sta a sentire. La insulta. Ma mai davanti al suo uomo. Aspetta che Maurizio se ne esce e poi la arronza."

Don Alfonso ascoltava e intanto teneva d'occhio i due ragazzi che discutevano fra loro. Omar esplodeva di quando in quando in una risata chioccia. Se da una parte don Alfonso si sentiva sollevato, dall'altra si tormentava all'idea di non sapere che cosa procurasse al figlio quella soffice allegria: nello stesso tempo, attribuiva a Pablo una virtù terapeutica o quasi magica il cui godimento, da parte di Omar, gli suscitava un sentimento indistinto che avrebbe potuto chiamare invidia o gelosia. Cercava di tener dietro ai discorsi di Edoardo che, con il vino, si facevano sempre più frammentati e molesti.

Infine Pablo si avvicinò a Edoardo e sedette a gambe larghe, gomiti sui ginocchi, pugni sotto il mento, capelli sugli occhi.

"Tu hai paura," disse.

"Ho paura, sì. Paura che torna tutto com'era. E com'era non era cosa."

"Non torna," sorrise Pablo.

Edoardo non chiese che cosa ne poteva sapere quello spagnolo, di che si impicciava, che si stesse muto. Con don Alfonso aveva piagnucolato sui poveri cristi, sui dannati della terra come lui, e ora chiedeva semplicemente: "Non torna?". Pablo non ebbe bisogno di rispondere, fece un no lento con la testa, come la stesse cullando sui pugni chiusi, come stesse cullando anche l'anima di Edoardo, come stesse cullando – pensò don Alfonso sconcertato – tutta la sua Stromboli.

I giorni che seguirono furono all'insegna di un progressivo assestamento. La convivenza nella casa di Ficogrande non era diversa da quella di altre comunanze estive. Sia a Stromboli sia a Ginostra, dall'altra parte dell'isola, non erano rare le comunità eccentriche: a sera, quando si affievoliva la grancassa turistica, l'andirivieni di bagnanti, il gracchiare delle Api, il borbottio degli scafi, prendevano consistenza i suoni che venivano da case e alberghi, e allora si riconoscevano, netti nell'aria anche se non riconducibili al luogo di provenienza, le nenie del gruppo tantrico raccolto in cerchio sulla terrazza, l'acciottolio delle cucine, lo sciacquio delle docce all'aperto, scalpiccii, confidenze preprandiali e talvolta, lontano, il suono della fisarmonica di Biagio. Sembrava che l'aria fosse piena di questo gentile mosaico di rumori, che, quando il mare era piatto, per chi si fosse fermato ad ascoltare diventava la musica crepuscolare del mondo, la memoria purgatoriale dell'esistenza.

Régine andava e veniva da Ficogrande, si dava da fare in cucina, si intratteneva come al solito con gli ospiti, e soprattutto si dava un gran da fare intorno a Omar e Pablo. Grande ascoltatrice e dispensatrice di sapere, tornava a galla persino la scrittrice.

Omar non l'aveva mai vista da quell'angolatura, non aveva mai chiesto alcunché sui suoi romanzi né tanto meno li aveva letti. Pablo l'aveva interrogata direttamente e gli erano bastate poche parole: "Scrittrice. Lo fai ancora?". Pareva che quell'"ancora" fosse diventato un passe-partout, la parola chiave.

"Avevo diciott'anni, avevo appena incontrato Martin e lui mi aiutò a pubblicare il primo romanzo. Il secondo l'ho scritto sei anni dopo e mi ha dato da vivere per i dieci anni successivi. Poi ne è uscito un terzo, più tardi, e lì ho chiuso. Non mi interessava più. Sparita. Sono sparita qui. Non ho più risposto ad agenti ed editori, con la sola eccezione di quello francese, che è un amico. Silenzio. Ogni tanto c'è qualcuno che si ricorda di me. Ma bisogna saper chiudere. E io ho chiuso."

"Bugia," aveva detto Omar, che quanto meno l'aveva vista spesso davanti alla tastiera e che ora si sentiva titolato a intervenire.

E così era venuto fuori che Régine aveva scritto qualcosa sotto pseudonimo. Il suo nome, in realtà, in America e in Francia aveva lasciato una traccia importante: talvolta era avvicinato a quello di Alice Munro, talora a quello di Mavis Gallant.

"Comunque è come se avessi chiuso," e per una volta Régine fece sentire che c'era un "non ancora" anche per lei e che continuare per quella strada avrebbe coinciso con il diffondersi su aspetti – su *un* aspetto – della sua vita privata che non aveva voglia di condividere e di cui solo don Alfonso era custode.

In quei giorni – cosa che d'estate non accadeva spesso – era peraltro tornata sul sentiero del vulcano. Ci era salita nelle primissime ore del mattino, con il sole che appena accennava a spuntare. Arrivata sotto la cima si era seduta e aveva pianto il suo Brian come forse non aveva mai fatto, o forse solo quando era scomparso. "Ho un buco," si ripeteva ad alta voce, "ho un buco nel cuore, c'è solo questo maledetto buco." Un gruppo di turisti che aveva fatto l'escursione notturna alla bocca del vulcano le era passato accanto: lei aveva smesso di piangere ma era rimasta con le mani sulla faccia, i turisti avevano fatto silenzio e per un attimo si era sentito solo lo scalpiccio sulla polvere lavica, quasi quelli avessero colto la follia di quella donna in sandali, con una leggera giacca a vento arancione sulla tunica gialla, accovacciata davanti all'alba. La giovane guida che chiudeva la fila si era fermata a chiedere se andava tutto bene e l'aveva riconosciuta. Régine l'aveva congedato con un sorriso.

Annabella Condrò partì da Stromboli insieme al suo compagno la seconda domenica di giugno. La sera prima era stata vista entrare in chiesa da sola. Qualcuno diceva di averla sentita pregare. La voce arrivò all'orecchio di don Alfonso mentre aspettava le cassette di alimentari da Lipari. Come in molte località balneari, soprattutto isolane, a Stromboli le relazioni con gli ospiti vacanzieri e la vita che ne conseguiva non azzeravano quella della comunità dei residenti, ma era come se questa occupasse uno strato più profondo e meno visibile delle occupazioni quotidiane. Fra la visita di un politico, lo sbarco – magari solo per una cena – di una star del cinema internazionale, la presenza di personaggi celebri e gli accadimenti che riguardavano la Stromboli più "domestica" non c'era quasi alcun legame e i due settori avevano pari dignità a fronte della curiosità che potevano destare. Il risultato era che Annabella in chiesa e l'avvistamento della barca di Tom Cruise erano esattamente sullo stesso piano, e così pure il cercare di capire quando e dove l'attore sarebbe sbarcato e perché Annabella avesse avuto bisogno di un conforto religioso.

Annabella in verità era proprio andata a confessarsi – l'autorevolezza di don Alfonso era riuscita a cavare la confidenza dal parroco – ed era partita con l'anima in pace, convinta di cominciare, che avesse avuto o meno parte dell'eredità del padre, la sua battaglia.

Fa freddo qui. Non mi è mai piaciuto il freddo. Anche sulle navi capitava che scendevo in sala macchine solo per avere più caldo. Ma non era così. D'inverno si gelava anche lì. E faceva freddo pure a casa dei miei genitori, d'inverno. Zio Tonino mi aveva regalato un libricino che si chiamava Manuale per le maestranze marittime. *Su quello imparai nomi, funzioni, quel che serve. Imparai tutto sulle caldaie. Ripetevo a memoria: "I combustibili usati per le caldaie a combustibile liquido sono generalmente: petroli greggi, naftetine, catrame minerale". Petroli greggi, naftetine... Mi piacevano le parole. Mi sembrava che avessero già l'odore che poi avrei scoperto. Quando zio Tonino mi presentò ai tecnici della Nato lo disse fiero: "'Funzino mio ha studiato a memoria 'o libbro del comandante Salvatore Puglionisi". Libro che loro non conoscevano. Tuttavia mi fecero recitare qualche brano e poi mi dissero che dovevo cominciare dalle officine di terra. Mi misero al tornio. Come meccanico avrei potuto essere imbarcato più facilmente. Ed era vero.*

Portici, dicembre 2004

8.

UN PO' PER UNO

Era un mese di giugno dolce e bellissimo, l'isola scoppiava di colori. Spesso la notte uscivano a totani con i pescatori. Non era una novità per Omar, ma lui era contento che ci fosse anche Pablo. La mattina i ragazzi si svegliavano tardi e, se non c'erano urgenze, entravano subito in acqua. Omar non aveva più patito il freddo dei primi giorni; spesso uscivano in barca e arrivavano a Ginostra, o alla Sciara del Fuoco.

Alla sciara Pablo "riconobbe" i quadri del marito di Régine e provò il desiderio intensissimo di studiarli con gli occhi e con le dita. Gli era già capitato – ed era solo un ragazzino – nel '95 a Parigi, alla grande mostra di Sam Francis, o a Londra quando aveva scoperto Francis Bacon. Alla Sciara del Fuoco si era buttato in acqua quando il sole del primo pomeriggio l'aveva completamente disidratato, tanto aveva voluto restare immobile a contemplare quella valanga di macerie vive, quello sputo del ventre della terra che slinguava grigionero dentro il blu dell'acqua. E una volta tuffatosi, piroettava verso i fondali dissestati, verso le rovine delle eruzioni che ora ingombravano con ruvida bellezza quel liquido mondo gremito di guizzanti e coloratissime presenze silenziose.

La sera tornavano carichi di ricci – Omar era un mago nel sottrarli alla roccia senza ferirsi –, che Régine usava per condire gli spaghetti mentre don Alfonso apparecchiava sotto il pergolato. Sì, perché Régine e don Alfonso avevano imparato ad aspettare quei ritorni, come se Omar e Pablo fossero entrambi figli loro. Spiavano a turno il mare e si davano la voce al primo avvistamento. Era come se in quei momenti scoprissero, insieme alla bellezza dell'attesa, l'identità della loro solitudine.

La solitudine di don Alfonso era fondata su una riserva di vitalità, di memoria, di passioni accumulate. Quella di Régine poggiava al contrario sulla fuga dal passato e sul fastidio del futuro. Era tutta nel presente, Régine. Sentiva il tempo sfuggirle tra le mani, e siccome amava la vita e l'aveva onorata in tutti i modi che conosceva, ogni volta che aveva potuto, non riusciva a nascondere le sue paure: usava espressioni forti e spesso volgari come un inno alla vita, alla bellezza, al sapore forte dei corpi.

Régine chiedeva senza chiedere. E spesso otteneva solo con uno sguardo. A lei bastava quel momento, o almeno così credeva. Per ribadire a se stessa quel concetto che amava ripetere: c'erano persone a cui non toccava nessuna felicità. Lei questo lo aveva sempre saputo.

Si accontentava del conforto di un cammelliere bugiardo. Una musa che la ispirasse. Già, una musa. Il corpo di un ragazzo. Nero, greco, un Ulisse arrivato dal mare. Uno che con i suoi silenzi sapesse comunicarle qualcosa che lei conosceva già. Qualcosa che aveva imparato altrove, nel mondo che aveva conosciuto. Aspettava una nave, un veliero, un bastimento. Una nave fantasma con un carico di dolore e sorrisi stracciati. "J'attends un navire," cantava. Lottava con mille demoni, Régine, ma alla fine ne usciva con un'ansia di vita che gli anni non sapevano sedare.

Con Pablo era diverso. Lo sapeva, e il suo "non ancora" era appeso nel vuoto come un monito, difficile da interpretare.

Anche Edoardo si preparava a tornare a Messina. Don Alfonso lo raggiunse a Villa La Torre per accompagnarlo al porto.

"Ecco il nostro Che Guevara che torna in Argentina," scherzò don Alfonso vedendolo con la borsa da viaggio, seduto sulla fontana asciutta nel giardino per il quale tanto si era prodigato negli ultimi anni.

"Pronto sono," disse Edoardo volgendosi indietro con un gran mazzo di chiavi in mano, "non c'è più nessuno. Bedda è, 'sta casa. Beddissima."

Don Alfonso aveva poca simpatia per quel posto. Troppo lusso. Troppo spreco d'acqua. Troppo per un'isola come Stromboli. La costruzione era eoliana solo per qualche accenno qui e là: citazioni. La facciata era pittata di rosa pallidissimo. Il corpo dell'edificio, completamente rifatto in anni recenti, si sviluppava a ferro di cavallo: fra le due ali laterali si apriva dunque una sorta di cortile interno protetto da un alto pergolato, che era un ricettacolo d'ombra anche quando il sole era a picco. All'esterno, esclusa la facciata, tutto l'edificio era percorso da portici eoliani e da una cascata di buganvillee. Nel giardino, equidistanti dalla fontana con al centro la statua di Diana cacciatrice, c'erano due gazebo ottagonali con colonne eoliane. La casupola in mattoni lavici e calce, dove risiedeva Edoardo, era la più isolana e contrastava non poco con la severità geometrica della villa.

Don Alfonso ricordava un salone chiuso al fondo da una lunga vetrata che nei mesi estivi era sempre aperta sul patio.

"Questo è un addio," disse Edoardo senza muoversi da dov'era. "Sai, don Alfonso," continuò "quand'ero in galera, io mi sognavo posti come questi. Non questo. Come questo. Anche più ricchi. Io che me ne stavo con la camicia aperta a bermi un bicchiere di vino, e tutto intorno fimmine, tante fimmine che si annacavano. Belle fimmine che mi sorridevano e mi dicevano: me lo fai un piacere, Edoardo? Me lo fai il piacere di tenermi in questa tua casa bellissima? E io: no, che non ti posso tenere, perché se ti tengo scompare. Così dicevo nel sogno."

"Non era un sogno proprio bello," commentò don Alfonso.

"Certo che non era bello, mi svegliavo con l'angoscia. E mi volevo fare subito. E non potevo farmi. E allora gridavo, gridavo. Poi ho imparato. Dopo, però." Si interruppe come fosse attraversato da un ripensamento, addirittura da un rimorso, e come un mantra ripeté la sua educazione alla rivoluzione, così com'era avvenuta in carcere e come l'aveva coltivata dopo. Si accorse che don Alfonso non lo ascoltava e allora si alzò, aprì le braccia a campana quasi a disegnare una rassegnazione, a cosa non sapeva neppure lui, e continuò: "Io faccio parte di quel mondo che ha il diritto a ribellarsi. Ma quel sogno non mi ha lasciato mai. Andiamo al porto, don Alfonso. Andiamo via".

Salirono sull'Ape e arrancarono su verso San Vincenzo. Sulla balaustra della piazza sedevano Omar, Pablo e Anne, che salutarono sbracciandosi.

Omar, Pablo e Anne avevano cominciato a uscire assieme. Ma era soprattutto nelle serate che la formazione si ripresentava puntuale. Anche quando i buoni solventi non si fermavano a cena al tavolo di don Alfonso, verso mezzanotte compariva Anne, con o senza i suoi amici. Era uscita in mare con i ragazzi per la pesca notturna e insieme a loro pensava di salire in vetta al vulcano – escursione che Josette, Gérard, Kurt e Veronika avevano fatto molte volte –, ma soprattutto scendeva con loro in acqua. Restava raramente al sole dopo i bagni, ma Omar e Pablo la seguivano volentieri all'ombra. Aveva cominciato a parlare un italiano stentato ma infarcito di termini preziosi che le venivano dagli studi classici e di storia dell'arte. Portava turbanti, tuniche e scialli leggerissimi che mantenevano inalterato il candore della sua pelle. Nuotava come un delfino e quando usciva dall'acqua nel suo costume intero nero, benché armeggiasse subito con asciugamani e foulard, trionfava il suo corpo scultoreo, perfetto. Bianchissimo.

Una notte don Alfonso vide Omar restare ad aggirarsi meditabondo sul tetto terrazzato e si preoccupò: non dormiva, era solo, con quali pensieri in testa? Come spesso faceva in quel giugno bizzarro, continuò a guardarlo non visto, senza cedere alla tentazione di salire e provare a parlargli. Quando la sua figura sparì sotto il livello della balaustra, decise di raggiungerlo. Non era ancora arrivato in cima alle scale e lo vide steso su un tappetino, le mani incrociate sotto la nuca. Forse guardava il cielo stellato, forse si sarebbe addormentato lì. Ridiscese. La finestra della camera che il figlio condivideva con Pablo era semilluminata. Gli parve di intravedere Anne seduta sulla piccola scrivania di Omar. E Pablo? Era lì? Non riusciva a vederlo, né voleva restare troppo davanti alle persiane accostate. E lei? Era nuda? Cercò di guardare meglio ed ebbe la percezione di due corpi intrecciati, il bianco di Anne, il bruno di Pablo.

Don Alfonso tornò nella sua stanza confuso ed eccitato, non sapeva se compatire il figlio o concentrarsi su quel biancore soffice appena intravisto. La "scialba creatura" si muoveva sulla cera molle della memoria come un fantasma di carne finissima.

Quando cominciò ad albeggiare e non aveva ancora preso sonno tornò alla finestra dei ragazzi e vide allacciati nel letto, addormentati, Anne e Omar, e ancora più forte fu la sensazione di chiaro e scuro, il corpo di bronzo del figlio e quello lunare di Anne.

"Un po' per uno," pensò, e non avvertì che dall'alto Pablo lo stava guardando sporgendosi appena dalla balaustra.

Pablo saliva di tanto in tanto alla villa di Régine e restava a lungo nello studio di Martin. Aveva incollato assieme quattro grandi cartoni da imballò, lasciando in bella vista giunture e piegature, e ora ci lavorava su, dopo aver dato nuova, umida freschezza alle ciotole di colore e ai pennelli abbandonati da anni. Aveva cominciato con il dripping, lasciando colare lingue di tempera molto liquida. Al centro s'era aggrovigliato un nodo di rossi e ocra. Régine lo trovava sdraiato sul cartone a scomporre grumi, a enfatizzare riccioli, sbavature. Scendeva anche quando non c'era e si lasciava rapire da quel motore inquieto di colori che la aggrediva e la sgomentava.

Avevano parlato ancora di Martin e Régine aveva raccontato con scioltezza, senza condimento di battute o sarcasmi, la figura del marito. Pablo aveva chiesto notizie anche a gente del paese che lo ricordava, in particolare al vecchio pescatore Giovanni Limena, che lo portava alla Sciara del Fuoco. "Macari d'inverno, sapete, c'u mare ca impaurava," diceva Giovanni. E così ci era ritornato insieme a Omar e Anne. Si era immerso esplorando a occhi aperti l'abisso blu. Si era avvicinato al lembo estremo della sciara, malgrado dalla barca, e più forte dalle barche turistiche, lo richiamassero indietro.

Era venuta anche Régine una volta. Aveva notato la confidenza che Anne aveva con i due ragazzi. E soprattutto l'aveva vista togliersi tutti i suoi bardamenti quando si era tuffata in acqua e aveva covato una sorta di molle gelosia. Non sapeva cosa era accaduto nelle notti di Ficogrande, ma lo presumeva, e così l'aveva guardata nuotare con il rapimento di chi si trova al di qua del vetro della giovinezza. Non la preoccupava la bellezza – era ben consapevole di portarne ancora i segni –, ma la giovinezza sì. Aveva peraltro scoperto che l'attrazione per Pablo era, persino dentro di lei, un'attrazione condivisa, che proprio in quella condivisione aveva un senso il suo stesso desiderio. Non si sentiva dunque in competizione con Anne, ma cercava di collocarla in quel tempo sospeso del suo “non ancora”, domandandosi se ci fossero dei “già” a scalare, se il tempo di Pablo andasse verso la giovinezza per poi ricominciare o verso la maturità – Anne in fondo si trovava al centro ideale di quel percorso. Aveva abbandonato subito quell’ipnotico rovello dandosi della scema, si era reinfilata i grandi occhiali da sole e aveva cominciato a guardare verso la sciara. Era caduta allora in un’ipnosi ben più rapinosa. Era come l’avesse dimenticata. O era come se la guardasse con occhi nuovi, che poi erano quelli che le stava prestando Pablo. Si era sentita quasi soffocare, lì da sola sulla barca – i ragazzi, dopo averla invitata ripetutamente a entrare in acqua, si erano allontanati con Anne –, e strappandosi gli occhiali con rabbia si era accorta che stava montando un pianto imprevisto, una commozione diversa da quella che la visitava quando andava a “parlare” con Brian. E aveva pianto. Forte. Tanto. Come una creatura di antichi poemi cavallereschi aveva pianto la sua solitudine, l’abbandono – da chi? da cosa? –, nello scafo che dondolava leggero sul mare, davanti alla maestà possente della sciara, come fosse rimasta sola al mondo, sapendo che nessuno sarebbe arrivato a riportarla nel palazzo fantastico da cui era stata rapita.

Un venerdì, dopo la cena con i buoni solventi, dopo una lunga sequenza di bottiglie che Kurt aveva portato da Lipari e che avevano messo a dura prova la resistenza al sonno dei convitati, don Alfonso, presa la postura del marinaio sulla tolda della nave, ingiunse che nessuno si prendesse la briga di riordinare e che si guadagnasse onorevolmente il letto. In realtà lui era tornato a sedersi, e con lui era rimasta Anne. Non avevano scambiato una parola, ma quando don Alfonso si era alzato per entrare in casa, Anne lo aveva seguito.

Lo seguì in camera da letto e lì si spogliò con rapidità e naturalezza, lasciandosi addosso solo il foulard cilestrino. Per quanto avesse familiarità con le donne, don Alfonso era sorpreso. Restò immobile e lasciò che lei si avvicinasse e cominciasse ad accarezzarlo sul petto, sotto la camicia. "Le grand loup de mer, le grand loup, ou plutôt vous êtes un ours?" diceva mentre gli si premeva contro. Lui le poggiò le mani sul capo, le sciolse il foulard, e fece una debole pressione che lei assecondò. Lo baciò sopra il lino dei calzoni. Morse e leccò tessuto e carne finché don Alfonso non le chiese esplicitamente di spogliarlo: cosa che lei fece con puntualità da nurse, da infermiera. E con eguale, giocosa diligenza lo prese per il pene, lo trascinò sul letto e, senza abbandonare mai la presa, lo guidò dentro di sé.

Era ancora sopra di lei, quando si volse, in una sorta di presonno alcolico, verso la portafinestra e gli sembrò di distinguere una sagoma nel buio. Poi si addormentò. Poi gli sembrò di risvegliarsi, ma le palpebre non volevano sollevarsi, e tuttavia cercava di capire a chi appartenesse quella forma scura appena disegnata dalla luna. Sentiva la dolce morbidezza dei seni di Anne, il suo respiro sottile, l'umidiccio degli umori sulla carne di entrambi, e aveva voglia di abbandonarsi, di cadere nell'oblio. Eppure guardava, o gli pareva di guardare: era Pablo, ora lo vedeva, sorrideva immobile nel buio. "Un po' per uno," diceva, sottovoce. E poi fu un carosello di immagini: Régine, Omar con una piega amara sulla bocca, Edoardo, Rosa che si teneva agli stipiti con le braccia levate e gli soffiava dalle labbra "Schifoso", ma le labbra si facevano docili, sensuali, e modulavano un richiamo melodioso, "Alfonsiño", e si moltiplicavano in una serie di altre labbra sempre più rosse.

Rimaniamo anche ore senza dire una parola. Lui si sdraia sul divano grande. Io sprofondo nella poltrona blu. Magari fuori c'è una bella luce, una luce intensa che carezza i vetri e vuole stare con noi. Poi lui si copre con un plaid. Io non posso avvicinarmi, lo so. Devo lasciarlo fare. Anche quando si alza per andare in bagno. E tuttavia gli piace che io ci sia. Me ne sto immobile, le mani sui braccioli della poltrona. Oppure lui legge. Io sfoglio il giornale e poi mi incanto a guardare un ramo frondoso che bascula pesante nel vento come se appartenesse al cielo e non a un albero, l'albero che da qui è praticamente invisibile.

Stiamo così e la stanza si riempie di respiri. Si sente distintamente che stiamo respirando perché da fuori arrivano pochissimi rumori e quindi è come se questo spazio, il nostro spazio, assorbisse tutto.

Anche quando andavo per mare avevo a che fare con il silenzio. Ero capace di starmene giornate senza scambiare una parola, ma non c'erano un dentro e un fuori e comunque sia il dentro che il fuori erano fracasso, rumori. Meccanici, animali, naturali.

Ora sono qui e divido il silenzio con qualcuno, e questa spartizione mi piace. Toglie ritmo all'attesa, la smorza, la fa arrancare. E intanto fuori la luce cambia. È la prima volta che faccio una promessa che so di mantenere.

Ma sì. Erano isole per sradicati. L'estate confondeva tutto, ma l'inverno e la primavera avevano la nettezza di un rivelatore stagionale: insieme ai pochissimi che non avevano mai abbandonato le isole spuntavano gli altri residenti, quelli come me.

In certe giornate di vento e pioggia salivo alla villa del barone Condrò. Edoardo mi lasciava le chiavi, casomai ci fosse bisogno. Entravo. I divani coperti con i panni bianchi, le finestre sbarrate, il freddo, la polvere. Era una casa abbandonata. Eppure si sentiva come stampata nell'umidità la forma di una volontà, cattiva magari, ma volontà. Da Régine invece c'era il vuoto di una lunga pausa. Si stava bene da Régine, ma non ci stavo granché, semmai la invitavo a scendere da me. D'inverno Régine si allontanava spesso, mare permettendo: Palermo, Napoli, qualche volta la Francia, e allora era capace di non tornare anche per un mese. E a Ficogrande? Non c'era né volontà né vuoto. C'era un'attesa: che arrivassero i buoni solventi, che arrivasse Omar, che scendesse Régine. Io sono sempre stato capace di aspettare, altrimenti non avrei passato così tanto tempo sulle navi, dove spesso il da fare bisognava inventarselo. Anche adesso aspetto.

Portici, dicembre 2004

9.

LA STORIA DI ETTORE

Quando si svegliò, Anne non c'era. Il cielo era coperto. Aveva perso un appuntamento al porto e sarebbe stato inutile correre. Si infilò un lupetto, il costume e andò a preparare un bricco di caffè per tutti. Era già pronto. Al tavolo della cucina c'era Omar con i suoi libri.

"Buongiorno, signor catastrofi," disse sedendogli di fronte. "Ma quando lo fai questo esame?"

"A settembre, se posso," rispose Omar. "Ho chiamato la mamma," disse versandosi del caffè. "Mi ha chiesto se hai letto la lettera. Le ho detto di no."

"E come fai a saperlo?" chiese don Alfonso.

"Lo so," disse Omar con un moto di benevola tolleranza.

Don Alfonso pensò che Omar era entrato nella sua stanza e aveva visto la busta intatta sul comò, ma poi si rese conto che se in quei giorni c'era una spia, quella era proprio lui. Non solo: gli tornò in mente la visione notturna ed ebbe l'imbarazzante sensazione di essere stato visto nudo sopra il corpo di una donna che solo la notte prima era stata nel letto del figlio. "Mi ha visto scopare la sua ragazza," si trovò confusamente a pensare.

Omar beveva il caffè e lo guardava di sottecchi. "Fai bene a non leggerla."

"Perché? Io voglio bene a tua madre. Quando ci siamo incontrati, qui lo dico e qui lo affermo, ho pensato che eravamo fatti l'uno per l'altra. Era una donna eccezionale tua madre, ma il mare, il mare che mi portava via non lo reggeva."

"Me l'hai già detto," disse Omar.

"È una storia che non finisce mai," disse Pablo appena entrato.

"Certi compagni, certi compagni miei l'imbarco lo prendevano come una liberazione."

"E tu no?" chiese Omar ironico.

"No," disse don Alfonso con forza. "I primi anni di matrimonio non mi perdonavo di lasciare tua madre per tanto tempo. Mi veniva dietro una malinconia che tu non sai, Omar. Ma del mare non riuscivo a liberarmi. Poi ho cominciato a fingere di dimenticare. E a dimenticare. Ma mai abbastanza."

Raccontava di quando scendevano nei porti, dei suoi compagni ubriachi fradici, di quelli che facevano a pezzi bar e bordelli – specchi, vetri, sedie, bottiglie, tutto in frantumi –, di quelli che piangevano, che scrivevano lettere, che facevano telefonate intercontinentali. Raccontava di come, del resto, l'oblio perseguito o subìto fosse all'ordine del giorno: e allora ecco le donne, l'alcol, la cocaina purissima che trovavano a Rio de Janeiro, a New York o a Buenos Aires.

"Ma non ti ho mai raccontato di Ettore Quagliarotta, un napoletano che stava a New York, Little Italy. Con lui parlavo, di lui mi fidavo, gli dicevo le mie pene. Ettore mi ascoltava con pazienza e mi rimproverava: 'Affo', ma tu nun te l'a a piglia' accussì', tu stai qua per lavoro... Se poi proprio non ce la fai allora sbarcati e nun se ne parla cchiù'. E io: 'È 'na parola... e che mi metto a fare?'. 'Se uno ha voglia di lavorare, trova,' diceva Ettore. 'Però non ti devi lamentare, stamme tutte quanti 'ncoppa 'a stessa varca... Io nun ti dico ca devi fare comme a me...' E rideva Ettore, rideva, strafottente e bugiardo.

"A Little Italy era conosciutissimo per via di quella storia di sua moglie Maria, analfabeta, che per disperazione dal cavone di piazza Dante a Napoli si era avventurata a New York in cerca del marito. Gli inciuci e i pettegolezzi avevano stremato la poveretta. Scrivendole, qualcuno si era lasciato scappare che a New York Ettore si era sposato con l'"inglesa' e aveva avuto anche dei figli. Il dubbio che quella diceria fosse vera la stava facendo impazzire: così Maria si era messa in viaggio. E alla fine l'aveva trovato."

Omar e Pablo ascoltavano. Tutti e due, anche se in maniera diversa, erano attenti. Pablo aveva intrecciato le mani dietro la nuca e lo fissava, Omar teneva i gomiti sul tavolo e gli porgeva il profilo, ma di tanto in tanto lasciava cadere il capo di lato e sollevava lo sguardo verso il padre. Era da tempo che don Alfonso non riusciva a catturare l'attenzione del figlio, dunque si godette una pausa, sorseggiò il caffè e proseguì.

"Ettore rideva forte, sembrava invincibile. Grande venditore, si vantava di essere riuscito a piazzare una partita di montoni falsi in Messico: 'Montoni ai messicani! Saranno schiattati dal caldo!'. E continuava a ridere. Vendeva anche diamanti industriali, oro placcato, e si compiaceva di raccontare che lui, imbarcatosi come mozzo, alla fine era divenuto intrattenitore: cantava, faceva spettacoli sulle navi da crociera, e si era pure fatto fare dei cliché con la sua foto che poi attaccava sulle bottiglie di vino che venivano offerte ai passeggeri.

"A me mi voleva bene. Per lui ero ''nu buono guaglione' che amava il mare ma non riusciva a dimenticare gli affetti che si lasciava dietro.

"Quando sbarcava, Ettore portava giù dalla nave ogni ben di Dio. E nel cavone di piazza Dante era festa, ce n'era per tutti: regali comprati o rubati, ma anche forme di formaggio, salumi, vino, whisky, rum, e per i suoi amici aveva sempre roba buona. Era così che si faceva perdonare le lunghe assenze, Ettore."

Qui don Alfonso fece un'altra pausa. Non meditata questa volta.

"Ma non dalla moglie," continuò, "che, dopo aver verificato la storia del doppio matrimonio, lo cacciò di casa nonostante tutto il vicolo avesse preso le parti di Ettore chiamando donna Maria 'una senza cuore'. Ma come, quello era sbarcato dopo sei mesi e la moglie lo buttava fuori? Donna Maria quella volta non aveva ceduto. Era stata di ferro, come lui. Gliene aveva perdonate troppe. Ettore ripeteva tra sé: 'Maria fa così, ma poi vedete che le passa, chella è 'a vita mia...'.

"Quando Maria morì ed Ettore ebbe la notizia nel porto di Liverpool si sentì male: rimase ricoverato tre giorni in ospedale e quasi si ammalò di dispiacere perché non lo avevano lasciato partire per l'Italia per partecipare ai funerali. Nel vicolo i commenti e i pettegolezzi si sprecarono: 'Nemmeno morta l'ha voluta vedere... Che uomo ingrato... E lei, così fedele...'. Solo dopo anni si seppe che Ettore non si era più ripreso dalla morte della moglie. Ma nessuno ormai ci badava più, Maria era sotto terra da un pezzo, le storie si accavallavano e la gente del vicolo dimenticava: aveva altro da fare, e poi al posto della casa di Maria ci avevano aperto un negozio di bomboniere. E amen."

Don Alfonso non aveva dimenticato la lettera. Ma intanto era arrivata Régine. "Il mare è agitato, non si esce," disse quasi allegra. Pablo le scattò una foto da vicino e poi si allontanò a modellare la stampa.

"Stamattina la polizia ha allontanato dei campeggiatori dalla spiaggia di Ficogrande," disse Régine. "Campeggiatori senza tenda. Li ho visti andare, zaino in spalla, verso San Vincenzo."

Nessuno commentò.

"Mi basta non venire una sera, e mi sfugge il polso della situazione," aggiunse guardando don Alfonso.

"Ho appena raccontato ai ragazzi la storia di Ettore."

"Storia vietata ai minori," disse lei. "Storia molto italiana." Régine continuava ad avere la sensazione di rimanere in superficie. "Be'," continuò, "allora una novità ve la porto io. Avremo visite. Una giornalista. Vogliono te," e puntò il dito verso don Alfonso, "vogliono te e me. Il lupo di mare albergatore e la scrittrice in esilio."

"Va bene," disse don Alfonso senza entusiasmo.

10.

PENELOPE

Il gruppo intorno al tavolo della cucina si sciolse. Régine andò a casa e Pablo la seguì con il suo passo da puma. Omar prese la strada per il paese. Dei buoni solventi non c'era traccia. Soprattutto di Anne. Da qualche parte, dentro di sé, don Alfonso covava il desiderio di vederla lì per avere una conferma della notte, per leggere sulle sue labbra una complicità – di cui si vergognava e al tempo stesso si inorgogliva come un adolescente – che avrebbe volentieri condiviso con Omar e Pablo. Uscì sulla strada, vide la figura scura del figlio tagliare solitaria il vento, e salutò Biagio che se ne andava con la fisarmonica a Lipari per suonare a un matrimonio. "Sposa bagnata..." Tornò sotto il pergolato: era ancora incerto sull'apparizione notturna di Pablo, divertito e turbato da quel carosello onirico di volti che l'avevano spiato nel letto con la pallida ed esuberante Anne, ancor più turbato dal fatto di essersi ritrovato a raccontare a Omar – a Omar e a Pablo – la storia di Ettore Quagliarotta. Sì, perché quella storia – Régine l'aveva inteso benissimo – lo riconduceva inevitabilmente al suo rapporto dissestato con Rosa, e Rosa gli rimandava la sua sbilenca relazione con Omar, che in quell'inizio di giugno si era rivelata ancora più sbilenca. Che razza di padre era?

Mettere insieme un'immagine di sé non era difficile, lo stesso sogno notturno glielo confermava. Ma tutto prendeva una piega diversa di fronte all'asimmetria che Omar, quell'estate, stava portando nella sua vita. Aveva creduto che i molti gesti della quotidianità – la cura della casa e degli ospiti, le poche ma significative relazioni che aveva stabilito nell'isola, il credito che si era creato con il suo passato – riempissero l'involucro della sua esistenza. Era il Marinaio, l'Argentino, era una forza della natura, era anche il napoletano, fratello per via di vulcani della gente di Stromboli. Si rendeva conto che tutto si teneva insieme, tutto reggeva su un'emozione, su un'emozione di sé che aveva saputo, quasi inconsapevolmente, amministrare e comunicare. Don Alfonso voleva che gli si volesse bene, e questo desiderio – netto come la pretesa di un bambino – non ammetteva contraddizione. Voleva essere una canzone bella da cantare, la si poteva anche cantare stonando ma non ammetteva, in fondo a sé, che non la si trovasse una buona canzone. Ora gli pareva di essere derubato della sua storia. Era Omar che era venuto a derubarlo? E Pablo? Pablo-Mercurio, principe dei ladri?

Misurava il cielo e il mare di quella giornata incerta: il nervosismo delle onde che arrivavano gonfie e lente e si spezzavano sugli scogli, bianche di spuma, lo sbandierare dei bucati stesi, della regale chioma della palma, di tutto ciò – fronda o cespuglio – che si offriva al vento, le raffiche altissime che muovevano in grandi e stracciate aree d'azzurro, in formazioni di nubi, indecise fra il bianco e il grigio.

Il mare era tetro e luminoso, era verde e blu scuro, percorso da isteriche creste bianche. Il punto di fusione, all'orizzonte, era una voragine di tempesta che poi si tendeva in un mantello bruno strappato, ustionato. Ma era tutto pulito, pensava. Lo pensava guardando certe pareti nerissime della costa di Ficogrande, dilavate dalle onde, che specchiavano, lucide, movimenti di luce e di acque.

Quel lucore così metallico gli faceva tornare in mente, per contrasto, le fiancate dei mercantili, la plumbea tomba liquida delle carene, la superficie oleosa, scurissima, delle acque del porto su cui galleggiava, insieme agli immobili castelli d'acciaio delle navi in rada o attraccate ai moli, ogni sorta di residuo, organico e inorganico. E gli tornavano in testa i rumori: clangori, schianti, raschi, ronzii. Nessuna presenza umana, a tutta prima. Solo quel confuso rovello di suoni, e in alto i bracci delle gru da cui pendevano catene o cordami tesi allo spasimo per il peso delle merci. E poi i tonfi e i cigolii, lo stridere delle casse pronte per le operazioni di sbarco, un battere, un martellare echeggiante dagli scafi, i risucchi di pompe, i respiri bituminosi di bocchettoni spurganti. Solo dentro l'intrico di queste sonorità si ridestavano voci umane: ordini gridati, sgolate invettive, bestemmie, mugugni gutturali – e per quanto le voci appartenessero a una babele di lingue diverse, tutte si riversavano nel barbaro esperanto della fatica. Il mare, l'oceano non si vedevano più. Erano alle spalle. Eppure tutto avveniva al di qua della terra. I moli, le banchine, erano vicini ma al contempo ancora lontanissimi. Nel porto di Salvador de Bahia don Alfonso – lo rammentava con un'evidenza ancora divisa fra pietà e disgusto – aveva visto due ragazzini nuotare fra le pareti altissime delle navi nella pece liquida di quel mare-stazione e far raccolta di rifiuti. Li aveva chiamati, ma quelli avevano continuato a radunare il loro miserabile bottino. Li aveva chiamati come lui stesso era stato chiamato quando, ragazzino, si avventurava fra gli scafi in rada nel porto di Napoli: "Statte accuorto, guaglio'!", ma quelli erano già arrivati a una gomena e l'avevano risalita veloci come topi.

Anche quello era il mare che aveva conosciuto e per cui si fregiava dell'appellativo di Marinaio. Un mare lurido, piatto, oleoso, in cui i mercantili dimoravano indifferenti.

Era stato meccanico ma anche cuoco, e si era conquistato una certa autorità in cambusa, quando si era stancato di fare la spola fra il ponte e la sala macchine.

E ora il Marinaio era qui. Sembrava un marinaio di altri secoli – e così gli piaceva che fosse –, un uomo che aveva solcato mari in tempesta e ne era uscito più vivo di prima. Si sentiva vitale, si sentiva un animale forte – ed ecco tornare il gioco seduttivo di Anne: un lupo?, un orso? –, si sentiva come quel mare che aveva davanti, diviso fra azzurro e nero. Ma di questa vitalità cos'era passato a suo figlio? Quanto poteva veramente vantarsi di sapere? Bastava il cuore che pompava forte sangue per essere un padre?

Uno scroscio improvviso di pioggia mise fine alle sue domande e mentre si girava per tornare in casa intravide qualcuno: una figura che arrancava su per gli scogli con un sacco a pelo sulla testa.

"Ehi," disse.

Da sotto quel rudimentale parapioggia venne fuori una voce rauca e gentile: "Ho bisogno di un riparo. E anche di un bagno. E di un lavoro".

Quando fu sotto il pergolato si aggiustò il sacco a pelo intorno alle spalle e sul petto come fosse una pelliccia e si presentò: "Ciao, mi chiamo Penelope. Non sono una turista. È da stamattina che sono qua sotto". Aveva sì e no vent'anni, capelli scuri cortissimi, labbra rosa morbide e carnose. Masticava una gomma con impegno e aspettava che don Alfonso dicesse qualcosa.

"Non sei una turista." Don Alfonso si era limitato a farle eco.

Dalla sua stanza era discesa proprio allora Anne con addosso una cerata giallina. Squadrò Penelope, squadrò anche don Alfonso e disse: "Bon. Il pleut et la jeunesse est arrivée. Adieu, monsieur l'ours". E sparì sotto la pioggia.

"Intanto prenditi un caffè," disse don Alfonso a Penelope, e la invitò a entrare. Questa volta lei si annodò il sacco a pelo intorno alla vita. Ne uscì un corpo immaturo e splendido, greco come il suo nome, che per molti versi sembrava la versione più atletica, meno scultorea, del corpo scolpito e algido di Anne. Prima di prendere il caffè si tolse la gomma dalla bocca e se la appiccicò dietro un orecchio: "La tengo per dopo," disse, e si allungò sulla sedia. C'era una fragilità da uccelletto in tutta quella confidenza che si stava prendendo: don Alfonso se ne accorse quando, avendo urtato la seggiola nell'alzarsi, la ragazza sobbalzò con la tazzina di caffè in mano.

"Ho visto i tuoi figli," gli disse lei, e si rimise la gomma in bocca.

"Solo quello bruno è mio figlio," disse don Alfonso.

"E l'altro?"

"È un suo amico."

Don Alfonso ebbe subito la sensazione che Pablo avesse lasciato un segno.

"Sono loro che mi hanno detto di venire qui. Ero convinta che fossero fratelli."

"Magari. Mi sarebbe piaciuto avere altri figli."

Pablo aveva qualcosa di speciale, pensò don Alfonso. Era la prima volta che traduceva un confuso sentimento di fascinazione in un'osservazione consapevole, generica quanto si vuole ma ben scontornata: "qualcosa di speciale", qualcosa che lasciava addosso un fremito, un tremore inspiegabili. E lo aveva visto quel "qualcosa" negli occhi scuri di Penelope, quando aveva chiesto: "E l'altro?".

Don Alfonso venne a sapere che Penelope girava le Eolie da un mese, che aveva lavorato in un bar di Filicudi, che aveva cercato un'altra occupazione a Lipari e che era a Stromboli da una settimana. Aveva pochissimi soldi e aveva dormito sulle spiagge insieme ad altri giovani che vagabondavano di isola in isola. Omar e Pablo l'avevano incontrata lì. Pablo le aveva offerto la colazione. Si erano rivisti ancora e avevano parlato. Lei era passata spesso davanti alla casa di Ficogrande – non si era accorto? –, una volta era perfino entrata con Pablo e Omar, ma non si era mai decisa a incontrare il "padrone". Don Alfonso alla parola "padrone" ebbe un soprassalto e sperò in cuor suo che, quando l'aveva usata con loro, i ragazzi l'avessero corretta. Poi era arrivata la polizia, e infine la pioggia. "Ma la pioggia non c'entra. E neanche l'ordine pubblico." Cercava un lavoro perché, diceva, "A Milano non ci torno". Don Alfonso le disse che aveva fatto la stessa cosa: non era più tornato dove doveva tornare. Lei rise forte, da ragazzina, come se lui avesse fatto una battuta.

La temperatura era scesa notevolmente. "Dov'è il tuo bagaglio?" chiese don Alfonso.

"Da Maddalena, giù al porto. È stato tuo figlio a dirmi di lasciarlo lì. No. È stato Pablo."

"Bisogna andare a prendere qualcosa per coprirti. Hai freddo."

Penelope sentì gli occhi di don Alfonso sulla sua pelle, sul suo corpo, e diventò tutto a un tratto serissima. Disfece nuovamente il sacco a pelo e se lo riavvolse intorno alle spalle.

"Poi ci vado," disse.

"Andiamo assieme," fece don Alfonso.

"E mi fai lavorare?" chiese lei, e smise di masticare, tutta attenta alla risposta dell'uomo che aveva davanti.

Don Alfonso, che in cuor suo aveva già deciso, le spiegò che per il momento non c'era molto da fare, ma per luglio e agosto si poteva combinare qualcosa, che in giugno magari poteva dividersi fra il bar di Maddalena e la casa di Ficogrande, e che le avrebbe dato un alloggio: c'era una stanzetta libera che dava sull'orto, quasi un magazzino, forse avrebbe potuto arrangiarsi.

Penelope ebbe uno slancio di contentezza, levò la mano alla ricerca di un "cinque" ma la lasciò cadere subito. Don Alfonso non ebbe neppure il tempo di rispondere come spesso aveva visto fare a Omar e Pablo.

Sull'Ape Penelope restò sempre in silenzio e solo in prossimità del porticciolo chiese dove fossero "i suoi figli", correggendosi subito, "Omar e Pablo". Don Alfonso disse che non lo sapeva. Con Maddalena non fu difficile trovare un accomodamento, anzi Penelope avrebbe potuto cominciare subito. "E poi il posto lo conosci già," disse la donna. Non appena la ragazza fu scomparsa nel retro a recuperare la sua borsa aggiunse: "Quella pende dalle labbra dello spagnolo".

Quando tornò a casa, don Alfonso trovò Kurt e Veronika intorno a Omar, fradicio, che tentava di prendere fiato seduto sugli scalini bianchi della scala esterna. "Questo ragazzo ha la febbre," disse Veronika, ancora con la macchina fotografica al collo, mentre posava il palmo della mano sulla fronte del ragazzo. Lui ansimava e lasciava fare. Lasciava che la donna gli passasse l'asciugamano sulla testa e lo liberasse della camicia zuppa.

Era tornato il sole, le nubi facevano tutte gregge intorno alla vetta del vulcano, e continuava a soffiare un vento freddo e ostile.

"Vai a metterti a letto," disse don Alfonso, e andò a scaricare l'Ape tenendo d'occhio il figlio che con faticosa lentezza eseguiva l'ordine ricevuto.

"Dàgli un'aspirina," disse Kurt, "e domani sarà di nuovo in pista."

Nel tardo pomeriggio don Alfonso sedette accanto al letto del figlio: si era ripreso, ma aveva un'aria spossata. Continuava a sudare e a respirare con fatica, anche se faceva finta di nulla.

Don Alfonso gli disse che aveva conosciuto la giovane Penelope e Omar ebbe buon gioco a essere lui, questa volta, il narratore. Si appoggiò ai gomiti, uncinò con il nero carbone dei suoi occhi quelli del padre e cominciò: "Penelope sta scappando".

Ha scelto Stromboli, Penelope. L'isola. Il suo incanto. Il suo silenzio, la sua magia. Il fuoco della sua terra per potersi forse riscaldare dal freddo della vita che le aveva scippato l'anima. Voglio riprendermi i miei anni rubati e me li riprenderò, che ti piaccia o meno.

Omar e Pablo. Li vedo insieme, Penelope ha ragione: sembrano due fratelli.

Una strana felicità mi assale. Ma anche qualcosa che non riesco a dire.

Omar guarda Pablo. Pablo guarda me.

Omar mio figlio.

Figlio di un tango ballato male, figlio acqua di mare e luna della mia notte calante.

Giugno 2002

*Avrei potuto continuare. Sulle navi, intendo. Mi ero stancato. Forse lo capisco solo adesso. Ero arrivato in quel periodo della vita in cui devi chiederti come vuoi avviarti a chiudere. Fossi rimasto sui mercantili sarebbe stata tutta un'altra storia. Avrei potuto sparire. Nell'Oceano Indiano. In mezzo a equipaggi sempre più sballati, esposti agli attacchi della nuova pirateria. A lottare contro il tempo, filando via con qualsiasi mare, carichi di melassa, di derivati del petrolio. E invece no. Ho cercato il lavoro più tranquillo delle navi da crociera. Poi il naufragio dell'*Estonia *nel Mar Baltico, il 28 settembre 1994. Fece una grande impressione. Omar aveva una decina d'anni. Ero appena sbarcato e Morra, il direttore di macchina, mi ha portato a Stromboli e mi ha mostrato la casa di Ficogrande che aveva comprato molti anni prima e ora mi avrebbe volentieri venduto.*

Pochi sanno il mare cosa è diventato. Forse sul mare si decideranno le sorti del mondo. I mari sono ostaggio nelle mani delle compagnie che battono bandiere di comodo. Gli scafi invecchiano e si spaccano. Gli equipaggi sono messi insieme senza alcuna norma. Nessuno li tutela e nessuno vuol essere tutelato. E il mare è lì, enorme, fluido. Delle navi si perdono le tracce. Potevo, che differenza avrebbe fatto.

Ma ho fatto un altro naufragio.

Portici, dicembre 2004

11.

LA FEBBRE

Al tramonto – il vento era diminuito, il sole era caduto in mare incendiando il cielo ormai trasparente – Pablo, ancora imbrattato di colori, tornò insieme a Régine e trovarono Omar febbricitante. "Questo ragazzo sta male," disse Régine allarmata.

"Me ne occupo io," disse Pablo facendo intuire che la salute di Omar era affar suo.

"Guarda che Omar io l'ho visto crescere, giovanotto," protestò Régine allontanandosi, "gli preparo qualcosa di buono."

Quando tornò più tardi con don Alfonso portando un brodo di pesce, Omar fece no con la testa e Pablo si portò l'indice sulla bocca.

Régine posò la scodella su uno sgabello e si ritrasse.

Don Alfonso rimase immobile come in attesa che accadesse qualcosa.

"Cosa vuoi?" chiese Omar tirandosi il lenzuolo sulla faccia. "Lasciami stare."

"Devo chiamare il medico?" domandò lui, rivolto più a Pablo che al figlio.

"È l'acqua di questa mattina. L'ho presa tutta," disse Omar parlando da sotto il lenzuolo, "e ho preso anche due aspirine."

"Allora manda giù qualcosa, guaglioncello," disse don Alfonso fra l'assertivo e il faceto.

Omar tese ancora più forte il lenzuolo sopra la faccia: era

una maschera adesso, una maschera di gesso appena abbozzata. Grugnì qualcosa.

"Cosa dici?" fece don Alfonso.

"Mandali giù tu 'sti cazzi, papà!" gridò e continuò sgolandosi. "Sparisci. Sparite. Lasciatemi stare!"

Régine e don Alfonso rimasero a confabulare sotto il pergolato. Parlavano piano come se il tono di una normale conversazione avesse potuto disturbare o irritare Omar, nelle stanze di sopra.

Anne era stata tutto il giorno fuori: si era goduta il maltempo e ora se ne stava con Josette e Gérard a commentare le novità della giornata e a piluccare dal piatto dell'amica che aveva preparato la tavola in terrazza.

Arrivò anche Penelope, e Pablo le si fece incontro. Lei lo abbracciò con forza, la testa appoggiata al suo petto, e si lasciò accarezzare sulla nuca dalla lunga mano del ragazzo.

Régine anticipò don Alfonso: "So tutto". Anche Anne, dall'altro lato del piccolo anfiteatro della casa di Ficogrande, guardò con curiosità la coppia abbracciata.

Ma non era d'amore che i due giovani stavano parlando: si preparavano a passare la notte al capezzale di Omar. Penelope cercò degli stracci, prese del ghiaccio dal freezer, scelse una bacinella di plastica di piccole dimensioni e sparì con Pablo.

"C'è qualcosa che mi sfugge," disse don Alfonso davanti a quel movimento.

"A te, my dear, sfugge sempre qualcosa." E così Régine lo salutò riprendendo la strada di casa.

La notte si portò via la febbre di Omar. All'alba Pablo e Penelope scesero nell'orto dove si apriva la stanzuccia-magazzino in cui don Alfonso aveva messo una branda. Dalla sua stanza don Alfonso li sentì.

“Resta con me,” diceva Penelope.
“Dormi adesso. Io devo tornare sopra,” le rispose Pablo.
“Ti amo,” continuò lei come fosse la sola cosa che le premesse mettere in forma di parole.
Seguì un lungo silenzio. A quel punto don Alfonso si levò con cautela dal letto e si avvicinò alla parete, quasi un tramezzo, che lo separava dal magazzino. Sentì un rumore di baci, qualcosa che somigliava a una frenesia di baci, e poi di nuovo la voce di Penelope:
“Voglio fare l’amore con te”.
Pablo bisbigliò parole che non riuscì a capire. Altri baci e poi un “Ritorno” seguito di lì a poco dai passi del ragazzo all’esterno e da una sorta di pigolio sofferente di là dalla parete.

Pablo si assicurò che Omar fosse davvero sfebbrato e gli sedette a fianco spiandone il sonno. Poi socchiuse le persiane – la luce aveva ormai invaso la stanza – e si lavò mani e faccia.
“Va meglio...” disse Omar che si era svegliato.
“È meglio che continui a dormire,” disse Pablo, cosa che all’amico piacque interpretare come un ordine a cui era facile obbedire.
Nel silenzio mattutino si sentì il murmure lontano di una delle periodiche esplosioni del vulcano. Un gomitolo di vapori scuri si alzò nel cielo di un azzurro immacolato.

Pablo scese da Penelope che lo aspettava nuda dietro alla porticina della stanza. Lo abbracciò forte, avvinghiandosi al corpo di Pablo con disordinata irruenza, gli allentò la cordicella dei pantaloni. “Aspetta, aspetta,” le diceva lui con una voce che lei percepì come soave e virile insieme, “abbiamo tempo.”
Pablo sapeva che Penelope aveva paura, e Penelope sapeva che lui l’aveva capito. Pablo l’accompagnò sul letto, si

spogliò e prese a baciarla, sulle labbra, lungo le spalle, intorno all'attaccatura dei seni, sul ventre, sulle cosce, e poi di nuovo sui capezzoli. Lei non sapeva cosa fare, ma di tanto in tanto rispondeva cercando con le mani le braccia di lui, carezzandolo dove arrivavano le piccole mani, timide o goffamente sfrontate. Pablo le sorrise con una dolcezza che, complici il sonno e la stanchezza, Penelope bevve tutta d'un sorso quasi fosse stato un vino dolce, morbido, miracoloso. "Baciami tu," le disse Pablo, ma non si stese supino sul letto, sedette all'indiana per terra, senza smettere di guardarla. "È una parte di me," disse lui lasciando cadere uno sguardo quasi distratto in mezzo alle gambe, "non c'è solo lui." E allora Penelope cominciò a baciarlo dai piedi, sui polpacci, sulle ginocchia, poi sulle labbra, sul petto. Sentì le dita di Pablo che le toccavano il sesso delicate e sicure. Pablo sciolse l'intreccio delle gambe e si stese lentamente a terra guidando Penelope sopra di sé.

Don Alfonso vide Omar scendere con qualche incertezza la scala esterna. Aveva addosso un maglione nero che gli arrivava quasi alle ginocchia e gli cadeva dalle spalle come una tunica. "Sono il fantasma di Omar," gli disse, e allargò le braccia.

"Che t'ha preso?" chiese don Alfonso.

"Il freddo," rispose, "o un'infreddatura, come direbbe mia madre. Adesso mi metto sul mio scoglio e passa tutto."

E così fece. E lì lo raggiunse Penelope, che intanto era uscita dalla stanza sul retro. Pablo invece arrivò in cucina a cercare dell'acqua minerale. Aveva un'espressione che don Alfonso non gli aveva ancora visto, come se covasse un pensiero che non voleva lasciar affiorare. Il ragazzo faceva fatica a guardarlo negli occhi. "È calda. L'ho appena messa dentro," disse don Alfonso. Nessuna risposta. Pablo continuava a guardare nel frigorifero. "Una birra magari? Ma non lì. Nell'altro frigo." Quando tornò con due lattine, Pablo stava appoggiato con le spalle al muro, nell'ombra. Questa volta sorrideva. Un sorriso stanco, quasi avesse avuto bisogno di aiuto. Era davvero strano quell'accenno di malinconia, persino fuori posto. Don Alfonso si avvicinò con le lattine e, come aveva visto spesso fare a Omar, levò la mano sinistra per farsi dare un cinque e il ragazzo rispose, di scatto, con una specie di automatismo animale. La mano di don Alfonso restò incollata a quella di Pablo.

Gli parve naturale e inevitabile rimanere vincolato a quella presa e premere, premere e ancora premere, senza sapere se fosse lui a spingere o il ragazzo.

"Va bene," disse Pablo. La voce gli tremava, ma l'intenzione era secca, decisa.

Cosa significava quel "va bene"?

Cosa doveva sentirsi autorizzato a pensare don Alfonso?

E mentre si domandava tutto ciò, udì lo zoccolio di Pablo che se ne andava insieme al suo ultimo sguardo radioso senza aver preso né acqua né birra.

Quella giornata si consumò senza visite. Penelope scese al porto a lavorare. Omar rimase a lungo davanti al mare e Pablo gli fece compagnia. Verso sera passò Régine che cucinò in silenzio, cambiò le lenzuola al letto di Omar ("Ci hai sudato dentro tutta la tua febbre," sentenziò) e sparì prima che la tavola fosse apparecchiata. C'era una strana calma, una lentezza delle cose, una sospensione dell'accadere, addirittura una forma di silenzio che appannava l'aria e respingeva ai margini i suoni consueti della giornata estiva. Tutto continuava come sempre, le Api ronzavano, le barche a motore borbottavano, i turisti di passaggio andavano e venivano, si udivano voci, risa, bussare di ritmi dalle radio portatili, squillare di cellulari, tutto il concerto ben noto di Ficogrande, ma voci e rumori si arrestavano alla soglia di quella pace in cui la "famiglia" di don Alfonso era temporaneamente immersa.

Il giorno appresso avrebbero dovuto ricevere notizie di Edoardo. Così almeno aveva promesso prendendo la nave per Messina. Ma anche Edoardo era, in effetti, lontano. E così Annabella. E così il barone Condrò e la sua morte. Eppure tutto era cominciato proprio il giorno del funerale.

Omar tornò dallo scoglio e rimase qualche tempo solo sotto la pergola, appoggiato a una colonna della terrazza. Don Alfonso gli si era avvicinato e aveva allungato la mano per sentirgli la fronte. Il figlio si era sottratto ma con lentezza e la mano del padre era rimasta sospesa in aria a inseguire altrettanto lentamente l'obiettivo che gli sfuggiva. Una scena al rallentatore. Così si erano guardati a lungo e la mano di don Alfonso era scesa senza imbarazzo ad appoggiarsi sul fianco. "Va bene," aveva detto Omar, e don Alfonso si rese conto, per la seconda volta in poche ore, di essere stato rassicurato con la stessa frase. E che non si sentiva per nulla rassicurato.

Cosa poteva rispondere? All'improvviso avvertì nella sua vita sull'isola un che di fastidioso e falso, e nelle immagini della sua vita passata un suono di cartapesta, quasi tutto quel mare fosse stato immaginato, come in un libro di Salgari. Restò zitto e cercò di far tornare la mano in azione, magari per una semplice pacca sulla spalla del figlio, ma anche questa volta fu preceduto da un rapido spostamento: vide il maglione nero di Omar muoversi nel sole, sparire nella luce.

Scappava, Penelope.

Scappava da Milano e da un padre che a quattordici anni l'aveva violentata, che poi le aveva chiesto perdono, e poi aveva provato ancora a violentarla. La madre si era persa dietro un rivolo di follia.

Il padre di Penelope, siciliano di Ragusa, era stato operaio in una fabbrica di macchine utensili. Molta tv, molto stadio, molto vino cattivo. La fabbrica aveva chiuso e lui aveva fatto il cassaintegrato senza radici. Molta più tv, niente più stadio, molto più vino, sempre più cattivo. Penelope aveva dovuto badare ai tre fratelli più piccoli. Per sei anni aveva cercato di difenderli dal padre. Poi un nuovo episodio di violenza sulla sorella più piccola. A quel punto erano arrivate le forze dell'ordine e gli assistenti sociali e i suoi fratelli erano stati dispersi fra parenti e istituti. Lei, piena di rabbia e dolore, aveva preso la via del Sud. Era tornata dove suo padre non era mai voluto tornare. Ma anche la Sicilia che rammentava dalle parole della madre non c'era più, la Sicilia delle famiglie solidali, dei lunghi lutti, delle seggiole per strada, dell'ospitalità antica. A Ragusa era rimasta a piangere sulla scalinata della matrice per tutto un pomeriggio dopo essersi trovata più d'una porta sbattuta in faccia e alla fine aveva deciso di restare e contare solo su stessa. Magari alle Eolie, magari a Stromboli.

Cosa che fece. E con che determinazione. Fino ad allora era scappata. Ora voleva volare.

Portici, dicembre 2004

12.

L'EREDITÀ

"Ogni tanto i sogni si avverano," disse don Alfonso a Edoardo, entrato come un temporale nella casa di Ficogrande.

Era venuto per dargli la grande novità, che in realtà sull'isola sapevano tutti. E infatti don Alfonso, vedendolo arrivare, aveva alzato gli occhi dalla sedia che stava riparando: "Ecco il nuovo proprietario di Villa La Torre!". Il barone Condrò aveva lasciato la villa di Stromboli a Edoardo. E lui, che si professava ateo e non aveva mai creduto nell'aldilà, aveva acceso ceri alla Madonna per ringraziare il barone e mandato benedizioni alla buonanima. L'eredità. Edoardo era felice come un bambino la notte di Natale, come una Pasqua, come un sole d'agosto. Anche ora rideva, piangeva, e si portava continuamente le mani al petto nel timore che il cuore non gli reggesse.

Don Alfonso stappò una bottiglia di vino per brindare.

"Sono passato solo adesso, don Alfonso, ma non capivo più niente, e assai cose ho dovuto fare."

L'altro annuì comprensivo e gli versò da bere. Edoardo vuotò il bicchiere tutto d'un fiato: "Se avessi visto la faccia di donna Maria Catena... Una vipera. È diventata tutta verde, quando il notaio lesse il testamento, l'invidia se la mangiava di dentro, e pure a Luca, pareva che si era inghiottito una cosa che non ci andava né su né giù. Gente così cattiva, don Alfonso, io non ne ho vista mai, una vera fetenzia. Mi taliavano come se mi volevano ammazzare".

"Me l'immagino," commentò ironico don Alfonso.

"L'unica che mi parve sinceramente addolorata fu Annabella, che alla buonanima del barone ci voleva assai bene, anche se l'ha fatto soffrire. E quella infatti non disse niente, mentre gli altri prima restarono pietrificati e poi cominciarono a gettare voci. Pure donna Maria Catena, e anche le sue cognate. A picca ci veniva un colpo a donna Concetta."

"Certo ha spiazzato tutti, il barone..."

"Sia fatta la sua volontà," lo interruppe precipitoso Edoardo.

"Ma che fai adesso, ti metti a parlare come un prete?"

"'U sai che c'è? Mi scanto che all'improvviso arriva qualcuno e dice: 'Ci siamo sbagliati, il testamento del barone è un altro. A lei, signor Laganà, non ci attocca proprio niente'. Perché vedi, don Alfonso, a me pure sembra strano... Certo, strano ma vero, però sempre strano... Vero è che aveva tante ricchezze, il barone, ma aveva pure figli, moglie, cognate, nipoti, cugini di primo e di secondo grado... E la villa più bella a me l'ha data!"

"E allora prendila e non ci pensare più. È una casa. È una cosa."

"Eggià. Ma di cose io mai ne ho avute. Come faccio a non pensarci?, devo pensarci per forza perché ho paura che mi rubano pure i pensieri..."

Régine entrò con una bottiglia di spumante. "Vedo che avete già cominciato. Ma oggi è d'obbligo la bollicina, altro che vino," disse, e si avvicinò a Edoardo che si alzò in piedi e aprì le braccia. Poi si rese conto di non aver mai abbracciato la "signora", arrossì e provò a risedere. Régine fu più veloce: "Come on, puoi abbracciarmi, adesso le differenze di classe sono abolite".

"Fosse vero," disse Edoardo ed entrò nell'abbraccio di Régine come fanno i bambini con gli adulti di cui hanno soggezione: contento e passivo.

Mezz'ora più tardi, la terrazza di don Alfonso era un formicaio di persone che si congratulavano, commentavano, stuzzicavano e comunque partecipavano alla fortuna inattesa di Edoardo Laganà.

Lui, peraltro, non trascurò di benedire il suo benefattore anche per la sorprendente decisione di favorire la sua infelice figlia, lasciandole tanta parte del suo patrimonio. Finalmente Annabella avrebbe potuto realizzare il suo progetto. Tossica come lui, Annabella apparteneva tuttavia a un'altra classe e, in forza di quel caotico castello ideologico che aveva in testa, Edoardo non avrebbe mai potuto sentirla come una sua simile. Capiva che il barone aveva "premiato" i disperati, e questo gli bastava per benedirlo. Annabella restava comunque "la signorina Condrò" e una padrona. Tanto più ora che il padre le aveva lasciato proprietà e danari.

"Caro Edoardo," lo abbracciò Omar, "ti ha voluto bene, hai visto quanto ti ha voluto bene?"

Lo guardava fisso negli occhi, come un fratello minore. C'era nelle sue braccia, in tutto il corpo, una vibrazione che era entusiasmo ma anche pura eccitazione nervosa. La mano destra cercava nell'aria qualcosa di simile a una carezza, a una stretta, ma non si decideva. Edoardo restava immobile, con un sorriso stereotipato sulle labbra. In mezzo alle diverse manifestazioni di affetto che stava ricevendo, quella gli pareva intraducibile, ma oscuramente forte, quasi una scarica elettrica. Non aveva nulla da dividere con Omar se non il fatto che si sentiva come lui un figlio, e chi dei due a quel punto dovesse ritenersi il figlio fortunato non sapeva più.

Pablo, che sino ad allora si era mosso sullo sfondo di quella piccola folla, si fece avanti con la polaroid e la puntò sulla faccia di Edoardo, poi si ritirò in un angolo a manipolare la foto.

Aveva fatto la sua comparsa anche Sanguepazzo, quello che in altri tempi sarebbe stato chiamato l'idiota del villaggio. Sanguepazzo indossava sempre una vecchia canottiera che una volta doveva essere stata bianca. Non faceva paura a nessuno, cercava solo sigarette. E fumava. Di tutto. Aveva un'età ormai indefinibile, tra i quarantacinque e i sessanta. I vecchi dell'isola dicevano che quando era giovane assomigliava ad Alain Delon e che "le fimmine gli piacevano assai". Viveva con un'anziana sorella, ma a casa ci andava solo per dormire: a mangiare si presentava solo se lei mandava qualcuno a cercarlo.

Sanguepazzo camminava e fumava. Gli piaceva anche star seduto in riva al mare e allora lanciava i sassi in acqua ridendo come un bambino. Era stato in manicomio parecchi anni, in quello di Messina e poi anche in quello di Catania, ma quando i manicomi infine erano stati chiusi era tornato a Stromboli. Era molto affezionato a don Alfonso, che lo trattava sempre con gentilezza, e spesso lo si vedeva gironzolare dalle parti di Ficogrande. Sapeva che lì avrebbe rimediato da fumare.

Aveva le dita della mano destra ingiallite dal tabacco, di un giallo talmente scuro che sembrava nero. Con grandi sacrifici la sorella gli aveva fatto fare la dentiera, ma a lui dava fastidio e rideva beato mettendo in mostra gengive sdentate come quelle di un neonato. Di tanto in tanto lo si sentiva cantare vecchie canzoni, canzoni di quando ancora assomigliava ad Alain Delon. Canzoni di pinne, fucile e occhiali, di stessa spiaggia stesso mare e di un mare che sapeva di sale. Poi il sale gli era volato via dalla zucca, ma il ricordo di quegli anni felici non era sbiadito.

Ora si era come invaghito di Penelope. L'aveva vista al porto, da Maddalena, e tutti i giorni si presentava per salutarla. Guardava Pablo di traverso, come un rivale, ma se lui gli si avvicinava con una sigaretta abbassava lo sguardo e borbottava un sorriso di ringraziamento. In mezzo alla compagnia che si era radunata per festeggiare Edoardo cercava la "sua" Penelope e se ne stava seduto immobile sulla scala esterna. Aveva cominciato a canticchiare e Biagio aveva cercato sui tasti la sua tonalità. Lo accompagnava con discrezione, senza sovrastarne la voce. Poi si impicciava sulle parole e proseguiva con un mugolio alto, melodicissimo.

"Bravo, Sanguepa'!" gridava don Alfonso, e lui allora si portava la sigaretta alle labbra e, senza smettere di mugolare, dava una tirata e si guardava intorno.

Quando ricevetti la prima lettera di Annabella – e fu sul finire dell'autunno – cominciai a capire quale fosse il suo progetto.

"Caro Alfonso," diceva, "è un settembre molto operoso il mio. Ho avviato i lavori di ristrutturazione della tenuta ma si sono subito fermati. Ci crede? Non c'è un'impresa che sia disposta a lavorare. Arrivano, se ci arrivano, alle previsioni di spesa. E poi declinano l'invito. Con estrema gentilezza. Notificando gli impegni che gli impediscono di accettare. Ho ordinato dal Nord supporti diversi, strumenti, moduli, sanitari. Ho messo tutto in un magazzino. I primi volontari che avevano aderito e i primi assistiti sono arrivati. Camminano in quella che è stata la casa padronale. Ma sono in troppi in uno spazio che è troppo e molto, molto poco funzionale. Sono scoppiati i primi conflitti e un giovane di Viterbo è stato ricoverato all'ospedale di Catania. Devo accelerare..."

Così scriveva. Cosa avrei dovuto fare? Ero molto solo, molto spaventato allora. Annabella non mi chiedeva nulla, ma aveva fiducia in me.

Portici, dicembre 2004

13.

LA QUIETE

Il caldo del mezzogiorno spingeva tutti i presenti sotto il pergolato e don Alfonso continuava a stappare bottiglie: la camicia aperta, il sudore che gli imperlava la fronte, si dava da fare come un padre al matrimonio del figlio, ma intanto spiava Omar che portava in giro quel suo stato di minacciosa esaltazione.

"Questo è il comunismo?" domandava Edoardo con raggiante ingenuità.

"È solo un'eredità, signor Laganà," commentò Régine, per riportarlo con i piedi per terra, "mi dia retta. E poi attento! Lei lo conosce il giovane Condrò: ha tirato fuori le unghie."

"Eine grosse Erbschaft," aggiunse Kurt aprendo le mani a coppa come dovesse ricevere della manna dal cielo. Veronika, con la sua macchina fotografica al collo, gli diede di gomito.

"Comunismo o non comunismo, io so che cosa passa per la mente di Edoardo," disse Omar a voce alta, riuscendo ad attutire il cicaleccio sulla terrazza. "Vuole condividere la sua fortuna. Questo, vuole fare."

"A questo propriamente pensavo," disse Edoardo, piano, troppo piano perché le sue parole potessero suonare come una conferma.

"Voi, qui, non capite niente, non avete mai capito niente. Voi avete la vostra isola, vi beate di un paradiso che non c'è.

Siete sempre in vacanza: in vacanza dal mondo, dalle cose del mondo. E credete pure di saperla lunga."

"Omar..." provò a interromperlo Pablo.

Omar lo guardò come da una improvvisa distanza, si passò la mano davanti agli occhi e continuò: "Ti ho portato in un posto dove non si vede niente, in un ricovero, in un cimitero di morti che si credono ancora vivi".

Don Alfonso continuava a versare vino nei bicchieri, non voleva ascoltare, si sentiva in imbarazzo e neppure aveva intenzione di ribattere.

"Troppo facile, signori, troppo facile," disse Omar, e si lasciò portar via da Penelope. Sanguepazzo li seguì, senza capire, e gettando rapide occhiate a Pablo che non si era mosso.

"Troppo facile cosa, monsieur?" domandò Anne dalla balaustra sulla quale era rimasta sdraiata. Era l'unica a provare un'autentica, quasi divertita curiosità per le uscite di Omar, per il suo temperamento lunatico. "Domani parto, je m'en vais. Rimarrai un mistero per me, mon petit Hamlet."

"Domani parti e il nostro don Alfonso ha organizzato la gita a Panarea," disse Josette che, solitamente silenziosa, aveva preso al volo l'opportunità per dare una piega diversa al discorso. "Ti accompagneremo noi al porto, non partirai sola sola, ci saremo noi a sventolare i fazzoletti, mais tu dois partir avec ton beau bagage de mystères."

"Perché non viene a Panarea anche lei, Edoardo?" disse Veronika.

"Io penso che dobbiamo fare un altro brindisi," dichiarò Régine, "e poi sbaraccare, anche perché Edoardo ha appena cominciato e avrà senz'altro un bel da fare da oggi in poi, su in villa."

Il vino era pronto, i bicchieri si levarono, Biagio avviò una marcetta sulla fisarmonica, don Alfonso lanciò un evviva e i presenti cominciarono a sciamare via, così com'erano venuti.

Rimase solo Anne, avvolta in un peplo di un verde tenue. Don Alfonso raccoglieva bicchieri e bottiglie e lei, sempre sdraiata sulla balaustra, lo guardava. "Non ho proprio intenzione di aiutarti," disse togliendosi gli occhiali scuri. "Ma mi piace guardarti."

"Stai pure. Goditi l'ultima giornata di Ficogrande."

"Bon. Siete tutti strani."

"Anche tu, madame," ridacchiò don Alfonso.

"Mon ours," fece serissima Anne e, come non ci fosse alcuna soluzione di continuità, proseguì, "tu sei un disperato, tuo figlio è un disperato, e quell'altro... fa paura."

"Tu credi?" chiese don Alfonso come se la cosa lo riguardasse solo da lontano.

"Sai, una volta, ripulendo una tela, mi è capitato di veder apparire sotto un semplice pastore un'altra figura. Un 'pentimento', come si dice. C'était une bête, un monstre. E poi quella bestia è tornata in un sogno, ed era il biondo Pablo."

"E allora?"

"Allora stai in guardia. È troppo. Troppo bello. E tu hai capito, mon ours. Josette pensa che io mi sono annoiata a Stromboli. Ce n'est pas vrai. Mi piace stare nell'ombra. Sono passata qui come un fantasma. Pas comme une putain, rappelle-toi, mon ours."

Si reinfilò lentamente gli occhiali da sole, si avvicinò a don Alfonso, lo baciò sulle labbra e si allontanò con passo elegante e leggero, il verde delle vesti sul verdeblù del mare.

"Vous êtes tous des fantômes, ici," disse senza voltarsi.

Pablo volle seguire Régine per tornare a lavorare alla sua tela e Penelope, che doveva scendere al porto, li seguì per un tratto.

"Io ti amo, Pablo," disse sottovoce.

"Lo so," rispose lui.

"E tu?" provò a domandare lei. "E tu?"

Lui si limitò a lasciar cadere un sorriso e ad accelerare il passo.

"Cosa sono per te, Pablo?"

"Un uccelletto, un uccelletto pieno di piccole ali."

"Smettetela di tubare," disse Régine senza voltarsi.

Penelope camminava a passettini piccoli piccoli come se davvero avesse voglia di volare. Cercò di trattenere Pablo per la vita ma finì per essere trascinata dal suo stesso abbraccio e rise chioccia contro la schiena di lui.

Quando si separarono Régine la guardò scendere leggera sul sentiero e cercò gli occhi di Pablo: "Non farla soffrire," disse, e proseguì con passo spedito verso casa.

Per tutto il pomeriggio Régine contemplò Pablo lavorare con i colori. Se ne stava in piena luce come una custode, come una perpetua, come una madre. Non parlava, si limitava di tanto in tanto a farsi aria con il cappello. Lo guardava muoversi in quello che era stato lo studio del marito con estrema sicurezza, come avesse sempre lavorato lì. Lo spessore dei colori aveva coperto quasi tutta l'estensione dei cartoni da imballaggio. Al centro, una massa di rosso, blu e giallo formava una sorta di spirale o di cratere da cui ramificavano fili di grigio, di nero, talora occlusi da grumi che a loro volta sfrangiavano in altri rami più sottili. Ora Pablo si era inventato un verde brillante che lasciava colare nella distesa di questa ragnatela. Dopo il dripping entrava a piedi nudi sui colori asciutti e lavorava di spatola e pennelli sulle masse ancora liquide ricavandone forme. In quella che poteva definirsi la base del quadro aveva tenuto uno spazio libero che pareva, a questo punto dell'opera, un buco inespresso, una falla. Lì si sedette, imbrattato di verde, verso sera. Régine era ancora ferma, a guardarlo. "Vuoi farti una doccia?" chiese. Pablo fece di no con la testa ma si spogliò e si sdraiò davanti alla sua tela incompiuta.

"Vuoi dirmi che ora è possibile? O non ancora?"

"Dammi conforto," disse lui. Régine lo raggiunse, gli sedette a fianco all'indiana, gli infilò un braccio sotto il collo e lo invitò a spostarsi con tutto il corpo sopra il suo grembo. Se lo guardò a lungo, lo accarezzò sulla fronte, si lasciò imbrattare le mani di colore. "Vedi," disse, "siamo una pietà." Lo disse senza ironia, serissima, e con eguale serietà si piegò a baciarlo. Pablo la lasciò fare con sempre più abbandono, inarcando i fianchi. Lei lo accarezzava e lo baciava con dolcezza, senza fretta, finché il ragazzo le riempì la bocca. Régine gli restituì il seme lasciandoglielo colare sul petto e mischiandolo con le dita al colore. "Piccolo mio," disse, e gettò la testa indietro liberando un respiro profondo, liberatorio, una preghiera animale.

Dove sei, ragazzo? Cosa cerchi in tutto questo blu? Sei venuto per chi? Non dovresti avere quegli occhi che scavano: dove vorrebbero arrivare? In fondo sino a dove? Ma forse ci stiamo sbagliando tutti. Devo ricordarmi di leggere quella lettera.

Quella maledetta lettera.

Giugno 2002

Pablo ha lasciato un quadro che non è un quadro. L'abbiamo messo nella parte più nuda del salotto. Ce lo guardiamo spesso. Senza commentare.

La bella e scialba restauratrice di Bruges aveva parlato di fantasmi. Era fin troppo facile parlare di fantasmi. Ma se adesso vedesse questo quadro saprebbe di che pasta era fatta lei stessa quando passò di là.

Passavano tutti di là.

Quando ci arrivai nel '94, Régine era una celebrità, ma non come avrebbe dovuto. Era una notte. E anch'io ero fuori dell'ordinario. Ma dagli anni settanta in avanti, quanti erano arrivati sulle isole per mettere a dimora le proprie follie? Io ero "il Marinaio", così come Régine era "la Scrittrice", vale a dire qualcuno che non eravamo più, che forse non eravamo mai stati. Ma la piccola Penelope era vera.

Portici, dicembre 2004

14.

A PANAREA

Il giorno di san Giovanni don Alfonso affittò un gozzo e partirono per Panarea.

A bordo c'erano Régine, Penelope, Omar, Pablo e Veronika e Kurt.

Régine aveva preparato i panini, don Alfonso aveva portato delle bottiglie di vino. Il barcone dipinto di azzurro partì in mezzo alle risate sul mare calmissimo. Fecero il bagno a cala dei Zimmari. Régine, avvolta in un pareo arancio e con un cappellino color fucsia, spiegò che a punta Milazzese c'erano i resti di un antico villaggio che risaliva a diversi secoli prima di Cristo. "Era composto," disse, "da ventitré capanne ovali, tranne una che invece era rettangolare." Régine si rivolgeva soprattutto a Penelope, che era l'unica ad ascoltarla con attenzione. Si sentiva un po' maestra e un po' guida turistica, e comunque, com'era sua abitudine in situazioni come questa, non riusciva a star zitta. "Che ci fosse un villaggio e che fosse proprio qui non si fa fatica a capirlo. Il promontorio di punta Milazzese era praticamente inaccessibile dal mare, con quelle pareti rocciose a picco."

Pablo se ne stava rincantucciato a prora, custode dell'àncora e pronto a calarla quando il gozzo si fermava e il Messinese, al timone, gli dava l'ordine di gettarla. Omar, occhiali scuri e maglia nera, leggeva il giornale sotto il tendalino.

Veronika fotografava e bisticciava con Kurt che, arrivati in prossimità delle coste, avrebbe voluto si gettasse l'àncora in ogni caletta. A dispetto del suo fisico corpulento, Kurt era un agile nuotatore. Vicino a lui, Veronika, minuta e aggraziata, quasi spariva. Ogni estate passavano almeno un mese a Ficogrande e ogni anno, quando si decideva l'escursione collettiva, si ripeteva la stessa scena: Veronika eternamente dietro l'obiettivo e Kurt seduto sul bordo della barca pronto a saltare in acqua. Erano arrivati a Ficogrande dopo un'estate a Ginostra dove un lontano cugino di Kurt, ex terrorista, si era ritirato e campava portando a dorso d'asino i bagagli dei turisti dal pertuso al paese. Nella casetta diroccata in cui li aveva ospitati, il cugino li aveva ragguagliati sulla nuova vita di pentimento ed espiazione che lì conduceva da almeno una decina d'anni e la sera non aveva mai mancato di rammentare loro, fondendo cristianesimo messianico e residui di marxismo, che la loro esistenza borghese era pur sempre un "peccato" e che avrebbero ben fatto ad abbandonarla. Lui aveva provato a distruggerla, ma la strada non era quella, lo sapeva bene. Ora sì, diceva, poteva vedere chiaramente cosa contava e cosa avrebbe continuato a contare. Kurt aveva finito con l'alterarsi, ma quell'altro non aveva ascoltato. Aveva tollerato in nome della regola di vita che si era dato. Veronika l'aveva fotografato accanto all'asino e se n'erano ripartiti approdando a Stromboli. Il cugino poi era morto ed era stato sepolto nel piccolo cimitero di Ginostra, dove ogni estate i coniugi andavano a rendergli visita.

Kurt insegnava all'Università di Tubinga e Veronika lavorava come giornalista free-lance per alcuni mensili. Erano rimasti, malgrado l'opinione radicale del cugino, due "ragazzi" degli anni settanta. E proprio perciò si trovavano a loro agio a Ficogrande, da don Alfonso.

Lasciarono il gozzo e salirono a contrada Ditella.

Da lì, un sentiero li portò giù sino ai sassi in riva al mare, da dove si levavano bianchi vapori. "Qui sotto," disse Régine, "la terra non ha ancora smesso di bruciare. È giovane, giovane come una stella." Il gruppo si sparpagliò intorno. Non erano i soli, ma in realtà il luogo andava lentamente spopolandosi. Régine fece segno a Penelope di avvicinarsi. La vide avanzare fra i vapori come un piccolo angelo bruno. Portava un pareo verde smeraldo che di tanto in tanto sistemava sui fianchi, anche camminando. Régine vedeva quel corpo di giovane donna e insieme di bambina e quasi si commuoveva. Con la mano la invitò a sederle accanto. Non aveva intenzione di raccontarle nulla, aveva smesso di recitare la parte della guida, e Penelope lo aveva capito. Chiuse le mani fra le ginocchia e guardò verso il mare, nella stessa direzione in cui guardava Régine.

"Cosa senti?" chiese Régine.

Penelope sapeva a cosa alludeva Régine, ma non rispose.

"Cosa senti?" ripeté Régine per nulla sorpresa di quel primo silenzio.

"Sento," rispose Penelope, "che lui è il mio destino." Tirò un respiro lunghissimo. "Non ho mai provato una cosa così. Non la conoscevo. Succede? Può darsi. Ma io fino a ora sono stata fregata." Ebbe un attimo di esitazione, poi continuò: "Mio padre è in galera ed è bene che ci stia. Mia madre in manicomio. I miei fratelli in istituto". Rise. Una risata sottile, piccola, quasi un sibilo gentile. "Bella merda, eh?"

"Non c'è male," disse Régine prendendole la mano con furia affettuosa.

"Quando ho visto Pablo, ho sentito che quel fango che avevo dentro avrebbe potuto essere lavato via. Forse non mi spiego bene..."

"Quando ti muore dentro qualcosa, diventa duro e ruvido come queste rocce, e fa male."

"Ecco, fa male," le fece eco Penelope.

"Pablo è un fratello, un figlio, un padre," continuò Régine quasi soprappensiero.

"No," disse Penelope cercandole gli occhi, "ti sbagli."

"Perché?"

"Perché è un ragazzo. Un ragazzo."

Régine sapeva di non avere le parole giuste. Guardò Penelope negli occhi, l'accarezzò sulla guancia e assentì. Pablo aveva mosso qualcosa dentro di lei, come era successo a Penelope, ma quel sentore di soffice, quello sciogliersi di materia dentro di sé, la stava portando verso un vuoto minaccioso, verso un abisso che conosceva.

"Non ho più paura," disse Penelope. "Si è portato via tutta la mia paura."

Régine si limitò a stringerle più forte la mano.

"Io non voglio più muovermi da qui," disse la ragazza passandosi una mano sui capelli cortissimi.

"Io sono qui da troppi anni per dire se Stromboli mi ha fatto del bene o no, ma forse dovrei tornare in Canada."

"In Canada?" chiese Penelope.

Régine agitò la mano nell'aria, come a dire che la storia era troppo lunga.

Régine e Penelope erano dentro l'obiettivo di Veronika, che continuava a scattare conquistata da quelle due figure femminili, da quelle due età a colloquio. "Siete bellissime," diceva. Alle spalle di Veronika, Omar e Kurt replicavano al maschile l'immagine che stava fotografando. Kurt rideva e si lamentava dei crampi alle gambe, e diceva che a lui delle bolle dell'acqua non gliene fregava niente, e neppure della camminata che l'aveva portato sin lì. Rifaceva il verso alla moglie fingendo di mettere a fuoco e commentava l'inquadratura dicendo: "Interessante. Molto interessante".

"Siamo così sociologicamente interessanti," ribadì Omar imitando l'accento tedesco e il tono professorale di Kurt.

"Taci, serpente," disse quest'ultimo, "medita e taci," e intanto cercava di prenderlo per i capelli, ma Omar gli sfuggì andando a sedersi vicino a Régine, ora chiusa fra due parentesi di giovinezza.

"Cosa confabulate voi due?" chiese Omar.

"Cosa sento. Régine mi ha chiesto cosa sento, e io sento che è cominciato tutto qui, tutto adesso."

"Sei innamorata," disse Omar.

"Lo dici come se avessi preso una malattia," commentò Penelope.

"Infatti," fece Omar. "Una buona malattia."

"Voi mi prendete in giro," protestò sbuffando Penelope. "Voi avete parole strane per tutto."

"Régine sì. Régine è una scrittrice."

"Non so nemmeno più come si fa. Non so più a cosa serve."

"Questo è un peccato," disse Penelope con una sorta di autentica severità. "Se sai scrivere, dovresti continuare."

Régine sollevò quasi di scatto la destra sulla nuca della ragazza, avvicinò delicatamente a sé la sua testa, e la baciò. Penelope rise. Le uscì un trillo, alto e dolcissimo, tanto che anche Kurt si voltò.

"Pure tu, Omar," disse la ragazza con la stessa musicalità della sua piccola risata.

"Pure io cosa?"

"Dovresti trovarti una ragazza."

"Ma io ce l'ho già," e travolse Régine in un abbraccio.

"Stupido," fece lei fingendo di volersi liberare dalla stretta di Omar. "Penelope ha ragione, così la pianteresti di mordere tuo padre."

Omar si fece subito serio: "Forse mi ha fatto del male, forse continua a farmi del male e forse continua a pensare di essere incapace di fare del male". Scosse la testa e i capelli neri gli caddero tutti davanti. "Gli ho chiesto di fare una piccola cosa e non l'ha fatta, continua a non farla. È come se avesse l'eternità davanti e pensasse che quell'eternità sia un patrimonio condivisibile. È fatto così."

"È fatto così. Infatti," gli fece eco Régine.

"E io non riesco a perdonarlo." Omar guardò Régine negli occhi allontanando dai suoi la massa scura dei capelli e continuò: "O forse sì. Oggi lo perdono".

Don Alfonso non era sceso a riva, era rimasto in alto con Pablo. O meglio, quando don Alfonso si era fermato, anche Pablo aveva smesso di scendere. Nell'obiettivo di Veronika erano entrate anche quelle due figure isolate, una che emergeva dalla cintola in su dal costone come un Farinata e più in basso l'altra in pieno sole.

Penelope salutava Pablo e lui rispondeva. Piccoli gesti che Régine non mancò di notare.

Da quando aveva avuto tutto il corpo di Pablo sul suo grembo aveva perso – o almeno così credeva – la smemorata furia di sempre. Per un attimo si sentì smarrita. Il blu del mare, i vapori, il nero della roccia le balenarono dinnanzi come un inferno, come l'inferno del nulla. Con uno strappo interiore si levò in piedi e si mise a cantare una vecchia canzone, ma cominciò subito a ridere e a tendere le mani perché i due giovani le prendessero, si alzassero e la seguissero: "Sfaticati... sfaticati e affamati. Gli altri ci aspettano. Andiamo. E tu," disse con burbero affetto a Omar, "perdonalo, oggi e per sempre. Andiamo".

La risalita fu più faticosa. Erano tutti stremati. Solo Régine si muoveva leggera, incurante dei suoi anni, con le scarpe da ginnastica. Sembrava una gazzella.

"È che vi manca qualcosa, non amate la vita, siete nati pigri."

Don Alfonso tirò fuori dalla ghiacciaia un vino pregiato.

"Che peccato... Questo avrebbe meritato un pranzo più adeguato," si rammaricò Régine contemplando con amarezza i panini che aveva preparato.

"Bevi e non ci pensare," l'apostrofò don Alfonso.

"Questo vino ci spezzerà le gambe!"

"E allora, nonnetta, vorrà dire che ti porteremo in groppa," la stuzzicò Kurt, fingendo di proteggersi con il gomito dalla furia di Régine, che brandiva il panino come una pietra.

Sembravano studenti in libertà, collegiali in fuga. Per tutto il tempo della colazione circolò una sana allegria, condita di battute e ripetute libagioni alla bellezza del luogo e all'amicizia. Anche Omar era di buon umore e di buon appetito. Sedeva fra Pablo e Penelope. Il giovane terzetto fronteggiava il quartetto ma non era una separazione, né tanto meno si avvertiva una distanza. Circolava semmai una effimera complicità, che proprio in quanto tale sembrava ancora più delicatamente luminosa. Régine guardava Pablo con una nostalgia fisica che tuttavia, dopo l'episodio dello studio, svicolava dal desiderio verso una caotica forma di affetto apprensivo.

Erano tutti lì, nascosti dalle paure e dal mistero del mare, dal silenzio delle cale e forse dagli dèi – dèi degli inferi, dèi bizzarri e antichi – che le avevano abitate e che – come aveva ricordato Régine – i sacerdoti placavano riversando le offerte nelle piccole sacche vulcaniche perché giungessero loro più rapidamente.

"Forse dovremmo tornare," disse a un certo punto Veronika. "Il Messinese ci aspetta già da un po'."

Mentre tutti si davano da fare per riporre in zaini e contenitori i residui della colazione, Veronika scattò altre foto. Kurt si tolse il costume bagnato davanti a tutti e, prima di infilarsi i pantaloni asciutti, fece finta di posare davanti alla moglie da primitivo, battendosi i pugni sul ventre tondo e facendolo risuonare. Poi si volse e, levando in alto le braccia, cominciò a declamare: "*Treibt aus dem Schlaf / dies traumende Meer, / weckt aus dem Grund / seine grollende Gier!*". Si guardò intorno come un ragazzo preso in castagna e disse: "Traduco, traduco. Siamo sulla nave di Tristano, e Isotta canta: 'Dal sonno scuotete / questo mare che sogna / dall'abisso svegliate / l'irosa sua brama'". "Ma lascialo tranquillo questo mare!" fece Régine.

Scoppiarono tutti a ridere.

“Adesso zitti e andiamo,” tagliò corto don Alfonso inalberando un’aria severa, “non voglio sentir volare una mosca fino a giù.”

Sul gozzo, con il sole calante all’orizzonte, la conversazione cadde su Edoardo, la sua eredità e il destino di Annabella.

Da Edoardo, che aveva accompagnato alla villa, don Alfonso aveva saputo che Annabella Condrò sarebbe passata da Stromboli per fare un inventario delle carte e delle cose del padre. Forse era già arrivata, forse sarebbe passata quella stessa sera a far visita. Lo sapevano tutti: Annabella aveva grandi progetti e il fidanzato era pronto a seguirla nell’impresa abbandonando il corpo di polizia.

“Quello ha trovato l’Eldorado,” disse Régine, e nessuno la smentì.

Con ogni probabilità la sede del centro di assistenza sarebbe stata la masseria di Fiorilli, che il barone Condrò possedeva nella Val di Noto.

Il gozzo si avvicinò al pontile: il Messinese li aiutò a scendere, lanciò loro le scarpe e subito si allontanò per andare a gettare l’àncora.

Sanguepazzo sedeva con una sigaretta spenta fra le labbra davanti al gazebo di Maddalena. La riaccese, vedendo il gruppetto avvicinarsi, ma volse gli occhi altrove quando scorse Penelope che porgeva a Pablo gli zoccoli e gli si allacciava alla vita.

La seconda lettera di Annabella:

"Mi sono presentata in comune. Ho detto: 'Sono la baronessa Condrò. Voglio essere ricevuta subito'. Fa ancora impressione, pensi un po'. Baronessa. Tutti sanno che non conto niente. Tutti sanno che mio fratello mi sta facendo il deserto intorno, ma forse non tutti sanno che il mio compagno gli dà una mano. Se lo aspettava, Alfonso? Ma è così. Ormai è sempre più chiaro. La morte di mio padre ha fatto chiarezza. Mi voleva bene ma non avrebbe mai potuto cantarlo davanti al mondo. Per il mondo ero la sua figlia disgraziata. Ha dovuto morire per dimostrare alla sua maniera che a questa disgraziata ci teneva. Ma non ha tenuto conto di una cosa. Che aveva educato il figlio maschio a propria immagine. Non gli ha lasciato roba, o roba abbastanza, ma l'ha messo in condizione di nuocere. Quel ragazzo ne farà di male.

"Insomma, mi hanno ricevuto. E un funzionario mi ha detto che i beni sono congelati. Che sono minacciata da un'interdizione e le banche hanno ricevuto ordine di non procedere. Sono anche stata dal direttore della banca. Mi dice che per ora la legge mi consente di attingere sino a un tetto fissato dagli avvocati come tetto di un onorevole sostentamento".

Portici, dicembre 2004

15.

LE CARTE

"L'estate in fondo è appena cominciata," disse Josette, "e non sarà un'estate come le altre, mon cher Alfonso."

Giugno era quasi alla fine e Josette e Gérard lasciavano la stanza a un'altra coppia di francesi, fedeli alla regola dei buoni solventi.

"La Francia si dà il cambio," dichiarò Gérard.

"La Germania invece non raddoppia," disse don Alfonso alludendo a Kurt e Veronika, che, una volta partiti, avrebbero lasciato il posto a una giovane coppia di Padova. La stanza che era stata di Anne, e che per quattro giorni sarebbe stata occupata dalla giornalista annunciata da Régine, era destinata a un professore di biologia molecolare. Da quando era rimasto vedovo, passava il mese di luglio a Ficogrande.

Omar e Pablo non parlavano di partenza. Era come se aspettassero che accadesse qualcosa. In realtà già troppo era accaduto, o almeno così pensava don Alfonso. Era il primo anno che trascurava i suoi buoni solventi e soltanto la presenza di Penelope faceva sì che i servizi garantiti continuassero a essere tali. Sia lì che al gazebo di Maddalena, Penelope aveva rivelato un vero talento nel cogliere immediatamente che cosa andava fatto subito e che cosa no, che cosa era utile rammentare ad altri e che cosa poteva sbrigare da sola. In poco meno di dieci giorni aveva trasformato il suo lavoro in operatività autonoma e consapevole. Dalla lavatrice alla pulizia delle camere, non c'era aspetto della conduzione della casa che le sfuggisse e prima di incamminarsi lungo la strada del porto, nel tardo pomeriggio, conferiva velocemente con don Alfonso per fare la spunta del lavoro giornaliero e stabilire scadenze e priorità. Si prendeva una pausa per il bagno in mare quando gli altri erano a tavola o la mattina all'alba: se Pablo era lì tanto meglio, ma anche in sua assenza non ci rinunciava e tornava bagnata e sorridente a farsi una doccia all'aperto. Il pudore che c'era nei suoi gesti, nel vorticare delle lunghe braccia esili, nel suo stesso sorriso, talora commuoveva don Alfonso fino alle lacrime e talora lo spaventava pensando al trasporto con cui si era abbandonata al giovane Pablo. E quando seppe che anche Sanguepazzo l'aspettava per strada e l'accompagnava in silenzio, e che lei ricambiava quelle attenzioni con tenerezza autentica, senza ambiguità o pietismi, cominciò a capire l'appellativo che spesso usciva dalle labbra di Pablo, "il mio uccelletto": si trovò a fantasticare sulla loro storia d'amore, proprio come fosse una storia d'amore e non il minaccioso risultato di un miraggio sentimentale. Pablo aveva capito, sì. Ma il problema era proprio questo: Pablo capiva e capiva troppo. E a quel punto tornava a se stesso e all'inquietudine che provava di fronte a quel ragazzo, al potere che aveva su Omar, forse su Régine e comunque sui molti che lo avevano conosciuto.

Penelope finiva di stendere il bucato – lo stendeva nel giardinetto interno per non esporlo all'umidità del mare – e Omar stava a guardarla con un libro aperto sulle ginocchia. Quando ebbe finito si fermò davanti a lui, lo squadrò serissima, fece un passo indietro, passò sotto un lenzuolo e riapparve facendolo scorrere come un sipario: gonfiò le gote, lasciò uscire un borbottio che infine prese la strada di una risata cristallina. "Non so recitare," disse, poi aprì le braccia e roteò su se stessa come una ballerina classica. "E non so neanche ballare," disse riguadagnando la protezione del lenzuolo.

Omar la chiamò vicino a sé. Voleva parlarle, ma non appena lei si accucciò ai suoi piedi con la faccia in su, piccola e gentile, priva di quello strato ruvido, difensivo, dei primi incontri, gli piacque puramente guardarla.

"Come sei innamorata," le disse.

Lei annuì e cercò di spiegarsi. Faceva fatica. Cercava le parole, e dato che le parole non arrivavano si arrabbiava. Sentiva Omar come un fratello – un fratello acquisito con la stessa rapidità che aveva segnato l'amore per Pablo –, ma c'era qualcosa in lui che la confondeva, che la metteva a disagio.

"Pablo è un artista," disse Omar serio serio.

"Lo so, lo so benissimo," replicò lei con la faccia appena imbronciata. "Vuoi dirmi qualcosa che non so e che invece dovrei sapere?"

"No," disse Omar risoluto chiudendo il libro che aveva ancora sulle ginocchia, "mi domandavo che cosa ti immagini di avere da lui."

Penelope non si immaginava nulla. Era contenta. Lei l'avrebbe amato per sempre – disse proprio così, "per sempre" –, di questo era sicura. Non c'era nulla che si aspettasse da lui. E neppure lo chiedeva. Le sembrava di aver messo un punto fermo alla conversazione, ma poi cercò gli occhi di Omar e domandò: "Avete deciso di partire?".

"Prima o poi partiremo," rispose Omar.

"Per dove?"

"Non lo so. Roma, Napoli o Barcellona."

Penelope ci pensò su, portò le braccia dietro la schiena come una scolaretta, abbassò il capo e disse: "Adesso devo lavorare," e se ne andò facendo ciao con entrambe le mani.

Omar la vide sparire per una seconda volta oltre le lenzuola stese, ma questa volta non riapparve. Si sentiva lo schiocco della biancheria corteggiata dal vento, e più in là lo scalpiccio dei passanti lungo la strada.

Omar riaprì il libro. Dalle ultime pagine spuntava la lettera che la madre gli aveva affidato per don Alfonso.

“Quante cose da fare, Alfonso,” disse Annabella Condrò entrando nella casa di Ficogrande. “Questo giugno è segnato dall’eternità.” Le parve di aver esagerato e si corresse: “È un giugno lunghissimo. Quando le cose accadono così in fretta, cambia anche la percezione del tempo”.

“Davvero,” consentì don Alfonso, e la invitò a sedere sotto la pergola.

“Lei ha fatto il marinaio, non è vero?”

“Sì, molto tempo fa. Tanti non sanno neppure cosa vuol dire lavorare sul mare. Si immaginano gli skipper. Hanno in mente le barche. Non hanno idea che il marinaio è un operaio. O un soldato. Che ha a che fare con l’acciaio. Molto acciaio. E comunque sì, ho fatto il marinaio. Ma ormai non sono più sicuro nemmeno di questo.”

“Forse la sua insicurezza ha a che fare con qualcos’altro,” sorrise Annabella, e si tolse gli occhiali scuri. “Mi perdoni. Sono stata invadente,” disse, e diede subito una piega diversa alla conversazione: “Sono felice che mio padre abbia pensato anche a Edoardo. Ho cercato di parlargli, ma tiene sempre gli occhi bassi e quando li solleva mi guarda con sospetto. Dice di sì, qualsiasi cosa io dica, e si vede che aspetta solo che mi tolga di torno”.

“È fatto così. È una buona persona.”

“Lo so.” Lo disse rigirandosi gli occhiali fra le dita, poi continuò: “Ma io ho bisogno di sapere cosa accadrà in quest’isola, non certo per ansia di controllo, si figuri. Qui mio padre ha passato così tanto tempo. Voglio mantenere i contatti e credo... credo di poter confidare solo in lei”. Fece una lunga pausa e don Alfonso, che non sapeva dove sarebbe andata a parare, restò in silenzio, forzando addirittura le sue abitudini.

“Mi permetta di scriverle,” disse tutto d’un fiato Annabella. “D’ora in avanti dovrò buttarmi anima e corpo in un lavoro che vuole tempo, tempo e dedizione.” Qui fece un’altra lunga pausa, si guardò alle spalle, sospirò nervosa. “Non mi fido del mio compagno. Può darsi che sbagli, può darsi che io non capisca, in fondo è come se fossi passata attraverso un terremoto.” Altra pausa, ma questa volta per cambiare registro di discorso. Si piegò sulla bella borsa di pelle floscia e ne estrasse una cartelletta. “Ci sono dei documenti,” disse, e proseguì cercando una chiarezza di espressione che forse non le era mai appartenuta. Era evidente che suo padre aveva avuto contatti non sempre limpidi sia con il mondo politico che con le cosche mafiose, altrimenti non avrebbe potuto condurre le ricche attività produttive e commerciali nelle terre in Val di Noto e nel Catanese, né tanto meno avrebbe potuto avviare compartecipazioni e investimenti nel continente. In quei documenti, in verità, non c’era nulla di palesemente compromettente ma, per quel poco che ne capiva, lo studio che curava l’amministrazione dei beni paterni aveva relazioni con altri studi, catanesi e palermitani, che comparivano come mediatori o fiduciari. Mediatore fra i mediatori, c’era suo fratello Luca e – con ogni probabilità – era per quella ragione che a lui erano stati destinati tutti i proventi legati all’industria e le proprietà escluse dai beni patrimoniali della famiglia. Si era figurato, il barone Condrò, che il lascito di beni immobili intestati a suo nome e non a società di comodo avrebbe, in qualche modo, protetto Annabella e il suo progetto? O addirittura aveva fatto in modo, con chi di dovere, che Annabella venisse lasciata fuori da qualsiasi rapporto futuro di dipendenza?

“Lasciata fuori da cosa?” disse Annabella. “Quando gli ettari a limoni e ad aranci sono ‘controllati’ – lo sanno tutti –, per non parlare delle terre che guardano il mare, terre di conquista per l’edilizia, abusiva e non. Ma non è tutto, Alfonso.”

Lui restò in ascolto.

"Questa comunità di recupero la voglio aprire, e voglio fare una cosa in grande. Non mi interessa la carità. Non voglio passare per benefattrice. Lo so io per prima quanto è inutile. So di avere a che fare con gente guasta, disperata, marcia di abusi e dipendenze. Non voglio fare del bene. Voglio lottare contro il male. È diverso. E per questo il recupero non basta. Voglio parlare, farmi sentire, mettere in guardia. E io so, Alfonso. So che cosa dà fastidio. E a chi dare fastidio."

"Che cosa vuol fare, Annabella?" chiese lui, più sgomento che curioso.

"Farmi sentire. Ci sono tv locali, giornali, associazioni. C'è gente che magari ha paura ma che proprio per questo è pronta a lasciar fare."

"Non capisco, Annabella."

"Ho in mente qualcosa. E ci vuole anche del tempo. Mi permetta di scriverle."

"Lo faccia. Io sono qui."

Omar si fece avanti proprio in quel momento: aveva incontrato Maurizio per strada e l'aveva accompagnato lì. Qualche passo più indietro c'era Edoardo, che parlava fitto in un cellulare.

"Buongiorno, Omar," disse Annabella.

Omar studiò il padre e Annabella e percepì lo spessore della conversazione che li aveva tenuti lì all'ombra mentre intorno la giornata estiva bruciava di colori.

"Io mi faccio un bagno," annunciò Maurizio, e si spogliò in fretta lasciando la camicia sudata e i pantaloni su una panca. Annabella raccolse la camicia e la piegò con cura, con gesti lenti, molto femminili.

Omar fece cenno a Edoardo di avvicinarsi, di togliersi dal sole.

"Avete preso tutto?" chiese Edoardo ad Annabella, a capo chino e tormentando il cellulare.

"Credo di sì. Se mai trovasse qualche altra carta, qualche documento che lei ritenga importante per me, la prego di informarmi."

"Voscenza sì," rispose Edoardo.

"Non posso impedirglielo, ma il suo rispetto nei miei confronti mi confonde. Non ho fatto una gran vita sino a ora, caro Laganà, e lei lo sa benissimo."

Edoardo rimase in silenzio e infilò in tasca il cellulare che aveva preso a trillare.

"Non rispondi, Edoardo?" lo stuzzicò Omar.

"Dopo, rispondo. Tutto il tempo ho, per rispondere."

"È ovvio che il nostro Edoardo ha grandi progetti," disse don Alfonso per sciogliere l'imbarazzo.

"Uno solo. Un progetto solo. La villa della buonanima di suo padre," disse rivolto ad Annabella come se stesse per chiederle un consenso formale, "sarà la casa dell'estate di tutta la famiglia, della mia famiglia. Tutti li ho invitati."

"Be', anch'io mi preparo a fare degli inviti," disse Annabella.

Maurizio era uscito dall'acqua e cercava uno scoglio per sedersi ad asciugare.

"Suo marito mi pigliò per pazzo," borbottò Edoardo. "Mi pigliò per pazzo perché non faccio il signore e non me ne sto solo solo a godere del mio..." e qui si confuse "...della proprietà di suo padre."

Omar lanciò uno sguardo incollerito verso quell'uomo che ora occupava il "suo" scoglio. "Non sa quello che dice," borbottò.

"Io a quell'uomo sono grata," disse Annabella reinfilandosi gli occhiali scuri, "chissà dove sarei..."

All'ennesimo squillo del cellulare Edoardo finalmente rispose e si allontanò.

"Ci tiene," fece don Alfonso, "ci tiene che i suoi adesso sappiano che è diventato un'altra persona e che può fare del bene."

"Chissà cos'è, tutto questo bene," disse Omar irritato. Ma non proseguì, consapevole di essere sul punto di attaccare il padre, di mettere in imbarazzo Annabella e di sconfessare il suo viscerale entusiasmo per l'ingenua eccitazione di Edoardo Laganà.

Don Alfonso domandò quando sarebbero partiti, lei e Maurizio, se erano diretti subito in Val di Noto, se avevano intenzione di far visita a Régine, e continuò a fare domande finché Maurizio si presentò in costume sotto la pergola cercando i suoi vestiti.

"Per stanotte restiamo qui, saremo ancora ospiti di Edoardo," disse Annabella, e per la prima volta lui la guardò negli occhi con grata deferenza per poi lasciarsi risucchiare da un'altra telefonata. "Allora conto su di lei," continuò Annabella rivolta a don Alfonso. Lui annuì. Il giorno dopo sarebbero tornati a Messina, non poteva farne a meno, anche se ormai si era aperto un conflitto insanabile. Prima o poi Luca avrebbe impugnato il testamento e se non l'aveva ancora fatto era solo perché il notaio che aveva curato la procedura, da anni al servizio del barone Condrò, l'aveva dissuaso e anzi addirittura minacciato. Ma Luca, diceva Annabella, non si dava pace, e insieme a lui tramava il resto della famiglia.

"Non sono una santa," disse con un accenno di sorriso, "ma la mia famiglia non lascia spazio alla redenzione."

Maurizio sbadigliava su una sedia a sdraio e di tanto in tanto lanciava sguardi interrogativi verso la pergola.

"E poi c'è lui," disse Annabella sottovoce. Don Alfonso le fece capire, levando subito la mano per impedirle di continuare, che non gli sfuggiva la nuova complicazione.

"Ho un altro favore da chiederle, Alfonso," disse Annabella stringendo i documenti che teneva sulle ginocchia, sopra la borsa. "Che almeno questi fascicoli siano depositati in una cassetta di sicurezza, e non da me. Può farlo? Magari a Lipari?"

"Ci devo andare," rispose don Alfonso, e non aggiunse altro.

"So quanto vuol bene a Edoardo Laganà. Se riesce, ne voglia un poco anche a me. Siamo della stessa razza bastarda.

Non voglio finire come ho rischiato di finire. E non voglio neppure gettare su qualcuno il peso della colpa per come è andata. Forse mio padre non ha voluto questo peso. Non ha voluto portarlo di là. Ora il male posso guardarlo in faccia."

Don Alfonso allungò la mano verso la guancia di Annabella. Lei lasciò fare ma restò come impassibile, si limitò a sollevare i documenti e a porgerglieli. Lui abbassò la mano e li prese.

"Siamo deboli, cara Annabella," disse don Alfonso. "È come se tutto a un tratto vedessi solo fragilità e debolezza. Abbiamo i sensi, sì, ci fidiamo dei sensi perché sono l'unico, e il più economico, antidoto al nulla. Ma poi? Che altro sappiamo? Poco. Per chi ha voluto il potere, anche lì si diventa solo sempre più abili nel tenerselo. E così ha fatto suo padre. Gli uni e gli altri si portano dietro una nostalgia che basterebbe da sola a soffiar via le stelle dal cielo. Lei, Annabella, sta provando un'altra strada. Lo perdoni, suo padre." Qui don Alfonso ebbe la sensazione di aver parlato troppo e si scusò. Annabella rispose con un sorriso nervoso, raggiunse Maurizio e insieme andarono verso l'Ape.

Seduta accanto a Maurizio sembrava una nobildonna in compagnia del suo tirapiedi, ma anche una giovane regina portata al patibolo dal suo carnefice.

Don Alfonso la salutò con un cenno della mano e lei rispose piegando leggermente il capo. "Grazie," disse quando l'Ape si era già messa in moto, e si aggiustò i capelli che le avevano coperto il viso.

"È bella," disse Omar comparso improvvisamente alle sue spalle.

"Non abbastanza," replicò don Alfonso.

Pablo era da Régine a ultimare la sua opera. Lei sedeva, come d'abitudine, fuori dallo studio. Leggeva. Lui era piegato sulla massa di colori che continuavano a sbocciare a macchie, sciami, coaguli. Aveva fissato i contorni ad asticciole di legno compensato per poter sollevare il quadro. Lo appoggiò infatti alla parete e ricominciò a squadrarlo, toccarlo, tormentarlo, ma da una prospettiva diversa. Quando Régine decise di entrare restò, due passi dietro a Pablo, a contemplare quell'aggressione di colore. Ora, in quella posizione, era nettamente riconoscibile una sorta di esplosione che dal centro si espandeva vigorosa, dolorosa, magmatica tutt'intorno. Con la mano Pablo modellò una spessa colata di rosso ancora fresco nella banda laterale del quadro. Régine vedeva quelle dita lunghe che lavoravano il colore e le sembrava di capire l'intimità fra il corpo del giovane pittore e la sua opera. Quando ebbe finito si passò le dita sul petto e si trasse in disparte, sudato, leggermente ansimante, i capelli appiccicati alle guance.

"Mio giovane puma," disse Régine avvicinandoglisi. Per la seconda volta abbracciò Pablo, lo accarezzò e attese che fosse lui a chiedere di continuare. Sapeva bene di non essere più a caccia di piacere, né le interessava premeditatamente darlo. Quel corpo la chiamava con una voce diversa. La risposta che le arrivò dall'abbraccio era muta e passiva. E allora lo spogliò, lo fece distendere a terra e lo asciugò con la sua stessa camicia, passandola e ripassandola sulle braccia, sul petto, sulle cosce, sul sesso. E lo baciò. Lo baciò a lungo. Lo leccò come avrebbe fatto una gatta, con insistenza e dedizione. Ma questa volta, senza che se ne rendesse conto, si trovò rovesciata dentro le braccia di Pablo, sotto i colpi lenti e precisi dei suoi fianchi, con il suo respiro dentro la bocca, sempre più caldo e dolce, sino alla fine.

"Perché l'hai fatto?" chiese Régine mentre Pablo, reggendosi sulle mani, indugiava su di lei.

"Perché sei una donna," disse lui, e la baciò sotto il mento e poi più giù sulla gola. Régine avrebbe voluto gridare, avrebbe voluto cantare o piangere, ma sapeva che non le era consentito, che non doveva. Lo carezzò sulla faccia con insistenza, premendo forte con le dita su guance e zigomi come se volesse rimodellarne le fattezze. E intanto un piacere tardivo, strisciante, che arrivava da una regione lontanissima la visitò piano, tanto che cominciò a sentire che il sesso di lui era ancora contro il suo, carne contro carne. Avrebbe forse avuto voglia di muoversi, ma era stordita, svuotata, e allora lo spinse giù con delicatezza, lasciando che si sdraiasse al suo fianco.

"Sono una donna di sessant'anni," pensò, ma si accorse che se lo diceva molto diversamente da tutte le volte in cui aveva avuto a che fare con i suoi più giovani partner. Ora Pablo era lì, le braccia allungate indietro, le gambe appena sollevate, disteso con naturale impudicizia fra stracci e tubetti di colore. Per la seconda volta lo vide come un cristo e per la seconda volta si sentì adorante e pietosa.

"Non più," gli disse sottovoce all'orecchio.

"Nunca más," le fece eco lui, e sbadigliò con il piacere di un felino, a fauci spalancate, senza vergogna.

Régine lo guardò a lungo lottare sempre più debolmente contro il sonno. Da fuori arrivava la luce intensa, compatta, di un crepuscolo maestoso. Prese un panno bianco e lo stese sopra il corpo di Pablo. Sotto quel sudario di tela ruvida, Pablo si raggomitolò come un animale ferito.

Régine uscì e guardò verso il vulcano: ebbe uno straziante desiderio di trovarsi su uno dei suoi sentieri di polvere, sola, con il vento in faccia. Allora tornò nello studio e la sagoma di Pablo sotto il quadro appoggiato alla parete la placò come fosse di fronte a qualcosa che aveva soffiato nel suo vuoto, nella bocca del suo vulcano, tacitandolo, spegnendolo, rivelandone la macabra e vertiginosa desolazione.

Non meno che a Ficogrande, Penelope era riuscita a guadagnarsi la piena fiducia al gazebo giù al porto e, a fronte del lavoro che andava aumentando, aveva saputo trovare i modi e i tempi giusti per assolvere a tutte le incombenze che Maddalena le affidava, o addirittura per precederla. Si occupava dell'arrivo, ormai quasi quotidiano, di merce, dell'ordine del piccolo ma ben organizzato magazzino, del servizio clienti. Davanti al gazebo arrivava puntuale Sanguepazzo e lì restava osservando l'andare e venire di Penelope. Talora le offriva i suoi servigi, portando casse e sacchi di spazzatura. Non scambiavano mai una parola, ma Sanguepazzo cantava le sue canzoni, a mezzavoce, intonatissimo, e Penolope puntualmente lo ringraziava, come se lui cantasse per lei, e solo per lei.

Annabella e Maurizio erano scesi al porto dopo la visita a don Alfonso e avevano passato un'oretta seduti a un tavolino, all'aperto. Maddalena non aveva potuto sottrarsi ai convenevoli e aveva notato come tutte le volte che l'uomo aveva provato a prendere la mano della compagna o carezzarle le spalle, lei si era ritratta. Dov'era la ragazza scombinata, capelli incollati, blue-jeans stinti e stracciati e borsa di stoffa a tracolla che spesso si era fermata lì in attesa di salire alla villa del padre o pronta a partire con gli occhi perduti in un ombrosissimo altrove? Dov'era la ragazza sboccata, appiccicata a uno dei suoi fidanzati occasionali? Dov'era la pecora nera dei Condrò? Era come se, nel giro di un mese, un po' della durezza del padre le fosse entrata sotto la pelle traducendo tensione e scompostezza in una inedita versione di aristocratica gentilezza. La bellezza sconvolta di allora affiorava appena. Di ciò si rendeva conto, con dispetto, anche Maurizio, che all'improvviso, da figura protettiva, aveva finito con l'apparire inevitabilmente una figura di contorno, un principe consorte. La decisione di abbandonare l'arma, maturata da tempo ma resa effettiva dalle recenti dimissioni, ora suonava stonata. Maurizio, peraltro, era un uomo abituato agli ordini, alla disciplina, e, privato di questa prospettiva, sentiva sfuggirgli la terra sotto i piedi. Né poteva accettare che Annabella, una donna, prendesse il posto delle gerarchie a cui sino a poco tempo prima era solito rimettersi. Inoltre, neppure il ruolo da principe consorte –

come male minore – faceva parte dell'immediato futuro: avrebbe dovuto lavorare, e lavorare duro, accanto a una donna che si riprometteva di cambiare il mondo, quanto meno quel mondo di disperati e sbandati che lei conosceva sin troppo bene. Naturalmente ne avevano parlato a lungo prima dell'inattesa risoluzione del padre, e allora il suo ruolo appariva molto più chiaro: Annabella avrebbe avviato la comunità di recupero e lui l'avrebbe aiutata, restando nell'arma o lasciandola, ma come un pari. Adesso era di fatto il compagno di un'ereditiera che si metteva a fare beneficenza, quando invece avrebbero potuto vivere alla grande. All'impegno, anche imprenditoriale, che Annabella gli aveva chiesto di condividere ora subentrava un impegno di tutt'altra natura. Non solo: più di lei, Maurizio si rendeva conto che lavorare contro spacciatori e mandatari era troppo rischioso. Prima di tornare a Stromboli aveva dunque tentato una timida mediazione con il fratello di Annabella, certo che quello potesse contare già su protezioni influenti. L'operazione, così aveva detto Maurizio, si era rivelata fallimentare e benché continuasse a ripetere che Luca non aveva neppure voluto riceverlo, Annabella lo guardava se non con sospetto almeno con doloroso distacco.

Quelle mani che Maddalena vedeva sfuggire alla presa ne erano un segno evidente.

"Niente di buono vedo per quella picciotta," aveva detto quando si era trovata da sola con Penelope dietro il bancone.

"È così bella," aveva commentato Penelope.

Più tardi, il movimento al gazebo fu particolarmente intenso. La Siremar portava ritardo e un esercito di partenti aveva preso d'assedio il locale, essendo uno dei più vicini al pontile. Quando poi arrivò la nave, ed era già buio, la folla dei nuovi arrivati sostituì in maniera massiccia i precedenti e quantunque nessuno sostasse – una bevanda e via, chi in Ape, chi in auto, chi a piedi, verso la propria destinazione – la velocità del servizio aveva messo a dura prova il locale di Maddalena.

Sanguepazzo scrutava in ansia oltre la siepe di turisti che lo divideva dalla sua protetta. Più tardi Penelope andò a sedersi sugli scalini dell'ingresso con un bicchiere di Ace in mano. Era provata.

Lui le si avvicinò e restò in piedi a guardarla. Sembrava un soldato sull'attenti e di tanto in tanto gli occhi gli scappavano altrove, come se facesse fatica a reggere uno sguardo diretto.

"Buonanotte, buonanotte fiorellino..." cominciò a cantare.

"Che bella canzone," disse Penelope, e gli allungò una sigaretta. "Adesso però bisogna andare a dormire. Ti accompagno?"

Sanguepazzo smise di cantare e fece no agitando entrambe le mani. "Io, solo," disse, e si allontanò camminando all'indietro per un lungo tratto per poi sparire nel buio.

Penelope incontrò Pablo mentre tornava da Régine. Lo aveva riconosciuto dall'andatura sotto il cono di luce di un fanale. Lo abbracciò forte da dietro premendo la faccia contro la sua schiena.

"Sei l'amore mio."

Pablo si fermò, pose le sue mani su quelle di Penelope incrociate sul ventre, cacciò indietro la testa e si lasciò baciare a lungo sul collo.

"E tu sei l'uccelletto che vola solitario nella notte."

"Sai tutto di colori. Non ti sei fatto neanche la doccia."

Si presero per mano e corsero verso la casa di Ficogrande, scesero verso gli scogli e si buttarono in mare vestiti. Omar li vide dalla finestra della sua stanza. Don Alfonso impugnò la pila e li inquadrò mentre uscivano grondanti dall'acqua. Gli altri ospiti, dal terrazzo dei buoni solventi, fecero un applauso.

"Lascia che ti asciughi," disse Penelope aprendo un asciugamano, "e poi dormiamo fuori, nei sacchi a pelo."

Edoardo aveva preparato una stanza per Maurizio e Annabella. Quando tornarono dal porto cenarono tutti e tre insieme, anche se Edoardo chiedeva sempre il permesso per assentarsi e restare in cucina. Di tanto in tanto Maurizio cercava di tornare al tema della sua visita a Luca, voleva che Annabella capisse, ma lei diceva che considerava l'episodio superato, che non era necessario tornarci sopra e che comunque l'indomani si sarebbero incontrati dal notaio e non intendeva far menzione dell'accaduto.

"Eh no," disse Maurizio alzando la voce, "bisogna tornarci su."

Senza perdere le staffe, Annabella si alzò da tavola e raggiunse Edoardo in cucina.

"Avete bisogno di qualcosa?" chiese quest'ultimo ripetutamente.

Rassegnata, Annabella fece di no con la testa, uscì e annunciò che sarebbe andata subito a letto.

Maurizio restò da solo a finire la cena e a fumare. Esagerò con il vino e quando Edoardo chiese di poter sparecchiare, Maurizio si lasciò scivolare sulla sedia, si massaggiò il ventre, si guardò intorno e levò il bicchiere: "Benvenuto nel bel mondo, cameriere. Davvero un bel colpo. Qui si sta da dio".

Risentito, Edoardo si limitò a portare in cucina i piatti che aveva già impilato e lo lasciò da solo, ma quello continuava a parlare: "Mi piace stare qui. Mi piacciono le stelle. Mi piace il mare di notte. Mi piace essere stato piantato qui da solo".

Si strappò via la camicia già aperta, si versò dell'altro vino, vuotò il bicchiere, tornò a riempirlo e si alzò in piedi. Vagò con andatura incerta per il giardino. "Questa è tutta roba di Edoardo Laganà," diceva. "Eh sì. E oltre il mare, laggiù, nella terra più bella del mondo c'è roba della signora Annabella Condrò. Il paradiso ai tossici!"

Da qualche parte dentro di sé sentì che aveva perso il controllo, e che non avrebbe dovuto. Piagnucolò una specie di maledizione, si aprì la patta, pisciò contro un cespuglio di rosmarino e quando ebbe finito si sfilò pantaloni e mutande e tornò nudo, barcollando, verso casa. Edoardo lo vide avvicinarsi alla stanza di Annabella, lo vide spingere lento la porta e sparire. Istintivamente lo seguì e lo sentì piagnucolare ancora: "Ecco il tuo salvatore. Ecco il tuo uomo".

"Sei ubriaco," diceva lei.

"Ma sono il tuo carabiniere." Ridacchiò lui. "Senza divisa."

Seguì un silenzio e poi un virile mugolio, frammischiato a incerte preghiere, a dei "lasciami fare" sempre più deboli. Annabella "lasciava fare".

Edoardo si allontanò facendo un segno della croce, un gesto che, chissà come, era riemerso dal profondo della memoria, perché era di sua madre, e sua madre lo faceva tutte le volte che se lo vedeva tornare a casa fatto, perduto, senza speranza.

Don Alfonso non riusciva a prendere sonno. Sentiva tutto il peso del suo corpo. Sentiva la forma che dava al letto e in quella forma stava a disagio. Pensava a Pablo e Penelope fuori nel buio, ma uno scalpiccio appena percettibile fra i ritmici, lenti schiaffi del mare contro gli scogli, e poi uno scricchiolio oltre la parete, lo convinsero che erano tornati nella stanzetta. Ovunque fossero, ora dormivano. Tutti dormivano, ma lui no. Serrava forte le palpebre e chiedeva, come in una preghiera, che il sonno arrivasse. Dopo la visita di Annabella, mentre riponeva i documenti che gli erano stati affidati, aveva cercato la lettera di Rosa sul comò e non l'aveva trovata. Aveva cercato sotto e dietro il mobile, nei cassetti, fra il disordine della biancheria e dei vestiti. Aveva cercato di ricordare se l'aveva riposta altrove, ma non c'era stato verso. Era sicuro di averla vista sempre lì, ma avrebbe anche potuto averla infilata nella tasca dei pantaloni, o chissà dove. Allora aveva frugato in lavanderia. Niente. La lettera era sparita: la vergogna e la rabbia di averla persa, di non averla letta, di averla trascurata, lo tormentavano.

"La lettera. La lettera," pensava, e mentre cercava il sonno immaginava di trovarla, e il ristoro che provava nel tenerla fra le mani. Ma poi tornava a domandarsi perché non l'aveva letta prima e, mentendosi, ne sminuiva il contenuto. Che cosa mai avrebbe potuto scrivere, Rosa, che lui non sapesse già?

Sapeva. Non sapeva. Da quel vuoto tutto interrogativo emergeva l'immagine di Pablo mentre gli agganciava la mano sollevata: lo vedeva allontanarsi con una insondabile promessa negli occhi. Cosa voleva? Che disordine era venuto a portare? Era solo un ragazzo. E poi era suo figlio, era Omar che aveva messo a soqquadro la sua estate. Forse la lettera l'avrebbe aiutato a trovare una strada verso il cuore di suo figlio. Ma ci teneva davvero ad arrivare là in fondo? Sarebbe stato meglio continuare a ricevere quel sereno, quasi intimidito omaggio filiale che per tanti anni, due volte all'anno, Omar gli aveva tributato, partecipando dell'allegria comunitaria della casa di Ficogrande. Sì, perché su quell'isola era sempre andata così, pensava, e intanto cercava nel buio i segni invisibili di quella gioia. Niente. E allora tornava alla lettera. La lettera! La lettera! Con gli occhi sbarrati si disse basta e si alzò di scatto dal letto. Si rivestì e uscì in strada. Sull'isola la gente si muoveva ancora, si sentiva cantare. Le luci degli alberghi e dei locali erano accese. Un gruppo di turisti, zaino sulle spalle e casco giallo in testa, andavano, con una guida, verso l'Osservatorio, diretti al vulcano. Li seguì per un tratto a distanza e fu allora che, dalla direzione opposta, vide venire Régine scarmigliata, pensosa, agitata. La chiamò. Lei si fermò, lasciò passare i turisti, salutò la guida e poi aprì le braccia e le tenne aperte finché don Alfonso non le fu così vicino da poterle chiudere intorno a lui.

"Tienimi da te, stanotte. Non farmi tornare a casa, ti prego."

Don Alfonso non rispose neppure, si liberò dalla stretta, le tenne un braccio intorno al collo e la sospinse verso casa.

"Volevi salire di notte?"

Lei fece di sì con la testa. "L'ho fatto tante volte."

"Ma oggi no, oggi non è giornata, vero?"

"Vero."

"Vuoi bere qualcosa?"

Régine non rispose ed entrò in camera da letto. Don Alfonso conosceva bene gli sbalzi d'umore dell'amica e, anche se sempre più rare, le sue inaspettate visite notturne facevano parte di un codice che né l'uno né l'altra si sforzavano di interpretare.

Si spogliarono e presero a baciarsi. Si conoscevano bene, anche fisicamente. Don Alfonso sapeva cosa gli chiedeva Régine. Le passò la mano fra le cosce, le baciò i capezzoli, a lungo, con pazienza. Le salì sopra e le chiese di guidargli dentro il pene. Cosa che lei fece come era previsto dalla loro partitura erotica. Ma quando lui la penetrò, Régine gli cercò gli occhi e lo guardò fisso. "Esci, ti prego." Don Alfonso obbedì e restò in attesa.

"Si è rotto qualcosa, Alfonso. Broken. Ho paura, Alfonso."

"È già successo. È quando ti manca di più. È quando la memoria non ce la fa."

"La memoria ce la fa, Alfonso. Io adesso mio figlio lo vedo quasi senza dolore. Quasi mi stesse salutando. Sorride, Alfonso. Sorride," disse, e nascose la faccia sul petto di don Alfonso. Mentre lui l'accarezzava sulla testa Régine continuava a parlare, le labbra premute contro la pelle di lui. "Quando è morto, non ero preparata. Non ho potuto far nulla. L'ho odiato per questo. Tu lo sai. Ho odiato mio figlio. Martin non mi ha aiutato. E io ho bruciato tutta la madre che c'era in me. L'ho bruciata come una strega. Ma adesso?" Qui si fermò, sollevò il viso, mugolò come una bestia ferita e tornò ad affondare la faccia nella carne di don Alfonso. "Perché questi morsi nel nulla? Sono inservibile. Sono senza domande. Sono senza niente. Non sono più niente. C'è una donna che si è consumata tutta dentro di me. Non ho più spazio per mettere un piacere, e nemmeno un dolore. E lui sorride, capisci? Sorride."

Régine risalì dal petto all'ascella e poi al collo di don Alfonso, si aggrappò a quel corpo massiccio con le braccia, come fosse uno scoglio, e cercò di piangere. "Ho pianto troppo," disse, e proprio mentre diceva così si gonfiò di lacrime.

Il mare fuori continuava a schiaffeggiare gli scogli, forse con più potenza. Régine si levò puntandosi su un gomito ed esplorò la stanza buia. "Sono in uno stato," disse, "ma il tuo corpo mi fa bene. Restiamo un po' così, ti prego." E si raggomitolò tutta su un fianco, invitando don Alfonso a tenerla da dietro fra le braccia, appiccicati l'uno all'altra.

"Abbiamo tanta vita alle spalle, Régine," disse don Alfonso, "ci sta addosso, e non sappiamo cosa abbiamo vissuto veramente." Fece una pausa, cercò l'orecchio di Régine e ci cantò dentro sottovoce *Los mareados*: "*Tres cosas lleva mi alma herida: amor, pesar, dolor*". Rise chioccio: "Un po' di tango, señora".

Restarono abbracciati così fino all'alba. Régine non aveva più bisogno di parlare e ascoltò volentieri don Alfonso: la storia di Annabella, e la storia della lettera perduta.

"Devi dirlo a Omar," suggerì Régine.

"Non so."

"Sei un vigliacco, Alfonso."

"Può darsi. Quel ragazzo mi fa paura."

"Si vede. E ti fa paura anche sua madre."

"Rosa è lontana."

"Da te, ma non da lui."

Un rosa dolcissimo, straziante, accennava oltre il riquadro della porta finestra.

"Eccola," disse Régine, "la solita bellezza del mattino, troppo bella, troppo familiare. Too much. Sono stufa."

"Ma cosa dici?"

"Dico che non so più cosa farmene di questa bellezza, e di tutta la bellezza."

"Di Pablo, ad esempio?"

"Di lui soprattutto. E con questo, vecchio amico, hai messo il cuore a nudo. L'intrepido marinaio ha perduto la testa per il giovane mozzo."

Don Alfonso le diede una pacca sul sedere.

"O è il giovane mozzo che ti insidia?" continuò lei quasi divertita, e ricevette un'altra pacca ancora più forte.

"I giovani," disse Régine tornata improvvisamente serissima, "non sanno cos'è il tempo, quella strana cosa che è il tempo. Noi invece sì: lo sentiamo e lo vediamo dappertutto. È perché la vita va a rilento. Mio figlio, anche se morto, mi ha inseguita fino a ieri dicendomi quanto avrebbe dovuto e potuto vivere, e io ho cercato di farlo al posto suo."

"Dovresti tornare a scrivere, Régine."

"Shit! Non dire stronzate."

"Anche tu. Anche tu." E intanto l'abbracciò con forza e spinse le sue ginocchia nell'incavo di quelle di lei.

Régine si abbandonò a quella stretta, sentì tutta la matura tenerezza di quelle braccia forti e pelose.

La luce disegnava i loro corpi nel vuoto della stanza: erano due vecchi amanti, due corpi pompeiani immobilizzati dalla lava rosa del mattino.

"Vorrei riposare, vecchio mio. Riposare come non ne sono mai stata capace."

"Tu sei la regina. E una regina può fare quel che vuole. Se vuole."

Lui si levò a cercarle gli occhi e si guardarono a lungo. Si sentivano nudi. Nudi e belli. Si toccarono, con dolcezza e cauta passione.

“Come si fa, Alfonso?” chiese Régine, “come si fa a non smettere?”

“Basta domande, mia signora,” fece lui a voce bassissima, “facciamolo prima che i bambini si sveglino.”

Régine sorrise, si voltò e premette la mano sull’erezione di don Alfonso. “Vuoi che entri dentro di te?” Lei fece di no con la testa e continuò a premere e allentare la pressione. Fu costretta a baciarlo forte per zittirgli il piacere in bocca.

Régine baciò don Alfonso sulla fronte, lo ringraziò, raccolse i suoi vestiti, si rivestì alla meglio e prima di sparire nella casta luce del mattino portò l’indice alle labbra, come un angelo del silenzio.

16.

ARIANNA

“Non c’era niente di meglio di questo coso?” disse la giornalista prendendo posto sull’Ape.

“È il mezzo più comodo sull’isola,” disse Omar, che era andato a prenderla al pontile.

Penelope, che eccezionalmente sarebbe rimasta da Maddalena tutta la giornata, era uscita dal gazebo a salutare: stava portando un tramezzino e una sigaretta a Sanguepazzo, in attesa su una barca tirata in secco e capovolta.

“Tu chi sei? Il fattorino di questo don Alfonso?”

Omar stava per darle la risposta corretta, ma si limitò ad annuire.

“Be’, niente male come fattorino. E quella là è la tua fidanzata?”

“No,” fece Omar, “quella è una strana. Le piace il matto del paese. Gli dà da mangiare, lo coccola, e lui le canta vecchie canzoni d’amore.”

“E tu racconti un sacco di balle, giovanotto,” disse la giornalista lanciandogli uno sguardo obliquo sotto la cascata di capelli rossi.

La giornata si annunciava caldissima, dalla cima del vulcano si levava il funebre sbuffo delle sue periodiche esibizioni di potenza.

“Non ci sono mai venuta qui. Non mi piacciono i vulcani.”

“È innocuo. Gli piace solo ricordarci che esiste.”

"E in questa casa di Ficogrande cosa succede? Mi hanno detto che è molto anni settanta."

"Negli anni settanta io non c'ero. Non ne so nulla."

Era una donna di poco più di trent'anni. Per quattro giorni si era portata un bagaglio da due settimane. Il fotografo che era arrivato con lei l'aveva salutata quasi sull'attenti. Avrebbe aspettato ordini in albergo. Era una donna di potere. Si capiva. La camiciola di lino bianchissimo lasciava intravedere un seno florido e libero disegnato anche dai lunghi giri di collane di pietre coloratissime. Bigiotteria di lusso. Teneva le mani sulle cosce ed erano mani lunghe, curate, con unghie laccate di smalto scuro.

Si guardava intorno, indolente e curiosa al tempo stesso.

"Siamo arrivati," disse Omar indicando la palma e il bucato steso.

Lasciarono i bagagli sull'Ape e procedettero fianco a fianco fino alla buganvillea. "E questo è mio padre," disse Omar.

"Tuo padre? Bugiardo." E poi, rivolta a don Alfonso, lanciando uno sguardo in direzione del petto nudo, asciuttissimo, di Omar: "Lo faccia mangiare questo figlio suo. In quanto al resto, non ha bisogno di nulla. Magari di una sculacciata. Eccomi, sono Arianna Corelli". E allungò la mano che don Alfonso portò alle labbra.

"Galante," disse Arianna. "E dunque sono davanti a don Alfonso, il Marinaio, l'Argentino, il Tanguero."

"Senz'altro don Alfonso," fece lui esplorando la sua nuova ospite.

"Ficogrande è tutta qui? Pensavo a un falansterio."

"È tutta qui, e ci basta, cara Arianna."

"Mi accontento. Vedremo di scavare in profondità."

"Per farlo meglio sarà bene saltare un po' di formalità, che ne dici?"

Omar era tornato con i bagagli. "Viaggio sempre un po' pesante, caro don Alfonso," sussurrò, "e ho bisogno di braccia."

"Vieni, ti porto nella tua stanza," fece don Alfonso sollevando la valigia più voluminosa e aprendo la strada.

"La stanza della puttana," ridacchiò fra sé Omar pensando all'algida Anne.

"E quell'Apollo? Fa parte della dotazione?" chiese Arianna indicando Pablo che proprio allora era uscito dall'acqua.

"È un artista. Spagnolo come Picasso. Un amico di mio figlio. Sono arrivati in giugno."

"Giugno. Picasso. Giugno Picasso."

"Eh, non male."

"E lei ha messo su questa bella pensione per gli amici di suo figlio?"

Don Alfonso non rispose. Entrò nella stanza con lei. Su un tavolino erano pronti bicchieri e bottiglia. "Di solito il primo bicchiere lo offro sotto il pergolato. Comunque, Arianna, è bene essere chiari fin dall'inizio. Io non ho bisogno di promozioni. Non mi interessa. Non ho voluto nulla di tutto ciò. Sto facendo un piacere all'amica Régine e mi auguro che stare qui sia un piacere anche per te."

Arianna era seduta sul davanzale della finestra e tormentava le sue collane con le dita. Don Alfonso, indeciso fra le buone maniere e l'aggressività, le vide lampeggiare gli occhi e cedere alla tentazione di un sorriso. Aveva capito. Ma intanto era squillato un cellulare.

"Questo è per me. Vivo praticamente in simbiosi con questo aggeggio," sibilò con una smorfia, come volesse condividere il peso di una malattia. Infilò la mano nella borsa rossa che aveva abbandonato sul letto e, dando le spalle a don Alfonso, "Arrivata," disse, e cominciò una conversazione fitta di nomi, di ordini, di "ah" e di "mmm". La continuò sulla scala esterna, nello stretto passaggio fra le due abitazioni, e infine sotto il pergolato. Si sedette, lasciò il cellulare sul tavolo, appoggiò il mento ai pugni chiusi e scivolò con i gomiti in avanti come una studentessa che ostenti attenzione.

"Avevo in mente un posto diverso. Mi devi raccontare tutto."

Don Alfonso non fece in tempo a rispondere. Arianna ricominciò a parlare al cellulare, ma questa volta uscì in pieno sole e lì restò gettando uno sguardo a Pablo disteso sullo scoglio e salutando con un generico sfarfallio della mano Kurt e Veronika che tornavano allora.

Poi tornò nell'ombra, ed entrò in cucina dove si era ritirato don Alfonso.

"Il Marinaio, eh? Un vero marinaio. Della Lauro, no? Ho studiato. E Régine? Una grande scrittrice. Quando la incontriamo?"

Parlare di Régine in quei termini suonava bizzarro all'orecchio di don Alfonso. Nessuno aveva mai provato a trattarla da grande scrittrice, e forse neppure da scrittrice. Soprattutto nessuno si azzardava a parlare di letteratura con lei.

"Verrà," disse don Alfonso.

"Ma tu sei di poche parole, o mi sbaglio?"

"Ti sbagli," disse Omar apparso con una cesta di zucchine.

"E allora bisogna prenderlo per il verso giusto," dichiarò. "Ma adesso, cari signori, mi ritiro nella mia stanza, anche perché questo coso continua a suonare e noi abbiamo tutto il tempo. E soprattutto voglio vedere come si sta nella stanza della puttana, se mi si confà." Fissò Omar e continuò: "A me non sfugge quasi niente, cherubino, forse nulla". E se ne andò in una scia di profumo e sudore, ancheggiando con naturalezza. "Per oggi consideratevi liberi," aggiunse senza voltarsi, "devo ambientarmi."

Arianna si ripresentò all'ora di pranzo, si sedette a tavola, piluccò qualche antipasto e continuò a rispondere al cellulare. "Devo chiudere il numero," aveva detto, "hanno bisogno di me." Cucì qualche stralcio di conversazione. Provò a buttar giù un programma per i tre giorni successivi. Fissò un tardo pomeriggio per il fotografo, poi chiese la collaborazione di Pablo e Omar per due uscite in barca. Continuava a ripeterlo: "Ho bisogno di organizzarmi," e questo la rese paradossalmente meno protagonista di quanto i commensali si sarebbero aspettati che fosse, seduta a tavola. Era come se stesse rimandando la sua entrata ufficiale nel piccolo regno di Ficogrande, ma intanto ne poneva le premesse. Più che spesso si appartava con il cellulare. Solo prima di scendere a prendersi un bagno e chiudersi in stanza, si sentì in dovere di commentare: "Lasciatemelo dire: c'è qualcosa di strano. Non avete smesso di guardarmi, ma soprattutto non avete mai smesso di guardarvi. È come se vi teneste sotto tiro". E qui fece una pausa: "E non per me".

Ricomparve al tramonto, elegantissima, pronta per uscire. "Mi aspettano. Stasera sto fuori dalle mura del convento. Ho preso qualche appuntamento in albergo." Ed effettivamente mezzo minuto dopo un'auto si fermò davanti alla casa e Arianna vi sparì dentro.

La sera passò tranquilla. Don Alfonso aveva preparato spaghetti all'aglio e olio e un pescespada alla filicudana. Régine non aveva mai risposto al telefono, ma nel primo pomeriggio aveva annunciato che era stanca, che non si sarebbe fatta viva sino all'indomani. Malgrado l'incombere di Arianna, don Alfonso ebbe un'impressione di pace, di quiete ritrovata. A una cert'ora li raggiunse Edoardo, che fece un lungo e dettagliato resoconto di come, in villa, procedevano i preparativi di accoglienza. Avrebbe invitato tutta la famiglia, anche i cugini più lontani, molti adulti, e moltissimi bambini. Sarebbe stata una festa, una vacanza e una festa. Per fare del prossimo agosto un mese indimenticabile doveva però attrezzare la casa, soprattutto aggiungere letti e destinare a ciascuna famiglia uno spazio appropriato.

"Io così me l'immaginavo," diceva, e intendeva la vita. Finalmente avrebbe potuto dare a tutti quello che tutti si aspettavano dalla ricchezza: che potesse essere condivisa.

"Finalmente sono libero," ripeteva, e a chi gli chiedeva da cosa non rispondeva.

Parlava per frasi fatte, come spesso faceva, ma ci metteva un calore, una febbre, che in qualche modo le faceva risplendere. "La roba è di tutti," dichiarava, e descriveva i suoi familiari, gente di cui spesso non sapeva neppure il nome, come fossero quei "tutti", gli oppressi, i lavoratori, gli operai.

"La classe operaia è morta," provò a dire don Alfonso.

"Una bestemmia è, questa," rispose crucciato Edoardo, e continuò dipingendo con toni epici una comunità senza volto, sprofondata nel buio di officine e miniere o improvvisamente risorgente nella luce dentro cantieri edili o stazioni ferroviarie. "Loro saranno a distruggere televisioni e fabbriche e chiese," disse, ma su "chiese" ebbe una sorta di ripensamento.

"Io per la chiesa mai ebbi simpatia. Neanche da picciotto. Scappavo. E il parrino mi assicutava. Io scalciavo per non farmi prendere. Alla chiesa piacciono i poveri se rimangono poveri, perché così fanno la gloria dei parrini. E invece," disse, "e invece ho pregato. Ho ringraziato. Il Dio che fa la giustizia. Gli uomini non la fanno. Lui sì."

Omar lo guardava intento, cercava di capire. Pablo si distraeva e con lui don Alfonso.

Il mare era calmo. C'erano tante luci sul mare. L'indomani ci sarebbe stato molto pesce fresco a Stromboli.

"Infelice è, la signorina Annabella. Padrona e infelice. Infelice nel letto." E qui taceva come avesse parlato troppo.

Don Alfonso sentiva su di sé lo sguardo tagliente di Pablo. Per tutto il lungo dopocena il giovane amico del figlio aveva a più riprese cercato i suoi occhi e ora, cercandoli di nuovo, lasciava trapelare una specie di caldo risentimento.

La giornalista aveva ragione. Non facevano che rincorrersi con lo sguardo, senza che ci fosse di fatto un patente motivo che lo giustificasse.

"Dobbiamo partire," sentì dire a Pablo durante una delle tirate di Edoardo, e Omar aveva annuito.

Aiutarono tutti a sparecchiare. Edoardo salutò e prese la strada di casa. Omar e Pablo restarono sulla balaustra della terrazza. Parlavano fitto, ma di tanto in tanto lasciavano nel discorrere lunghe pause di silenzio. Pablo era irrequieto e, per la prima volta da quando erano a Stromboli, era a Omar che toccava la parte dell'amico disponibile, che sta a sentire, che spende saggezza.

Ogni volta che don Alfonso provava ad avvicinarsi, in una di quelle pause, si accorgeva che non era il benvenuto. Gli occhi di Pablo si facevano subito severi, distanti. Il ragazzo stava forse difendendo un confine di cui temeva la debolezza. Era un semidio, sì, ma qualcosa o qualcuno nell'oltremondo a cui apparteneva lo ostacolava, lo minacciava.

Omar una volta aveva fatto cenno a una famiglia molto complicata, a una madre con troppe storie disordinate alle spalle e a un padre sparito, forse in Brasile, forse altrove e che, comunque, dovunque fosse, continuava a garantire il benessere economico della moglie e del figlio.

Eppure Pablo sembrava superiore a queste contingenze, di questo Omar era sicuro e don Alfonso non aveva fatto fatica a dargli ragione, anche se ora si rendeva conto di come Omar imbrogliasse se stesso e di come lui, don Alfonso, avesse trovato comodo quell'imbroglio.

Dal tavolo della cucina dove si era messo a sedere, praticamente al buio, don Alfonso sorvegliava i due ragazzi illuminati dalla lampada che dondolava leggermente in mezzo alla buganvillea, e covava una disordinata nostalgia, un confuso e annodato stato d'animo dove rifluivano la notte passata con Régine, l'impegno contratto con Annabella, la perdita della lettera di Rosa, l'arrivo di Arianna e il nuovo turbamento di Pablo.

Provava a staccare una tessera dall'altra ma faceva fatica a considerarle una per una. Pensava allora agli anni passati in mare, come sempre gli succedeva quando perdeva il bene di una sana concentrazione. Del resto, quelle stanze non facevano che rammentarglielo, con quell'ammasso incongruo di ricordi. Pablo e la giornalista continuavano però a insinuarsi nelle immagini che evocava più volentieri. E la contemporaneità di quelle due figure lo sorprendeva non senza lasciargli l'arresa sensazione di un trasalimento fisico, che però suonava misterioso e senza contorni.

Omar aveva fatto il verso ad Arianna ripetendo la battuta sugli anni settanta e ora don Alfonso si rivedeva in quel tempo, in realtà tutto passato in mare, si rivedeva ospite a singhiozzo dei cambiamenti che allora segnavano la vita civile della sua città. Non aveva mai fatto alcuna militanza politica, non aveva aderito ad alcun gruppo, né tanto meno aveva fatto parte di comunità, come allora si diceva, "alternative". Era stato a manifestazioni, cortei e una volta un giovane militante l'aveva convinto a parlare, durante un comizio, come "lavoratore del mare". Si rammentava bene del suo discorso improvvisato, degli applausi, dei pugni levati e anche della carica della polizia che era seguita. Rosa però l'aveva messo in guardia: voleva perdere il lavoro? Che lo perdesse, sì, ma a patto di trovarne un altro che lo lasciasse a casa, con lei e suo figlio. Naturalmente non ci pensava neppure lontanamente a scendere dalle navi. E così la sua rivoluzione se l'era portata appresso. Finché di rivoluzione non aveva sentito più parlare. Però aveva ascoltato molto. Per tutta la vita non aveva fatto altro che spiare il mondo, ma gli pareva di aver sempre coltivato una naturale avversione per l'ordine borghese, la rispettabilità, l'ingiustizia. D'altro canto, stare per mare gli aveva inculcato un severo senso della regola, del lavoro ben fatto, delle competenze. Se ora era il personaggio che era, se ora godeva di un certo rispetto, sapeva che tutto veniva da lì e ne andava fiero. Malgrado gli anelli che non tenevano e che lo esponevano a una inedita debolezza.

Pablo era rimasto solo, si era disteso sulla panca di pietra e se ne stava lì con le braccia incrociate sotto la nuca.

"Non vai a dormire?" chiese don Alfonso allungando la voce.

"Aspetto Penelope," rispose Pablo.

Don Alfonso gli si avvicinò lentamente, con cautela.

"Cosa non va?" chiese.

Pablo gli voltò le spalle e bofonchiò qualcosa.

"Non ho capito," fece don Alfonso.

"Non importa," disse Pablo con una tonalità cortese e al contempo rassegnata, poi si alzò in piedi di scatto, si infilò gli zoccoli e percorse tutto il perimetro della pergola lasciando don Alfonso al centro, immobile. Si muoveva davvero come una belva, leggera, elegante. Anche il rumore degli zoccoli suonava netto, barbarico, qualcosa a metà strada fra bonghi e nacchere. Don Alfonso sentiva quasi l'imminenza di un'aggressione, ma faticava a riconoscersi come nemico o come preda. Provò a pensare che Pablo agisse nel nome di Omar, come un angelo vendicatore. Già, come un angelo, ed era come se avvertisse il fruscio delle sue ali pronte ad aprirsi. Ma cosa avrebbe potuto vendicare? E come? Forse, più semplicemente, Pablo aveva maturato per lui una cordiale antipatia e non aveva altri mezzi per esprimerla che quella irresolutezza languida da felino. Ma la mano agganciata nell'aria? Quel gioco d'intesa?

Pablo si era fermato nel buio con le mani in tasca. Don Alfonso vedeva il lucore umido dei suoi occhi, il candore della dentatura, il contorno delle labbra. Pensava a Régine, a come era caduta in quel cerchio di tensione. Ma lui non era Régine. Il suo stesso restare piantato lì come la vedetta di se stesso gli dava sicurezza e vantaggio. Ma Pablo era più agile, anche mentalmente. Fece un altro giro intorno a don Alfonso e quando lo chiuse il candore dei denti era ancora forte e allarmante. Don Alfonso si trasse indietro contro una colonna della terrazza. Pablo allora si avvicinò al tavolo, proprio sotto la lampada, si appoggiò con il palmo delle mani e rimase immobile, le braccia tese a reggere il peso della testa, i capelli tutti caduti in avanti, il respiro.

"Cosa c'è?" fece don Alfonso.

Pablo spinse la testa indietro: "Sono stanco".

Restò così quanto bastò perché quella stanchezza arrivasse violenta a don Alfonso.

"Ma devo aspettare," aggiunse il ragazzo lasciandosi cadere su una sedia.

"Davvero?" fece don Alfonso, le spalle contro la colonna come un san Sebastiano, ed ebbe la netta sensazione di essere stato preso in contropiede. Quel "davvero" interrogativo non c'entrava niente, non andava da nessuna parte. Avrebbe potuto salutare e togliersi di mezzo ma non ce la faceva.

"Devo aspettare," ripeté Pablo, e questa volta don Alfonso, che era sul punto di replicare, tacque.

Uno scalpiccio leggero annunciò l'arrivo di Penelope. Pablo si voltò con fatica, sorrise alla ragazza e sorrise anche a don Alfonso.

"Abbiamo un'anima troppo pesante, caro don Alfonso," disse Pablo, e mentre chiudeva Penelope in un abbraccio tenero, protettivo, continuò: "Dobbiamo alleggerirla".

Aveva già cambiato espressione. Il puma proteggeva il cucciolo e prometteva lotta ai suoi pari, ma faceva entrambe le cose con morbida dolcezza.

Mentre accompagnava Penelope nella stanzetta, Pablo non smetteva di voltarsi e di guardare don Alfonso. Era come lo invitasse a stare in guardia, a prendere posizione, a muoversi. E in effetti, macchinalmente, don Alfonso lo seguì per un tratto, incerto, stralunato, addirittura incespicando. Era a casa sua e non sapeva dove stava andando.

Tornare alla villa del barone Condrò e riconoscerla come sua non era facile per Edoardo. Fece girare la chiave con delicatezza, spinse il cancello solo quel tanto che gli consentiva di scivolare dentro e si dispose ad attraversare il giardino buio. Ma non lo fece come aveva sempre fatto, con passo deciso, per arrivare alla dépendance. Prima restò immobile e poi si avviò godendo, con un senso di vertigine, lo scricchiolio dei passi sulla ghiaia. Procedeva lentamente come se quel suono gentile ingigantisse la voce della fortuna che l'aveva baciato in fronte, e quel bacio lo inorgogliva e lo frastornava. I pochi giorni che vi aveva passato da solo erano trascorsi nella consuetudine delle occupazioni quotidiane e aveva continuato a dormire nella sua stanza. Poi aveva cominciato a considerare la necessità – proprio così: la necessità – di risiedere nel corpo padronale della villa e aveva riadattato la stanza del barone alle sue pochissime esigenze. Soprattutto aveva rifatto il letto con le lenzuola sue, aveva svuotato gli armadi e si era portato qualche suppellettile. L'arrivo di Annabella e Maurizio aveva fatto posticipare l'attuazione del progetto. Ora poteva. Ora era libero. E infatti tornava dalla visita a don Alfonso deciso a mettere in atto i suoi propositi e a vincere la confusa riluttanza che lo dominava.

Passò accanto alla fontana lasciando che la mano accarezzasse la pietra della vasca, girò intorno alle colonnine dei chioschi e anche lì lisciò la curva di granito con apprensione. E lo stesso fece con la porta di ingresso, passando il palmo della mano sul tufo rosa della cornice esterna, sul legno degli infissi, sulle vetrate, sulle maniglie. Tutto sfiorava e di tutto percepiva la consistenza, come per dare consapevolezza alla forma delle cose.

Dentro l'operazione fu più difficile. La mano era tesa nel vuoto, cercava di ripetere la stessa carezza, la stessa pressione, ma non ci riusciva. Cominciò allora dalle pareti, dai quadri, dai mobili, da tutto ciò che gli pareva più lontano da sé. Riguadagnò qualche confidenza con le stoffe dei divani, con i tessuti dei cuscini e, quando arrivò in camera da letto, con il copriletto olandese, bianco e blu, che conosceva benissimo ma che quella notte guardava e toccava con occhi diversi.

Si spogliò con cura, piegando – come non aveva mai fatto – pantaloni e camicia e si infilò sotto il lenzuolo. Sentiva solo il suo respiro, accelerato come se per arrivare sino a lì avesse corso. Dalla finestra entravano deboli riflessi di luce. Era il letto del barone, quello. Ci era anche morto lì dentro. Questo pensiero cominciava a diventare intollerabile e ad allontanare definitivamente il sonno. Allora prese a immaginare la villa affollata dai parenti, ne vedeva i volti addolciti dalla gratitudine, riconosceva zie e cugini che l'avevano evitato per anni e ora gli passavano accanto e lo ringraziavano. Li sentiva parlare piano come fossero stati in chiesa e quel brusio, quel mormorio sommesso, finì con il chiudergli gli occhi.

Régine si unì a un gruppo che faceva la salita notturna allo Stromboli e non ebbe difficoltà a patteggiare con la guida, che conosceva da anni, la sua presenza. A metà strada fecero una sosta: la gente restava volentieri in piedi a contemplare le luci lontane della costa calabra, le forme pulite dell'isola ridisegnate dalla luna, la stellata maestosa. La guida invitò tutti a indossare l'elmetto da quel punto in avanti, cosa che tutti fecero eccetto Régine. Lei si limitò a chiudersi nel cappuccio della k-way.

In prossimità del cratere centrale si cominciavano a sentire nel buio le presenze di altri gruppi, un parlottio sommesso che veniva dalle trincee di osservazione o da sentieri paralleli.

Quando si levò all'improvviso il primo getto rosso di lapilli e l'aria assorbì il boato dell'esplosione si fermarono tutti, e la guida si raccomandò che non procedessero oltre. La luce delle eruzioni tolse dalle tenebre le sagome dei molti che avrebbero atteso l'alba in vetta. Per quanto non fosse nuova allo spettacolo del "suo" vulcano, Régine riconobbe quel singolare sgomento che affratellava tutti nella certezza di essere piccoli e impotenti. Lo spettacolo continuò a ripetersi per una decina di minuti, poi tornò il buio. Il gruppo aveva trovato riparo in una trincea ancora libera: ci si accucciavano soddisfatti passandosi borracce e lattine. Régine si allontanò senza salutare e prese il sentiero che scendeva verso Ginostra. Voltò per la valle che si apre sotto il cratere maggiore e procedette sola sulla soffice polvere che faceva da tappeto al sentiero. Andava senza incespicare, senza titubanze, come fosse giorno. Più avanzava, e più sentiva crescere il ritmo del respiro, più si lasciava fasciare dall'oscurità. Quando fu in fondo alla valle, il vulcano riprese la sua attività e le sembrò che i bagliori rossastri lasciassero sempre dita di luce. La solitudine era sempre più incombente, dilatata com'era dalla vertigine scura della valle, dalla distanza dal cratere, dall'assenza d'altra visione che non fosse da una parte quella dei primi arbusti di ginestra e dall'altra la montagna. Niente mare, niente spazio precipite sotto di sé.

Régine si lasciò cadere sulla polvere, si prese le ginocchia fra le braccia, le liberò e agganciò dentro di sé l'urlo che aspettava di trovare una via d'uscita. Il "suo" vulcano conosceva quell'urlo, ma questa volta risuonò spezzato, rotto, quasi Régine non sapesse più dar forma alla voce buia di quel dolore. Non era un grido, somigliava a una risata maligna, non dava spazio alle lacrime, graffiava la gola e si ingolfava in un singulto soffocato. Si prese il volto fra le mani e basculò su se stessa. Cercò con le dita la forma del naso, delle labbra, e si rese conto di essere ormai un'invisibile maschera di cenere. "Devo essere un mostro," si disse, e si rassegnò al silenzio. Non si era mai sentita così sola, e così stanca. La salita l'aveva affaticata, ma ancora più pesante le gravava sul cuore la vanità di quell'impresa. Non si era accontentata delle prime pendici della montagna, aveva cercato il vulcano e la notte. E ora al vulcano e alla notte aveva da offrire soltanto una asciutta resa delle armi. L'assedio era finito. Il fantasma del figlio, di un figlio che aveva continuato a mancarle per vent'anni, aveva finalmente trovato dimora altrove lasciandole intorno il vuoto di una totale, radicale assenza. Ma non era l'assenza del fantasma a spezzare il grido, bensì l'assenza di sé. Nessuno sarebbe più riuscito a tenerla ancorata alla terra. Ebbe paura dei suoi stessi pensieri e si alzò determinata a continuare la strada: sarebbe arrivata a Ginostra prima dell'alba. Un corteggio di nubi aveva però oscurato il cielo e reso impraticabile un sentiero ripido e sconnesso dove quanto meno sarebbe stata necessaria, per muoversi, una torcia. Si fermò in mezzo ai cespugli, sul pianoro che poco più in là precipitava verso il mare, e lì si sdraiò, stringendosi nella giacca a vento. "Queste sono imprese in cui una donna della mia età non dovrebbe cacciarsi," si disse sorridendo, e spiò il cielo, l'aprirsi e chiudersi delle nubi sulle stelle. "Fra poco farà luce," si disse, e si raggomitolò su se stessa, felice dell'improvviso abbandono, di quel silenzio, di quella solitudine. "Per una notte sono ancora io," mormorò con la bocca sulla sabbia, e scivolò in una specie di sonno, disordinato, feroce, senza sogni.

Sentì cantare un gallo, abbaiare i cani, brontolare il vulcano, i cespugli di ginestra rovistati dal vento. Erano tutti suoni vicinissimi che entravano nelle fenditure del suo stordimento e le aprivano per un attimo gli occhi. Quando un primo, vago chiarore di cenere cominciò a ridare forma alle cose si levò in piedi, si stirò e prese a scendere lentamente per il sentiero, in un rotolio continuo di ciottoli. Era quasi arrivata al paese dentro il rosa dell'alba ("La solita bellezza," si ritrovò a pensare) e incrociò una squadra di Lega ambiente, una dozzina di giovani volontari che avrebbero dovuto sistemare i tratti più sconnessi del sentiero con paletti di legno. Salutò e si sentì guardata come una folle. "Niente paura, ragazzi," disse, "conosco quest'isola e questo sentiero come le mie tasche." Entrò nel piccolo cimitero del paese e si sedette sotto la statua di un defunto: era il busto di un uomo maturo, con tanto di baffi, e profilo severo. Sonnecchiò lì finché fu certa di trovare un locale aperto. Era sudata, le tremavano le gambe, era esausta. Ed era come se dentro di sé scivolassero i ciottoli di un nuovo sapere. A cosa le sarebbe servito quel sapere non le era ancora chiaro. Aveva solo bisogno di un caffè e di prendere fiato per scendere al porto e farsi portare per mare intorno a Stromboli.

17.

L'INTERVISTA

"Buongiorno, buongiorno, buongiorno," si annunciò Arianna all'alba di mezzogiorno. Disse che era pronta, che sarebbe stata tutta orecchie. Doveva imparare tutto sulla casa di Ficogrande e su Stromboli, naturalmente, vista da lì, da quella straordinaria "isola nell'isola". Così aveva detto fissando dritto negli occhi don Alfonso con divertita intensità. E aveva continuato dicendo che la notte l'aveva passata con noiosissimi conoscenti – e sottolineò sia "noiosissimi" che "conoscenti" – che non avevano fatto altro che rimbalzarsi la palla di don Alfonso.

"Sei una leggenda," fece infilandosi le mani nella chioma e scompigliandola tutta. "E Régine ***?"

Don Alfonso non era abituato al doppio cognome e sorrise.

"Sono sicuro che verrà. Sono due giorni che non la sento, ma verrà. Pranzeremo assieme."

"Ho il tempo per un bagno. Il nostro Giugno Picasso sa portare una barchetta al largo?"

Ormai l'aveva battezzato e Pablo, che aveva sentito, fece il gesto del remare portandosi poi la destra alla fronte come un soldato avvezzo all'obbedienza.

Puntarono verso Strombolicchio. In barca parlarono degli Irascibili, di Franz Kline, di Arshile Gorky, di Marc Rothko, di color field, di action painting. Arianna aveva una discreta infarinatura sulla pittura americana degli anni cinquanta e quando citava dei nomi sapeva di cosa parlava. Fecero insieme il giro dell'isolotto a nuoto e più volte lei si spinse sotto, nella vertigine blu delle pareti a picco di Strombolicchio. Da lì la vetta del vulcano era più nettamente visibile, di tanto in tanto Arianna la fissava aggrottando la fronte e ripeteva: "Non mi fido di quel coso". Pablo invece pareva non fidarsi di lei e guardava come si guarda uno spettacolo troppo professionalmente perfetto la dorata superficialità della sua ironia e delle sue competenze, l'ostentazione dei modi appena un po' sotto l'eleganza autentica, appena un po' sopra la banalità e la volgarità del glamour. Mentre Pablo remava verso casa, lei era rimasta a seno nudo, la testa riversa oltre il bordo della barca e le braccia larghe. Non avevano scambiato una parola. Il ritmico tonfo dei remi nell'acqua, il sole che picchiava impietoso, qualche ronzio di motore. Nient'altro. Pablo, sudato, non staccava gli occhi da quella squisita morbidezza che il respiro modellava nella luce.

A riva erano attesi da Omar. L'attracco era poco distante dagli scogli della casa di Ficogrande. La barca del Messinese andava tirata a riva e legata.

Vedendoli arrivare colse in quella visione una sorta di allucinazione mitologica: Arianna e Bacco, in balìa del mare, pronti a trovar rifugio in una grotta, il dio e la fanciulla abbandonata. Da terra il seno di Arianna captava bagliori di luce, i capelli rossi lambivano l'acqua, le braccia dicevano un abbandono sensualissimo. Pablo, proteso nelle manovre di avvicinamento, pareva incarnare parole che la memoria restituiva a Omar quasi cantate: "Lo spirito divino si è svegliato in me, per conoscere tutto intero il tuo essere superbo". Fossero spariti, l'amico e la donna dai capelli rossi, inghiottiti da un incantesimo dell'acqua, avrebbero portato via qualcosa che gli apparteneva e che in quell'istante aveva a loro affidato. Era già accaduto con Anne. Ma in quel caso la donna si tendeva fra l'uno e l'altro con molle indifferenza, si nascondeva e le piaceva nascondersi: era una creatura del crepuscolo. Omar era ora davanti a una visione solare che lo confondeva. Quella maledetta isola bruciava allo stesso modo in cui spesso bruciava la sua fronte. Il mare, il suo mare, che dall'infanzia veniva a rovesciare stati di grazia, abbracci, intimità, ora dardeggiava come un nemico lampi di luce feroce, e in quei lampi il seno lussureggiante di Arianna lo ammaliava e lo scherniva, quel caldo, lucente petto colmo di mille piaceri.

La barca toccò terra, Pablo saltò in acqua per spingerla sulla spiaggia e Arianna giaceva ancora abbandonata contro l'interno dello scafo. Pablo spingeva e Omar tirava. A un incrocio di sguardi Pablo si rese conto dell'incantamento in cui era caduto l'amico. "Oh, ecco il nerovestito, il brunochiomato figlio del Marinaio," disse Arianna balzando fuori dalla barca con uno scatto da atleta. "Ho bisogno di una doccia. Subito. Il tuo amico qui ha il remo fatato," continuò. Pablo era tutto intento a legare lo scafo. Arianna si coprì con un pareo e riconobbe da sola il viottolo per la casa di Ficogrande: ci si avviò a piedi nudi senza aspettarli e ripetendo che agognava più di ogni altra cosa una doccia e poi creme, creme, creme, e solo allora la cucina di don Alfonso.

"Tu non stai bene," disse Pablo.

"Va e viene," rispose Omar, ma stava ancora mettendo a fuoco i contorni della sua visione e il bagliore in cui era svanita. Quello che in realtà lo infastidiva di più, e non sapeva spiegarsene la ragione, era che Arianna non era entrata nell'area di attrazione di Pablo e che questo gettava un'ombra sull'intorpidimento sensuale che aveva provato per tutta la durata della visione della barca che si avvicinava a terra.

Arianna scese dalla sua camera spalmandosi la crema sul viso. "Sono in ritardo?" chiese, ma Régine non era ancora arrivata, e Penelope si stava preparando, dopo il bagno in mare, a scendere al porto. Era l'ultimo giorno di Kurt e Veronika, che sarebbero partiti da Stromboli nel tardo pomeriggio. Arianna non mancò di lodare con Penelope la prestazione di Pablo ai remi, e ne ebbe in cambio un sorriso da bambina sospettosa, che non capiva le ragioni di tanta confidenza. Penelope aveva fretta e frettolosamente si congedò, facendo un cenno di saluto a Sanguepazzo che l'aspettava sulla strada. Arianna non si voltò neppure per vedere chi avesse salutato la ragazza, la sentì prendere il volo. Mentre le sue dita continuavano a lavorare sulla pelle del mento si avvicinò ai buoni solventi in partenza e prese a parlare in tedesco. "Così mi tengo in esercizio," disse.

E poi comparve Régine. Don Alfonso, che la vide per primo, rimase a bocca aperta: aveva ancora fresca nella memoria la notte che avevano passato insieme.

Portava un peplo rosso di seta scollatissimo, i capelli erano raccolti in uno chignon trafitto da uno spillone di tartaruga, e un fascio di braccialetti sottili le scivolavano sul polso. Sorrideva pacata e tendeva la mano. Arianna le si fece incontro: "Felice di incontrarla. O forse eravamo già passate al tu?". Quella "signora" che ora si faceva avanti salutando con grazia pensosa e regale non era la Régine con cui tutti avevano consuetudine. Finirono tutti con il pensare che avesse rispolverato la pratica del mondo che aveva alle spalle per far fare bella figura a don Alfonso e alla sua casa. Passando accanto a don Alfonso, Régine gli sussurrò: "L'arte del restauro," e poi prese a chiacchierare fitto con Arianna mentre procedevano i preparativi in cucina. Erano passate subito al tu e si aggiravano sottobraccio per il terrazzo. Anche Pablo a suo modo lasciò tutti a bocca aperta presentandosi a tavola con un caffettano bianchissimo slacciato sul petto. "Ci aspettiamo come minimo il discorso della montagna," commentò Veronika, e Régine posò gli occhiali scuri per sorridergli meglio da una sua malinconica e azzurra lontananza. Arianna abbassò il tono di voce e pensò bene di cercare la complicità femminile di Régine: "Quel ragazzo non sai dove guardarlo. È troppo bello. Labbra da ipnosi. Stamattina in barca ho lasciato che fosse lui a guardare. Niente. I belli hanno a che fare con la santità, non trovi?".

Omar si aggirava tutto osservando e pensando di essere rimasto l'unico, quel giorno e in quell'occasione, ad aver conservato un qualche distacco. Gli pareva che tutti fossero presi da un'indecifrabile eccitazione. Il padre si muoveva ansiosamente fra tavola e cucina: ogni volta che si trovava vicino a Pablo evitava di rivolgerglisi direttamente, ma poi lo squadrava, sia pur velocemente, da lontano come provasse a governarne la presenza, a tenerla sotto controllo.

Arianna, che aveva finalmente accanto a sé la scrittrice per la quale era venuta, sedeva raggiante, i capelli arruffati dal vento, posando di tanto in tanto gli occhi sul suo ospite come per assicurarlo che gli era grata e suggerirgli la certezza che avrebbe potuto essergli ancora più grata.

Régine era assorbita da un tormento così profondo, così totale, che la recita delle buone maniere le riusciva facile, naturale, e la conduceva con la leggerezza di un'artista consumata. Pablo sembrava concentrato su quanto Veronika gli raccontava delle tecniche di stampa e più in generale delle sue collaborazioni come fotografa ma, intanto, sondava l'allarmante affabilità di Regine.

Omar vedeva gli strani animali con cui si preparava a dividere la tavola e li sentiva tutti chiusi in una gabbia di attrazioni, in un misero teatro. Persino Pablo, in quella versione da profeta, pareva prendersi una vacanza da sé. Tutti avevano un motivo per sedere a quella tavola, ma ne esibivano un altro. Omar, in altre parole, si sentiva solo, e questa solitudine schiacciava i commensali contro un fondale lontanissimo, estraneo, ridicolo.

Arianna era bellissima e stava anche per prodursi in una conversazione che ne rivelava la nervosa intelligenza. Suo padre la guardava come sapeva guardare le donne, e Arianna gli rispondeva a tono.

Régine era per la prima volta "la scrittrice" che non era mai stata: era a disagio, ma quando Arianna, leggendo da un moleskine, citò una frase dal suo primo romanzo, ebbe un trasalimento.

"Cercavo la verità di una donna, allora," aveva detto, "ero giovane, mi sembrava giusto fare di me stessa una bandiera... Si fa sempre così da giovani, ed era venuta fuori quella storia, la storia di una ragazzina che niente riusciva a spaventare: non il sesso, non la morale corrente, non il mondo come era allora."

"Io ho l'edizione tedesca," si era fatta avanti Veronika, "e se devo dire la verità il titolo suona molto forzato."

"Non me l'avevi mai detto..." disse Régine con autentica incredulità, e Veronika si fece ancora più piccola.

Poi Régine aveva replicato dicendo che lo sapeva, che allora se l'era presa molto per quella traduzione così riduttiva, così stonata, ma continuava a guardare Veronika con affettuoso sconcerto.

"Perché gli scrittori sono fatti così: confondono la scrittura con l'avventura mondana dei loro libri, come se potessero fare qualcosa contro le interpretazioni di chi li pubblica, di chi li giudica, persino di chi semplicemente li legge."

Aveva fatto una pausa e finalmente aveva dichiarato: "Ora tutto ciò non mi tocca più".

E qui proteste, un coro di incredulità.

"Non mi tocca. È passato. È tutto passato. Come una febbre."

E a quel punto Arianna aveva voluto sapere ogni cosa dell'isola, di come ci viveva, di Martin, dell'incontro con Rossellini e la Bergman, dell'amicizia con don Alfonso. E intanto aveva ripetuto per l'ennesima volta il gesto con cui raccoglieva i capelli dietro la nuca per poi lasciarli cadere su una spalla. Don Alfonso notò che Pablo faceva qualcosa di simile con i suoi, di grano saraceno. Régine parlava volentieri di cosa bisognava vedere e di cosa non si poteva non vedere. Era entrata nel suo consueto ruolo di intrattenitrice, condiva le informazioni sul luogo con aneddoti, storie, dettagli, e sciorinava lo scibile con spigliata partecipazione. Senza dimenticare, intanto, di glorificare i piatti di don Alfonso sottolineando come fra cibo e cielo ci fosse un'interessante relazione, che se lo ricordasse Arianna mentre tormentava con il coltello il tonnetto che le era stato servito.

Cibo e cielo, cibo e mare. Luoghi comuni, pensava Omar.

E poi l'avventura di Ficogrande. Su questo tema fu chiesta la testimonianza di don Alfonso.

"Facciamolo parlare, quest'orso," disse Arianna.

E l'orso parlò. Finché arrivò a menzionare il famoso "spirito di Ficogrande". Che cosa teneva insieme quella banda, quegli amici – o come chiamarli infine? –, quegli ospiti che, come Kurt e Veronika, tornavano ogni anno?

Fu allora che Omar prese la parola. La prese per distrarsi dalla sua solitudine, per dare un po' di consistenza alle figure che fino ad allora si erano mosse, lattiginose come larve, sullo sfondo della sua attenzione: "È inevitabile, noi non aspiriamo ad altro che a sperimentare la nostra continuità". Tutti si voltarono verso di lui. "Per questo coltiviamo le abitudini, per questo ce ne allontaniamo come se non ne avessimo bisogno. Per questo abbiamo bisogno di un gruppo, di gruppi sempre più piccoli o, al contrario, sempre più grandi, per contrarre o dilatare la nostra sete di identità. Il tempo degli altri è il mio tempo fino a quando posso dire che io sono anche gli altri. Se questo tempo comune si spezza, gli altri diventano i diversi da me e, se è il caso, i miei nemici. E allora ho due possibilità: o li escludo, o entro in conflitto. Nella casa di Ficogrande esiste solo un tempo condiviso."

Arianna batté le mani prima delicatamente e poi con sempre più convinzione.

"E allora, caro Omar, questo è il manifesto di tanta bella comunità? E magari io sarei una nemica."

"Semmai io. Semmai io."

Omar aveva parlato come estraniato, senza aggressività, aveva voluto esattamente dare l'idea di quello che si esprime come un libro stampato, anche lui vittima del luogo comune, ma questa volta un luogo comune intellettuale. Kurt, da sociologo, sentì un po' troppo facile filosofia in quella tirata e lo disse, in tedesco e sorridendo, per non irritare.

Pablo si rese conto che l'amico era caduto in uno dei suoi malesseri soffici, senza scatti, senza virate violente.

"C'è dell'altro che vuol sapere, la signora?" chiese Omar, e il "lei" allarmò don Alfonso e Régine.

"Cosa voglio sapere?" chiese Arianna. "Ma è presto detto: che cosa rende questo posto così unico."

"È venuta per questo," disse semiserio don Alfonso.

"Esatto. Sono venuta a conoscere un imprenditore. Un uomo con delle idee. Che poi è quello di cui ha bisogno questo paese: gente che inventa nuovi mestieri, nuove professioni." Arianna fece una pausa, guardò Omar dritto negli occhi e continuò: "Cosa che i piccoli principi non fanno. Impara dal tuo amico Pablo. Troverà presto chi gli comprerà ogni piscio su tela, ogni scarabocchio, ogni carta straccia. C'è in giro gente che ha solo voglia di comprare".

"Di che cosa sta parlando?" chiese Omar, e non si capiva se stava ancora dandole del lei o si rivolgeva a tutti i presenti.

"Vuol farmi paura, questo ragazzo? Non posso crederci. Vi tagliate fuori dal mondo. Non vorrete anche essere così presuntuosi da giudicarlo?" disse Arianna con una smorfia pronta a trapassare con scioltezza in una risata. "Secondo me vuole attaccare briga. Del resto sono la sua nemica," e sussurrò a Régine come le rivelasse una confidenza: "Gli sono stata antipatica da subito. Bisogna capirlo. Sta difendendo suo padre".

“No,” fece don Alfonso cercando di sdrammatizzare, “suo padre non lo difende più e forse ha ragione.”

“Ah, ma allora sei cattivo. Te la prendi con questo vecchio marinaio...” e senza soluzione di continuità, “fa un caldo pazzesco.”

“Eh sì,” fece Veronika.

La conversazione si spostò sui fashion magazine tedeschi, su come Veronika e Kurt erano arrivati a don Alfonso, sugli inverni di Tubinga.

Pablo provava a spingere Omar più lontano. Régine aveva perso la sua verve e pareva perduta in un pensiero. Don Alfonso badava che ci fosse sempre vino nei bicchieri, ma intanto cercava di capire la fissità di Pablo, alto nel suo caffettano bianco, accanto alla figura leggermente curva del figlio. Mentre riempiva il bicchiere di Arianna si sentì stringere il polso: senza smettere di conversare con Veronika, Arianna gli intimava di fermarsi, che non avrebbe continuato a bere. La stretta però si era allentata subito senza sciogliersi e somigliava piuttosto a una carezza esplorativa. Pablo la notò e sospinse più decisamente l’amico lontano dalla tavola. Kurt era entrato nel dibattito: “Voglio assolutamente leggere il suo articolo,” disse, e poi rivolto a don Alfonso: “Me ne manderai una copia”.

“La nostra rivista è internazionale: la trova anche in Germania,” disse Arianna. “Cosa farebbero senza di voi d’estate? Ma della casa di Ficogrande,” disse spingendo il palmo della mano fino all’incavo del braccio di don Alfonso, “scriveremo che è in palio al minor offerente, a un buon solvente, come dite voi, che abbia le qualità, e che qualità, per conquistarsi la fiducia del suo incorruttibile patron.”

“E questo è Biagio,” disse don Alfonso incoraggiando il musicante a entrare e sedersi.

A Omar rintronava la testa. Vide Biagio prendere posto su una seggiola: era conciato come sempre, troppo coperto, troppo sudato. Sentì il padre che lo invitava a suonare. Arianna si era alzata in piedi, le spalle nude, i capelli ancora una volta chiusi nel pugno, i seni disegnati dalla stoffa leggera. Voleva che don Alfonso danzasse, non era il Tanguero?, non era l'Argentino? No, sapeva solo cantare lui. E allora chi avrebbe ballato? Non Pablo, con quella palandrana addosso. Lei era pronta. Biagio aveva cominciato a strappare accordi alla fisarmonica.

Omar aveva bevuto ma non era ubriaco, eppure i volti dei presenti, e le loro voci, gli tremolavano intorno, si sovrapponevano, si scomponevano. Régine era una maschera severa, triste, in abbandono. Il profilo di Pablo scavava nell'aria calda un sorriso cattivo. Veronika teneva in grembo l'apparecchio fotografico e sembrava ancora più minuta del solito. Kurt addentava un'oliva verde. Suo padre cantava, non aveva dubbi. Ora cantava e Arianna si esibiva da sola con sobria eleganza tenendo fra le braccia, in posa, un compagno immaginario. Don Alfonso cantava. Don Alfonso, don Alfonso, il grande don Alfonso, il buon don Alfonso.

Sentì il braccio di Pablo sotto al suo, "Ti porto di sopra," gli diceva, e lo sospingeva fuori dal pergolato e poi su per la scala. "No, aspetta," disse Omar, e se ne uscì con un sorriso smagliante. "Ma cosa sono? Che cosa vogliono?" ripeteva a voce bassa, con la testa china davanti a Pablo. "Ci capisci qualcosa? Guardali. Sono fantasmi. Quello che avevano lo hanno perso e credono di possedere qualcosa che gli altri non hanno più. Eccetto quella troia, nessuno ha più il senso della realtà. Stanno sempre intorno a un tavolo e continuano a consumarsi. Eppure è come se non avessero mai fine. Lei si lascerà fottere da mio padre e lui si sentirà ancora quello che crede di essere sempre stato: vitale, vitale, vitale. Cos'è che inchioda tutti a questa roba qui?" E si toccò in mezzo alle gambe. "Che cos'ha da dirci il cazzo che non abbia già ripetuto infinite volte?" Si voltò verso Pablo, gli mise le mani sulle spalle, lo guardò negli occhi: "Vuoi bene a Penelope?".

Pablo restò in silenzio, si lasciò spiare dalla febbre di Omar, non oppose resistenza.

"Quelli non hanno speranza. E nemmeno io ce l'ho. La vacanza è finita, Pablo. Fai quello che devi e poi partiamo."

La compagnia si concesse una breve siesta. Régine si addormentò su una sedia a sdraio. Arianna si allungò sul muricciolo della terrazza. Biagio sedette nell'ombra della cucina. Solo don Alfonso restò a far compagnia a Kurt e Veronika pronti per la partenza. La stanza era già stata preparata da Penelope per gli ospiti successivi.

Verso le cinque si presentò il fotografo di Arianna. "Da adesso in poi la luce lavora, e io con lei," disse, e cominciò ad armeggiare con esposimetri e obiettivi.

Kurt e Veronika furono immortalati con le valigie pronte. Poi fu la volta dei ritratti. Biagio. Régine. I nuovi ospiti della casa. Pablo rispose al suo con una polaroid ad Arianna.

Quando Omar si svegliò era buio e Penelope gli stava prendendo la febbre. "Non dire nulla a suo padre," diceva Pablo.

"Si è abbassata," fece lei.

Aveva gli occhi aperti ma sembravano non rendersene conto. Si sentì mettere una pastiglia in bocca. "Dormi," gli diceva Penelope, "resto qui io con te."

Régine apparve al gazebo di Maddalena verso sera.

"Ho voglia di una granita," disse, e sedette sola al tavolino più defilato. La nave che aveva già rovesciato manipoli di turisti si preparava a ripartire. Sul pontile indugiavano pochi salutanti. Il bar si era quasi svuotato. Penelope arrivò leggera con la granita e si sedette di fronte a Régine.

"Forse dovrei partire," disse Régine. "Sì, mi farebbe bene. È strano," e questa volta si tolse gli occhiali scuri e fissò la giovane interlocutrice, "è strano, ma mi tornano in mente certe sensazioni di casa mia. Non immagini, sensazioni. Il freddo, ad esempio."

"Il freddo?" domandò Penelope posando automaticamente gli occhi sulla granita che aveva appena servito.

"In Canada, d'inverno. Sì. Da piccola abitavo con i miei genitori appena fuori Sutton, a una trentina di chilometri da Toronto. D'inverno, il bianco era un bianco assoluto. Per quanto mi coprissero io tornavo a casa, dovunque andassi, con l'impressione di essere diventata neve. Mi muovevo nella neve e con la neve. Insomma, mi sembrava di essere bianca fuori e dentro. Avevo una familiarità con quel freddo che ora, senti un po', torna come un miraggio di quiete, di riposo, di totale abbandono. Del resto più tardi, con Martin, stavamo nel New Jersey e mi accadeva la stessa cosa. Poi non ci ho più pensato. Le cose sono andate come sono andate e non ho più *sentito*."

Infilò il cucchiaino nel bicchiere e rimase lì immobile, lo sguardo di nuovo rivolto alla nave che prendeva il largo.

"Be', naturalmente ho sentito altro. Ma anche a New York il freddo era un'altra cosa. Dallo studio di Martin si intravedeva l'Hudson. Certe mattine d'inverno ci si svegliava in un silenzio quasi totale. Nevicava e il fiume era ghiacciato. Ma non era più la stessa cosa. E soprattutto non si vedeva l'ora di venire qui in primavera. Back to Stromboli."

"Tu hai vissuto tanto," disse Penelope con un luccichio di entusiasmo negli occhi.

Régine guardò la ragazza e lasciò affiorare intorno alle labbra una gratitudine affettuosa, un crepolio della pelle.

L'accarezzò con un dito sotto gli occhi: "Quando crescerai questo bell'inchiostro qui sotto ispessirà. Ci sarà tutta una nuova oscurità. Shadows. Noi le chiamiamo ombre in inglese, le occhiaie. Difendile".

"Tu non ne hai?"

"Purtroppo no. Meglio così. Le bionde con le occhiaie sono solo donne molto stanche."

"E il freddo?"
"Il freddo, quello vero ormai è solo una speranza."
"Io non voglio tornare a Milano."
"Fai bene."
"Ci sono i miei fratelli."
"Appena puoi occupati di loro." E questa volta Régine appoggiò tutt'e due le mani su quelle di Penelope ma se ne pentì, pensò di essere stata troppo invadente, le levò e riprovò a ripetere lo stesso concetto con un sorriso complice: "Forse puoi fare qualcosa e non sai ancora come".
"Io sono dovuta scappare."
Régine fece di sì con la testa. "Anch'io sono dovuta scappare."
Penelope la guardò interrogativa e interrogativamente guardò anche Maddalena. Non era la stessa domanda. Quando si rese conto che poteva restare, fissò le mani di Régine accanto alle sue e chiese: "Da cosa?".
Régine le raccontò tutto quello che poté. Fece una sintesi così potente della sua esistenza che alla fine avvertì una strana vertigine. L'episodio della morte del figlio era nient'altro che un episodio. Avrebbe voluto raccontare a Penelope di Pablo, ma si accorse che sapeva già.
Provò a tornare sulla fatalità, che forse non era stata una fatalità, che si sentiva colpevole, che si era sentita sempre colpevole.
"Perché non hai fatto un altro figlio?" chiese Penelope.
"Era troppo tardi."
"Non ci credo."
"Era tardi per me."
"Mi piacerebbe essere incinta."
Régine non seppe continuare. Guardò Penelope con una specie di severità che poi si trasformò in tenerezza, che poi ancora si spezzò in commozione.
"Sei una ragazza coraggiosa."
"Davvero?"

"Davvero."

Sanguepazzo era sbucato all'improvviso in fondo alla strada e spiava.

"È meglio che torni a lavorare."

"È meglio che mi prepari a partire. Pensa, il Canada. Infilarsi in una pancia bianca, e continuare ad aspettare la primavera e il succo d'acero."

"Non decidere. Non decidere niente."

Régine tornò alla sua granita come a un compito lasciato a mezzo. Si rimise gli occhiali. Vide Sanguepazzo che aiutava Penelope a spostare cartoni di bevande. "E invece devo decidere," disse Régine fra sé. Lasciò della moneta sul tavolo e prese la strada di casa.

Il gozzo del Messinese aspettava a distanza regolamentare dalla riva. Arianna e i due ragazzi lo raggiunsero a nuoto. Erano in ritardo, e il Messinese era scuro in volto. Silenzioso come sempre, si limitò ad accennare un goffo inchino. Fece segno a Pablo che l'àncora era già a bordo, accese il motore e si mise al timone.

Sugli asciugamani di prua c'erano i giornali, la borsa di Arianna e un thermos di caffè.

Nessuno parlò durante la breve navigazione. "Non sprecatevi, ragazzi," fece Arianna. "So tutto."

Alla Sciara del Fuoco erano ferme altre imbarcazioni.

Pablo sentì, quantunque vi fosse stato più volte, tutta la terribilità del luogo. Quel giorno inoltre continuavano a scivolare a mare rivoli di ceneri calde e l'acqua aveva una tonalità ancora più blu, un blu potente che lo stordiva.

"Brutto posto," brontolò Arianna, "ma buttiamoci, se proprio dobbiamo. Così mi tolgo il pensiero."

Non aveva ancora finito di parlare che Pablo era già in acqua. Si era tuffato e non tornava a galla. Arianna guardò Omar con aria interrogativa. "Sa quel che fa," disse Omar.

E infatti Pablo riaffiorò agitando il capo più di una volta per liberare i capelli dall'acqua. Aveva un'espressione serissima come fosse arrivato dagli abissi a portare cattive notizie. Omar, in piedi sul bordo del gozzo, si lanciò in mare con un tuffo elegantissimo e tagliò la superficie dell'acqua come una lama, quasi senza far rumore.

Arianna guardò il Messinese che le dava le spalle, si tolse il reggiseno e seguì i due giovani. Nuotarono fino a uno scoglio che emergeva inospitale e nero a una ventina di metri dalla riva. Il vulcano si esibiva in sordi rimbombi. Dalle altre barche si levavano braccia a indicare il puntuale spettacolo di potenza. Omar e Pablo aiutarono Arianna ad arrampicarsi sulla superficie ingrata dello scoglio ma lei fece di più e ne raggiunse da sola la cima. Seduta lassù, parve maestosamente esporsi tutta, il busto eretto, i capelli strizzati e tesi come una torcia fino a metà schiena, orgogliosa alla violenza del luogo.

Il corpo di Arianna era ancora una volta diventato un'evidenza. Omar la vide lassù, indifferente e altera, calamitare gli sguardi che prima appartenevano a occhi di semplici gitanti. Il soffice della sua carne, l'orecchiabilità delle sue forme, tutto suonava come una canzone. Omar ebbe la netta sensazione di un corpo senza volto, di un corpo, più esattamente, che poteva fare a meno di un volto.

Se la luce, come il giorno prima, era tutta assorbita dalla spugnosa consistenza dei seni, dall'urlo rosso sangue dei capezzoli, l'ombra scavava fra le cosce, penetrava, insieme alle ultime lente gocce d'acqua salata, nell'incavo dell'inguine. Arianna era una creatura pagana ma, pensò Omar, senza complicazioni mitiche. Apparteneva a un mondo in cui la bellezza o la seduzione o l'intelligenza erano dotazioni necessarie e mai valori. Omar leggeva in quello spettacolo di sé una sfida di cui si sarebbe dimenticata, che forse non la divertiva neppure ma le permetteva di confondere o ridimensionare l'enfasi del luogo e i suoi accompagnatori.

Pablo tornò in acqua e Omar l'aiutò a scendere, lasciando formicolare in sé la tentazione di toccarla, magari di baciarla per vedere cosa sarebbe successo. Sentiva di poterlo fare e che lei gliel'avrebbe concesso, ma il modo in cui immaginava lo avrebbe lasciato fare lo dissuase. Non era un'apparizione come aveva creduto vedendola il giorno prima con Pablo sulla barca: che un uomo godesse di lei e per lei poteva essere un incidente o un'opportunità, o addirittura un piacere. Ogni volta sapeva con rapidità ed efficienza di cosa si trattava. Delle emozioni poteva vantare una conoscenza, diciamo così, tecnica. A questo pensava Omar, mentre nuotando contemplava sott'acqua le meduse dei suoi seni dentro il ritmico mulinare delle braccia e le natiche modellate dalla spinta delle gambe. Restarono intorno alla barca.

"In effetti si sta bene," disse Arianna.

Omar e Pablo non replicarono. Galleggiavano guardinghi.

"Tu stai bene ovunque," disse infine Pablo.

"Sto bene se ho il bene dalla mia parte," fece lei con una smorfia maliziosa.

"Intendi il benessere," suggerì Omar.

"Di più: io sto dalla parte di chi vuole il mio benessere."
Pablo risalì in barca spingendo sui gomiti e aiutò Omar a fare altrettanto. Restarono in piedi uno accanto all'altro grondanti, torvi e in attesa.

Arianna continuò a nuotare: voleva essere l'ultima a salire.

"Io l'ho capito, sapete?" disse Arianna aggrappandosi alla scaletta di corda e restando lì con i piedi puntati contro lo scafo. "Ho capito che voi della casa di Ficogrande avete paura. Avete paura di essere contaminati. Da che cosa poi? La gente è contenta, guardatevi intorno, è soddisfatta, pensa a sé. Tira fuori i denti. È volgare e pensa volgarmente in grande. Ebbene sì, gli piace il danaro e si scuote via la polvere della povertà. Basta futuro. Basta redenzioni. Viviamo nel presente. Chi ha dei privilegi se li goda, e chi non ce li ha se li inventi. Voi avete paura di passare per pezzi di merda. Io conosco tanti pezzi di merda contenti di sé, e allora?" Si rituffò in acqua, riemerse e gridò: "La lezione è finita! Benvenuti nel mondo, giovani dèi".

Continuarono il giro dell'isola e sbarcarono a Ginostra. Don Alfonso si era accordato perché pranzassero in un locale che conosceva benissimo, ma Arianna non volle neanche scendere dalla barca. "Pittoresco ma faticoso. Oggi vi invito io," disse. Chiamò al cellulare e qualche tempo dopo una lancia si avvicinò al gozzo.

Omar e Pablo obbedivano.

"Niente scandali, fratellini," disse. "Ora si va da un amico di mio marito. Voi mi avete fatto vedere l'isola, io vi faccio entrare in società."

Arrivarono a una barca dove Arianna fu accolta con grande entusiasmo da un uomo piuttosto anziano, robusto, in pantaloncini corti, che chiamò del personale di servizio con spugne e costumi di ricambio per tutti.

"E questi?" domandò. "Biscotti per la signora? Cosa diremo al tuo fedele compagno?"

"A lui solo e sempre la verità, che in questo caso è tremendamente innocua." Poi, rivolgendosi sottovoce ai due ragazzi: "Non fateci caso. E per vostra informazione mio marito è amministratore delegato di una società in cui questo panzone vorrebbe entrare con consistenti quote. Non ci riuscirà".

Il pranzo fu in realtà una rapida colazione. Intorno al tavolo: un anchorman televisivo, un banker con fotomodella, un parlamentare con signora, un regista televisivo e qualche fanciulla di incerto destino. La conversazione passò dalla crisi della Fiat alla legge Cirami, per finire, com'era ovvio, con la legge sulle rogatorie internazionali. Solo il regista cercò di attirare l'attenzione dei giovani ospiti, per il resto il gruppo era così poco coeso che vi si poteva entrare e uscire senza lasciar traccia. Arianna si destreggiava con abilità e di tanto in tanto scambiava battute solo e rigorosamente con i convitati maschi.

Pablo rispondeva a monosillabi alle insistenti domande della moglie del politico. Spizzicò qualcosa dal piatto e poi si allontanò da tavola.

Apparentemente la cosa passò inosservata, ma Omar notò che la smagliante Arianna lo teneva d'occhio.

"Ma cosa vuole il tuo amico?" disse lei appena poté avvicinarsi a Omar, e c'era una sfumatura di stizza nella sua voce. "Dove se l'è inventata quell'aria da angelo il giorno del giudizio? Sai una cosa? Fosse una creatura da bassifondi, le signore se lo sarebbero andate a cercare come cagne in calore. Qui finiscono per prenderlo per un santo, vogliono la stessa cosa ma vogliono il miracolo."

Mi sono disfatto di tutto. Di tutto quello che era rimasto. Abbiamo solo quello che ci serve. Se si esclude gli zoccoli di Pablo, consumatissimi e che tuttavia Omar continua a portare, non c'è nulla che ci riporti là in quel giugno ormai così lontano.

Il quaderno. Ho conservato il quaderno. E rileggo:

"Il mare. Il mare. Il mare.

E dal mare è arrivato un dono.

E dal mare è arrivato come un pirata".

Era così. Non rinnego niente. Ho solo altri occhi.

E comunque mi sono disfatto dei souvenir, e di tutto il ciarpame che mi ero portato appresso.

Non ho più bisogno di nulla.

Quell'estate si è portata via troppe cose. Anche il Marinaio.

Ogni mattina mi piace fare ordine, stanza per stanza. In silenzio. Il pulito non è solo una mania, ma ci somiglia sempre di più.

Anche la memoria ha bisogno di ordine e pulizia. Ho bisogno di nuova forza e la prendo da lì.

Si vedono solo immagini incerte. Riprese amatoriali. Che ripetono a ogni tg. C'è un uomo, sembra anche di una certa età, che si tiene a un palo. Resiste pochissimo: l'acqua lo trascina via insieme ai detriti. Che sono auto, lamiere, alberi sradicati.

L'acqua arriva ai tetti delle case. A Patong, in Thailandia, si vedono macerie di un albergo o di una discoteca: Dance the night away, c'è scritto sopra.

So a cosa sta pensando Omar. La catastrofe ambientale. Come la catastrofe storica. Hanno finito per coincidere, per sovrapporsi. Sono lo spettacolo che più ci sta a cuore. La guerra e il terremoto. Né l'uno né l'altro riusciremo a fermarli. Sappiamo che stiamo finendo e non finiamo mai. Attendiamo la fine contemplando la rovina del mondo. Anche in quel giugno se n'era parlato. A quasi un anno dalle Twin Towers. Altro che spaventati: quella scena era piaciuta. L'oscenità della distruzione è erotica, diceva Omar, e leggeva certi poeti napoletani del Seicento che descrivevano gli effetti di terremoti ed eruzioni. Studiava i modi in cui l'espressione artistica ha interpretato la catastrofe naturale. Aveva anche un libro sulla strage di Nanchino: i giapponesi avevano ucciso e stuprato una città e tramandato l'orgoglio di quelle sevizie in una serie di fotografie che lui mi aveva mostrato.

Adesso vediamo queste immagini e non abbiamo niente da dirci.

Una civiltà può finire e non lasciare neppure traccia di come è cominciata, dice Omar.

Mi sono appisolato dopo pranzo e credo di aver sognato d'essere un superstite di qualcosa. In quello strano dormiveglia mi chiedevo se fossi il solo o se ci fossero altri a cui ricongiungersi. Ero immerso in una specie di atmosfera verdeazzurra. Il mare, mi dicevo. Non riesco a volergli male. Al mare.

Mi sono svegliato con un sussulto e ho cercato Omar nella stanza semibuia. Non c'era.

Ho sentito che armeggiava in bagno. Mi sono accostato alla porta: "Io lo conoscevo quel mare". Silenzio. "Non posso volergli male." L'ho sentito tossire. "Ho fatto un brutto sogno," ho concluso. La porta si è aperta e l'ho riaccompagnato al suo divano.

Portici, dicembre 2004

18.

L'ABBRACCIO

"Ho invitato i due ragazzi nel bel mondo. Un disastro." Arianna aveva voluto reincontrare Régine da sola a sola. Era salita alla villa a piedi: ora sedeva e si riavviava i capelli com'era solita fare. "Il mare da terra mi dà la malinconia, dopo un po'. Perché sei rimasta qui?" E senza aspettare risposta: "Che uomo è stato Martin?". Régine dispensò informazioni con scioltezza, in un tono quasi asettico. Poi cambiò registro: "Sai cos'ho fatto? Sto vendendo tutti i quadri di Martin al Museo d'Arte Moderna di Nizza. Là c'è qualcuno che lo apprezza." Guardò Arianna negli occhi. "Scrivilo, questo. A questo ci tengo."

"Ci camperai?"

"No. Ma impedisco a qualcuno di metterci sopra le mani."

Régine non aveva alcuna intenzione di continuare in quella direzione e prese a parlare di quando aveva pubblicato il primo libro e Martin l'aveva minacciata di lasciarla se avesse avuto più fama di lui. Naturalmente scherzava e, quando la critica aveva parlato di "esordio strepitoso", lui le aveva promesso che avrebbero fatto un figlio. E lo avevano fatto il figlio, qualche anno dopo. Dovunque si muoveva con la memoria, finiva sempre lì. Non c'era nulla da fare. Fu quasi tentata di raccontare. Ma cosa? Che quando suo figlio era morto lei non c'era? Che si era negata al telefono per giorni e il funerale era stato celebrato senza di lei? Che invece di impazzire di dolore, quando era tornata, era rimasta composta, senza una lacrima, ad ascoltare? E che aveva continuato a restare senza lacrime per tanto tempo ancora? La scrittrice aveva avuto bisogno di silenzio. Era andata lontano e si era resa irreperibile. E durante quel silenzio la sorte le aveva portato via un ragazzo che adesso sarebbe stato un uomo di trent'anni. L'avrebbe raccontato a Penelope, forse a lei sì.

"È morto, vero?" chiese Arianna.

"È cosa nota," rispose Régine, e versò del vino fresco nei bicchieri.

"Non molto."

"Meglio."

"Non vuoi parlarne?"

"Parliamo di te. Ho parlato di mio marito, parliamo del tuo."

"È cosa nota."

"Sei una donna intelligente," disse Régine togliendosi i grandi occhiali scuri, "ma non so se mi piaci."

"È un ladro. Cosa c'è da dire di più? Se qualcuno volesse leggere bene i bilanci delle sue aziende finirebbe in galera, sulla strada. Ma mi sbaglio, anche in quel caso se la caverebbe. Comunque io mi porto avanti. Fingo di lavorare. Puttaneggio. Mi diverto. E sono dalla sua parte perché mi piacciono gli sciacalli."

Rise forte, rise anche per avere il tempo di misurare la reazione di Régine, ma Régine restò immobile, senza espressione. Passò ad altro. Provò a parlare del barone Condrò. Provò anche a suggerirle di scrivere della comunità di recupero che la figlia del barone avrebbe aperto molto presto.

"Roba da giornale parrocchiale," fece Arianna disgustata, "un ex drogata di famiglia nobile salva tossici e barboni: tu capisci come suona questo melodramma? Cattospazzatura, non so se mi spiego."

"Mi piacerebbe tornare in Canada..." disse Régine di punto in bianco, "penso troppo spesso alla neve."

"Questo spariglia tutte le carte. Devo ricominciare l'intervista da capo!"

"Si dice che un buon film lo si deve intendere dall'ultima inquadratura. Ma è un luogo comune."

"Anche il giovane Pablo è un luogo comune?"

"No."

"Che cos'è? Sesso?"

Régine non aveva voglia di rispondere e Arianna capì che non era una questione di riservatezza. Mollò la presa e parlò di scrittrici canadesi. Emily Carr, l'aveva conosciuta?

No, mai, ma conosceva i suoi quadri. La conversazione si spense. Régine era stata paziente, e perfino partecipe, ora non aveva più voglia.

La giornata a Ficogrande era passata in una specie di pigra attesa. Don Alfonso si era occupato dei nuovi ospiti. Penelope era scesa tardissimo al gazebo di Maddalena e Pablo l'aveva accompagnata. Omar era rimasto in camera. Era già notte quando don Alfonso si era reso conto che nessuno aveva cenato. Sembravano tutti volatilizzati. Aveva passato la serata seduto sulla balaustra della terrazza. Pensava a Régine, a come aveva interpretato bene la parte di scrittrice in volontario esilio malgrado quel nuovo tormento che la consumava. Ma il tormento di Régine si trascinava dietro il tormento di Omar. Anche quello incomprensibile. Fumava, don Alfonso. E non parlava. Fumava sotto il pergolato di Ficogrande. Fumava i suoi silenzi, le sue smanie, i suoi anni andati e qualcosa che sentiva nell'aria.

Intorno, i soliti rumori. Una festa da qualche parte, in qualche casa lì intorno. Un vociare mozzo dalla strada. Il tossicchiare delle Api. Poi una risata cristallina da lontano. Qualcuno cominciava a cantare e smetteva strozzando una nota. Ancora quella risata.

Don Alfonso si alzò e se ne andò dietro la casa, vicino a

un piccolo deposito dov'erano ammucchiate delle cianfrusaglie: casse piene di bottiglie vuote, funi, una rete da pesca, bacinelle, una vecchia sedia a sdraio. Non si decideva mai a buttarla. Da lì aveva la sensazione stranissima e unica di guardare l'isola e non esser visto da nessuno. La brace della sua sigaretta brillava nell'oscurità. Improvvisamente, fu come sopraffatto dal silenzio. O forse da lì era tutto più attutito. I suoni prendevano un'altra strada. Verso la notte. Verso il mare.

In quel silenzio don Alfonso sentì gli zoccoli. Li riconobbe. Sigaretta fra le labbra, Pablo avanzava biondo e saraceno, solo nel buio, dopo aver lasciato Penelope in quella notte che non voleva andare a dormire, che era un inno al creato, alla pace, all'oblio. Don Alfonso lo chiamò e gli fece cenno di raggiungerlo lì, nel suo angolo prediletto. Il suo posto. Il posto dove si nascondeva. Come gli era uscito quel cenno? Non avrebbe mai chiamato nessun altro in quel modo. Che modo era? Si sentiva la luna. Si sentiva il tamburo sommesso delle onde. La luce della lampadina accesa sotto il pergolato, nell'intreccio della buganvillea, arrivava fioca. Si sentiva l'amore. Si sentiva la vita.

L'abbraccio seguì improvviso come una tempesta, illuminato solo da una lampadina, unico, magico. Un abbraccio che metteva in gioco braccia, spalle, nuche, e mani che si stringevano e poi di più e poi ancora di più fino a entrare dentro e poi più dentro. Rispondevano entrambi a un ritmo quasi doloroso: trattenere il respiro per poco, per sempre, chissà per quanto tempo, e fermarlo il tempo, e trattenerlo il tempo, dentro, fra le mani, nel respiro, nella voglia incontenibile di esplodere, di urlare.

Un abbraccio più forte di un amplesso. Un abbraccio senza vergogna tra due uomini, tra due clandestini, senza parole per spiegare.

Un abbraccio con il rumore del mare nelle orecchie.

Quando si sciolsero, era ormai troppo tardi per dare ragione di quanto era accaduto. Pablo riguadagnò la casa. Lentamente, con la sua andatura da puma. Senza voltarsi indietro. Don Alfonso restò immobile per qualche tempo e rifece quei pochi metri che lo separavano dalla casa quasi ubriaco. Si sentiva fragile come una sottile lastra di ghiaccio. Sarebbe bastato un nulla per sfarinare in nulla. Ma dietro la fragilità serpeggiava una gioia senza nome. Cercava di capire cosa gli era successo e con impazienza cancellava quel tentativo di capire come un'offesa.

Quando fu sotto la balaustra, intravide Arianna nel vano della finestra. Era salita in piedi sul letto e rideva, molleggiandosi, tutta nuda. Lo aspettava.

Don Alfonso sapeva che sarebbe accaduto. Lo sapeva. Come del resto doveva accadere quell'abbraccio con Pablo – ora se ne rendeva conto. Venire da quell'abbraccio e andare senza soluzione di continuità nella stanza di Arianna aveva una precisione geometrica che lo sgomentava. Si sentiva inscritto in un disegno, e al contempo quella figura coincideva con il proprio corpo, era corporeità, carne, sangue. Non c'era bisogno di decidere più nulla. Quando aprì la porta della stanza, Arianna si reinfilò gli slip e se li tolse con rapidità e senso dello spettacolo. Gli si avvicinò e gli appallottolò gli slip su naso e bocca. Sapevano forte di sesso. I suoi capelli arruffati erano una fiamma notturna e la pelle sembrava aver scritti addosso tutti gli uomini con cui era stata. Lei sorrideva da una specie di cava lontananza, da una bocca di donna che la conteneva calda e scivolosa. Don Alfonso si portava ancora dentro l'abbraccio di Pablo ed era turbato. Avrebbe voluto stabilire connessioni, contatti, ma non era in grado. Quel sesso spalancato sull'isola, e quella stessa finestra spalancata sulla vita lo gonfiò di sangue. Il cazzo premeva furioso contro i pantaloni. Si perse nell'odore dei capelli di lei, un misto di zolfo e bergamotto, e cominciò a leccarle il collo. La sondò con le dita e trovò l'umidità che cercava, che si aspettava.

Si inginocchiò, Arianna, e gli prese il cazzo fra le labbra. Don Alfonso aveva gli occhi spalancati sul silenzio incantato della sua isola, ma fu tentato di chiuderli e perdersi. Anche perché non si stancava di leccarlo, Arianna, sulle cosce, e poi giù dalle ginocchia fino ai piedi. Don Alfonso la afferrò per i capelli, la rovesciò sul letto e la prese da dietro, su quel letto che sembrava essere stato messo contro la finestra, per fottere il creato, Iddio, gli uomini, le donne, e tutto il vento che era girato su quell'isola prima dell'arrivo di Pablo.

Svuotandosi dentro il fiore molle di Arianna pensò che stava chiavando tutto ciò che non era lì ma che avrebbe dovuto, che avrebbe potuto. Con il suo cazzo stava gridando: sono vivo, vivo, maledettamente vivo.

"Prendi tutto così seriamente?" chiese Arianna raggomitolandosi contro la parete. "Una furia d'altri tempi." E sorrise. "Non male, per carità, ne farò tesoro per il mio repertorio onanistico."

Don Alfonso si rivestì quasi senza ascoltarla.

"Domani torno in mare," fece Arianna, "c'è sempre qualche amico che incrocia fra le isole. Questo mare da terra è patetico, è dei poveri o degli alternativi, come voi. E il gozzo non è esattamente lo scafo che si confà a una stronza come me."

Diede un bacio sulla guancia a don Alfonso e lo spinse fuori. "Quando esce il pezzo su Ficogrande e la banda dei buoni solventi, un grazie me lo aspetto, ricordatelo. Me, dimenticami pure. Non faccio testo."

Ricomparve alla finestra e "Ciao" disse agitando la mano. Nel buio alle sue spalle c'era Pablo.

Don Alfonso sedette al tavolo della cucina e solo poco più tardi la sentì perdersi in un nuovo ansimare profondo, più lento, più sofferto, più definitivo. Non aveva dubbi su quanto stava succedendo, anche quello era geometricamente prevedibile e dimostrabile. Ma di tanta perfezione non sapeva che farne. Era troppo più grande di lui. E cominciò a piangere.

Arianna se ne partì senza salutare. Aveva chiamato con il cellulare e una lancia era arrivata a prenderla sulla spiaggia di Ficogrande in mattinata. Qualcuno si era occupato dei bagagli salendo dalla spiaggia e riscendendo giù per il sentiero con la valigia sopra le spalle. Suonava come una fuga, e forse lo era. Solo Penelope incrociò la bella giornalista, che le si rivolse con un "Addio, piccola" sussurrato come per non svegliare i dormienti.

Dopo quella notte, per molte altre la casa di Ficogrande sembrò riprendere un suo ritmo antico. C'era gente in vacanza e gente che lavorava perché quelle vacanze fossero piacevoli. Don Alfonso però avvertì quella mattina e i giorni che seguirono una specie di vuoto: era come se i fili che tenevano insieme quella piccola comunità di anime fossero diventati più visibili e meno necessari. Avrebbe voluto parlarne con Régine, ma lei era sempre più assente dalla vita della casa di Ficogrande. Eppure, anche attraverso quell'assenza, si avvertiva la tensione del filo che la legava a lui, a Omar, a Pablo, alla stessa Penelope. Se ne stava chiusa in casa. Aspettava risposte dal continente, raccontava Nunziata quando passava da casa di don Alfonso. L'unica che salisse a trovarla era Penelope. E Penelope era anche l'unica che lavorasse veramente nella casa di Ficogrande. Ci saliva anche Pablo da Régine. Aveva dichiarato finita l'opera ed era riuscito a venderla all'albergo più chic di Stromboli.

Don Alfonso si occupava sempre meno della conduzione

della pensione e dei suoi buoni solventi. Talvolta, alla sera, scopriva che Omar raccontava loro, soprattutto a quelli di recente acquisizione, di come erano gli anni addietro, quando lui era poco più di un bambino e quel posto, solo a pensarci – durante l'inverno a Napoli –, suonava fatato.

Pablo e Omar uscivano spesso in mare da soli o portavano gli ospiti in gita con il gozzo del Messinese. Stavano bene. Erano giovani, don Alfonso vedeva questa giovinezza con una nettezza che sino ad allora gli era sfuggita. Quando poi ai due ragazzi si univa Penelope, la vedeva rilucere quella giovinezza.

Un pomeriggio li aveva sorpresi sugli scogli a giocare. Pablo e Omar si rilanciavano i nomi di quanto al mondo sembrava loro degno di amore e salvezza: "*Wish you were here*," diceva Omar. "*Ok computer*," diceva Pablo, e di seguito: "Andy Warhol". "Andrea Pazienza," ribatteva Omar. "*Ultima fermata a Brooklyn*." "La Nutella," sterzava Pablo.

Scoppiavano a ridere e allora anche Penelope, che fino ad allora si era limitata ad assistere al palleggio, trillava il suo riso alto e fragile. Di tanto in tanto gettava un'occhiata verso la casa, casomai ci fosse stato bisogno di lei, e poi tornava a perdersi in quell'allegro torneo. "Maradona", "Angelina Jolie", "Nietzsche", "*Shining*," "*C'era una volta il West*", "Sharon Stone", "Il mare", "Il mare".

Sul mare fecero coro tutti e tre e sparirono in acqua.

Una notte li sentì chiacchierare. Avevano acceso un fuoco davanti al mare.

"Da quanto siamo qui?" chiedeva Pablo.

"Da una vita," rispondeva Omar.

E Penelope: "Possiamo restarci una vita".

"Troppo difficile," fece Omar.

"Per tuo padre?"

"No. È troppo difficile e basta."

Don Alfonso intravedeva le sagome rossastre nel buio.

Erano le sagome che tutti i giovani hanno davanti al mare, quando pensano, quando si parlano. Sono banali ed enigmatici. Fanno piangere di tenerezza.

"Io a tuo padre voglio bene, Omar," disse Penelope.

E poi silenzio.

Fu quella notte che si sentì forte l'urlo di uccello notturno. Ma poteva essere anche un altro animale.

Don Alfonso si levò sul letto e rimase in ascolto. E così fecero Penelope e Pablo. E più lontana da loro lo udì non meno forte Régine, che uscì sulla veranda a esplorare il buio. Era un grido prolungato. Una nenia di due note.

Solo Omar non lo sentì ma quando chiese che verso era e nessuno seppe rifarlo, provò a farlo lui e Penelope non ebbe dubbi: "Lo stai imitando perché l'hai sentito nel sonno".

"O forse," fece malizioso Pablo, "eri tu l'uccello notturno. Sei uscito e hai spaventato tutti."

"Ma io non mi sono spaventata," disse Penelope.

"Lo so," disse Pablo. "Tu hai le ali. Quello era te che cercava."

Don Alfonso non si dava pace. Avrebbe voluto fermare Pablo e interrogarlo. Cos'era stato quell'abbraccio? Cosa avevano cercato l'uno nelle braccia dell'altro? Lo vedeva diventare più loquace, lo vedeva aggirarsi per gli spazi comuni con una leggerezza nuova e non osava. A volte si scambiavano battute, ma era come se prescindessero da quanto era accaduto quella notte. Glielo chiedo, si diceva don Alfonso, e poi gli veniva a mancare l'appiglio, l'occasione. Avrebbe dovuto costruirla, ma perché? In fondo, non sapeva neppure interrogare se stesso. Che cosa avrebbe voluto sapere da Pablo? Allora rinunciava. I giorni che passavano lo allontanavano dall'urgenza della domanda, senza tuttavia cancellare il fastidio di un vago sentore di irrisolto. Ma come? Non era un giovane semidio? Non l'aveva sempre saputo? Era arrivato a portargli un conforto. Ma perché così? Non tollerava il rovistare di questi pensieri e finiva con il tacitarne l'aggressione.

Poi, una mattina che era in camera, aveva sentito Pablo che lo chiamava, chiedeva dove fossero le riserve di caffè in polvere. Mentre glielo spiegava ad alta voce, lo sentì entrare, alle sue spalle. Sollevò lo sguardo e vide Pablo riflesso nel grande specchio dell'armadio. Vide che cercava i suoi occhi, che non aveva paura. Perché avrebbe dovuto, del resto? Continuarono a fissarsi così, in silenzio. Ma don Alfonso non smetteva di implorare dentro di sé: "Vattene, vattene". Quasi avesse potuto sentirlo, Pablo sparì. Per la seconda volta don Alfonso pianse, pianse forte.

A casa di Edoardo fervevano i preparativi. Era arrivata Caterina, la moglie, insieme ai figli, ma di lì a poco sarebbero arrivati i parenti. Quanti riusciva a ospitarne e forse di più. L'importante era che godessero della sua fresca ricchezza. L'avevano tutti schifiato, adesso era tempo di dimostrare dov'era arrivato. Ma forse la questione non era davvero in questi termini. Edoardo ci credeva a una specie di giustizia sociale. Che quei suoi parenti rozzi e infidi potessero finalmente godere di un posto bello, raffinato, elegante invece della solita spiaggetta di sassi con le auto parcheggiate dietro agli ombrelloni, forse avrebbe fatto loro del bene. Non dovevano pagare per avere. Dovevano solo venire da lui e condividere quei beni che oggi erano anche la sua gioia.

Omar salì spesso da Edoardo ad aiutarlo.

"Quanti ce ne stanno qui?" chiedeva.

"Qui ci puoi mettere quattro ragazzini," diceva Omar.

"Ma quelli non li puoi dividere. Quelli con i genitori vogliono stare."

"E allora non ci stanno."

"Ma come? Noi in cinque stavamo, e per terra."

In qualche modo si sarebbe arrangiato, ma voleva che arrivando capissero tutti – e subito – che sarebbe stato bello stare tutti assieme, scendere al mare assieme, preparare da mangiare assieme.

La vacanza per tutti. Per tutto il suo sangue. Come l'avrebbero guardato da allora in poi? Avrebbero smesso di allungare le occhiate di pena, di darsi di gomito, di sfotterlo addirittura, o di tenersi lontano. Sì, avrebbero smesso. Lui si sentiva allo stesso momento il signore che apriva il castello e il liberatore che lo chiude dopo che il popolo finalmente lo ha occupato. Il barone Condrò gli compariva in sogno e gli diceva: "Schiatta. Riempiti la pancia e schiatta". Perché gli parlava in quel modo?

Pablo e Omar aiutarono a preparare le stanze. Una volta, all'ennesimo trillo del cellulare, Pablo gli disse: "Buttalo". Lo disse con serietà, come se gli desse fastidio, e il risultato fu che Edoardo lo spense.

Pablo lo metteva a disagio, ma spesso restava a bocca aperta ad ascoltarlo. Capiva che quel giovane aveva le parole. "Non dovresti parlare di comunismo," gli diceva Pablo, "tu sogni qualcosa che è la libertà dei santi, tu vuoi liberi tutti come fosse un premio, un premio che arriva dalla sofferenza, dall'infelicità, dal sacrificio o semplicemente dalle circostanze infauste delle vita."

"Circostanze infauste." Quelle parole giravano nella mente di Edoardo come bollicine di champagne.

"Infausto," diceva a se stesso. "Infausto fosti," e gli pareva un po' un insulto e un po' un'altra possibilità per autocommiserarsi.

Omar esplorava queste conversazioni e cercava successivamente di mediare, di tradurre.

"Sai, Pablo voleva dire..."

"'U capivu," si adontava Edoardo. "Non sono scimunito."

"Che c'entra? A volte non lo capisco neanch'io."

Ma era troppo tardi. Edoardo si allontanava con il peso di un'offesa dentro i gesti e per un po' restava intrattabile.

“Non dovresti chiamarli tutti in una volta,” gli disse in un’altra occasione Pablo. Quell’altro lo guardò sgomento. “Anzi no. Dovresti venderla, questa casa. Non c’è niente che ti rassomigli qui. Vendila. Vai altrove. Datti pace.”

Edoardo non rispose. Disse solo: “Vendere...”. E sgranò gli occhi.

“Lo so,” fece Pablo, “non ti piace per niente. Questo è un dono. Vendere non ti piace. E neanche comprare. Però che te ne fai? Il barone non te l’ha data perché tu la conservassi.” Edoardo si era fermato, teneva in mano dei chiodi e li teneva sul palmo aperto della mano come un’offerta. “Questa casa è brutta.” Gli occhi di Pablo luccicavano, quando lo disse. “Si deve vendere semplicemente perché è brutta. Cosa c’entra Stromboli? Fa scena. Tu hai bisogno di far scena?”

Edoardo pensò ai suoi parenti e chiuse automaticamente la mano dimenticandosi dei chiodi. Fece una piccola smorfia di dolore e se ne liberò con un gesto buffo, come se scottassero o fossero appiccicosi.

Quando li raggiungeva Penelope, l’atmosfera cambiava. Penelope giocava con i bambini di Edoardo, si ritirava in cucina con Caterina e soprattutto aveva stabilito condizioni di favore con i fornitori di alimentari di Maddalena per far avere a Edoardo provviste sufficienti per tutto il tempo che avrebbe avuto ospiti. “Ma quanto si fermeranno?” domandava. Aveva organizzato un bugigattolo a magazzino e con l’aiuto di Omar e Pablo aveva dato al primo arrivo di merce un ordine semplice e funzionale. E fu lì che spinse Pablo contro le casse di birra, lo baciò con un morso e gli disse che qualunque cosa avesse fatto, ovunque fosse andato, lei avrebbe continuato ad amarlo. Pablo l’aveva stretta a sé, l’aveva quasi cullata, e molto carezzata. La sentiva abbandonata, tranquilla, serena. “Tu non sei il mio ragazzo. Ma in te c’è qualcosa di mio che non posso abbandonare. Abbine cura.”

Pablo la strinse più forte.

"Deve venderla questa casa," disse, come se sino ad allora con Penelope non avesse fatto altro che parlare di quello.

"Sì," fece lei, "che la venda presto, che se ne liberi." Poi ci pensò su, spostò Pablo spingendolo con dolcezza fuori dal piccolo magazzino e disse: "Ma adesso bisogna aiutarlo".

Di Arianna nessuno parlò più e del resto la sua partenza coincise con un nuovo arrivo, o meglio con una visita tanto inaspettata quanto sgradita: Luca Condrò.

Era il primo giorno di scirocco di quell'estate. Il cielo era lattiginoso, pesante, fermo già dall'alba. Il sole, piuttosto che accendersi, colava attraverso veli di umidità e ungeva l'orizzonte senza splendori.

Luca Condrò arrivò insieme a uno dei suoi collaboratori. Portavano entrambi abiti blu scuro, camicie bianche e cravatte.

Maddalena aveva telefonato dal porto per annunciare a don Alfonso la presenza del figlio di don Calogero: temeva per Edoardo e chiedeva a don Alfonso di stare all'erta. In realtà, Luca Condrò non aveva intenzione di raggiungere la villa che era stata di suo padre. Si fermò proprio a Ficogrande. Il collaboratore restò ad aspettarlo in Ape sulla strada e lui fece il suo ingresso sotto il pergolato con l'arroganza dell'uomo di potere.

"Li conosco quelli come te," pensò don Alfonso, e disse: "Si accomodi, avvocato. Un bicchiere di bianco fresco?".

"Lei ha avuto qualcosa da mia sorella. Delle carte. Non so. Qualcosa. Non le conviene schierarsi con quella puttana. Perderà tutto, in un modo o nell'altro. Una cretina è."

Don Alfonso fece di no con la testa e con la mano invitò per la seconda volta il giovane a sedersi. Era sudato: sul petto ampio e asciutto da nuotatore la camicia aderiva tutta sotto la giacca, dentro il colletto colavano rivoli di sudore, e tuttavia non faceva mostra di sentirsi a disagio.

"Io credo," disse don Alfonso, "che sia giusto rassegnarsi alla volontà di suo padre."

"Rassegnarsi un cazzo," fece l'altro. "Comunque io so che dalla villa mancano delle carte, e non ho intenzione di andare a frugare con quel tossico in giro. Arriverà il momento anche per lui." Riprese fiato e finalmente si mise a sedere, gambe larghe, gomiti sulle ginocchia, dito puntato sull'interlocutore: "Quella puttana crede di chiudermi la bocca così. Non capisce che sono in ballo interessi molto più grossi di lei. E comunque gli aranceti di mio padre sono roba mia".

"Caro, giovane Luca," disse don Alfonso con severa tranquillità, "io non so nulla di aranceti, di interessi, di carte. Ho ricevuto sua sorella e l'ho confortata per quanto era in mio potere. Tutto qui."

"C'era il marito..."

"'Marito' lo può dire solo Edoardo Laganà. Comunque quello lì ha fatto il bagno e si è seduto là in fondo." Era evidente che Luca Condrò e Maurizio continuavano ad avere rapporti. Don Alfonso salutò uno dei nuovi ospiti che rientrava: "Se non abbiamo nient'altro da dirci, vorrei occuparmi della casa".

"C'è una cosa, Alfonso, che forse non sa," disse Luca, e si appoggiò contro lo schienale con il fare di quello che non ha ancora giocato la carta migliore. "L'affitto di Régine sta per scadere..."

"Che affitto?" si domandò don Alfonso, quella era casa di proprietà. Ma non disse nulla.

"Probabilmente non sa che la sua amica Régine è nei guai. Ha vissuto sempre al di sopra dei suoi mezzi, come del resto aveva fatto quel povero cornuto di Martin. E c'è stato un momento, anni fa, in cui ha pensato bene di mettersi nelle mie mani. In quelle di mio padre," rettificò, "ma ormai fa lo stesso. Ho ereditato anch'io."

Si fermò per contemplare lo sconcerto sulla faccia di don Alfonso.

"Quella casa praticamente è mia, adesso. O comunque, per riacquisirne la proprietà Régine dovrebbe pagare troppo e cominciare una causa. Tutto troppo costoso. Voleva vendere i quadri del marito, poveretta, ma non sa che qualcosa andrà storto in quella transazione. Non lo sa ancora. Sono venuto a comunicarglielo."

Fu allora che si tolse finalmente la giacca e la agganciò al dito indice. Fu allora che don Alfonso lo prese per il braccio con una mano e per la cravatta con l'altra.

"Che cosa hai intenzione di fare, delinquente?"

"Niente. Perdo una casa e ne prendo un'altra. E se devo dire la verità, quella di mio padre è roba per nuovi ricchi o per cenerentoli come il suo coso, come si chiama?" E intanto fece segno al suo collaboratore, che scese dall'Ape e avanzò con passo deciso verso il pergolato.

"A me non fai paura, avvocato, sei diventato merda," fece don Alfonso, e lasciò la presa.

"Lo so. Ma a qualcuno faccio paura. Pensaci."

Penelope era nello studio di Martin quando Luca arrivò da Régine. Lei lo accolse seduta sulla sdraio, con addosso i suoi grandi occhiali scuri.

"Dovrai prendere il largo, signora," la sfidò Luca Condrò.

Nessuna risposta. Evidentemente, Régine era stata informata.

"Qui io non ho intenzione di metterci neanche l'alluce del piede destro," abbaiò, "si affitta." Una pausa. "Sei interessata?"

Attraversò la veranda e verificò che Nunziata non ci fosse. "Sei stata una meravigliosa nave scuola. Quanti anni avevo? Boh. Com'è far sesso con i ragazzini, Régine? Fa venire l'appetito?"

Niente.

"Siete una banda di sopravvissuti, gremlins, storpi della

storia. Fate schifo, tu, il tuo amico Marinaio, mia sorella. Il mondo deve sempre risarcirvi di qualcosa."

Sentì un rumore da sotto.

"Chi c'è?" fece, quasi spaventato.

Règine restò muta, ma una sorta di allarme la costrinse ad alzarsi in piedi.

"Sotto c'è qualcuno..." Poi vide Penelope uscire dallo studio di Martin. "E questa chi è?"

Régine non rispondeva e lui, spenzolandosi dalla balconata della veranda: "Ehi, chi sei?".

Penelope disse il proprio nome, senz'altro aggiungere. Poi, da un cespuglio, Luca vide emergere anche la faccia di Sanguepazzo. La voce di Régine, invisibile da lì, diceva: "Non ti preoccupare. È un amico".

"Amico un cazzo, puttana," fece Luca Condrò, "andiamo giù a vedere, e intanto leggi questa bella letterina."

Régine prese il foglio stropicciato e le bastò correre all'intestazione e alle ultime due righe per capire che la vendita delle tele di Martin al Museo di Nizza era stata bloccata. Un'intimidazione.

Scese nello studio. "Sei un animale," gridò afferrando Luca, che era già nello studio, per il collo della camicia.

"Di più," rispose lui divincolandosi, "adesso ti faccio vedere come tratto ciò che è mio." Tirò fuori una tela dal mucchio più vicino e la sfondò con un calcio. "Guarda bene, ragazzina."

Régine e Penelope rimasero sulla porta, mute.

Quando Luca Condrò ebbe finito e si avvicinò ansimante alle due donne, la camicia strappata sul petto, non si accorse subito che qualcuno gli stava allungando sotto la gola la lama di un coltello a serramanico. Restò paralizzato. Era Sanguepazzo.

"Che vuoi?" disse Condrò.

"Vuole che te ne vai," disse Régine, e gli infilò la lettera in una tasca.

"Guardate che non sono venuto da solo."

"Ho visto. Sparite tutti e due. Tu e quel palo che è rimasto per strada."

Sanguepazzo allontanò la lama e tornò con un balzo per dov'era venuto.

"Vi faccio finire tutti in galera," sibilò il giovane Condrò.

Régine salì in veranda e Penelope la seguì. Restarono a guardare i due figuri che scendevano per la strada bianca e Sanguepazzo più sotto che spuntava dal cespuglio.

"Adesso comincio davvero a non avere più niente," disse Régine, e sorridendo fece una carezza sulla guancia alla ragazza.

Forse era qui che dovevo arrivare.

La grande acqua.

Dove ci trova. Oltre lo scoglio nero, l'ombra. Ma l'attraversa acqua celeste, verde, blu. E l'ombra si inabissa.

Il rosso che attraversa i tuoi incendi. Tu sei senz'ombra, Giugno Picasso.

Noi saremo fari sciabolanti a difesa della nostra anima, della nostra sete di sapere; saremo camminatori scalzi sulla pietra rovente. Isola immaginaria. Isola nostra. Isola di fuoco.

Senza colore. Senza vegetazione. Senza nome. Senza storia.

Luglio 2002

19.

L'INVASIONE

I parenti di Edoardo Laganà arrivarono a Stromboli alla fine della prima settimana di agosto. Per festeggiare l'eredità.

Scesero dal traghetto raggianti. Guidavano il corteo Carmelo e Tindara, il padre e la madre di Edoardo, seguiti dai figli Vincenzo, Gaetano, Antonio e Mimmo, dalle figlie Assuntina, Antonietta, Maria, Concetta ed Enza. Poi i nipoti Deborah, Diegoarmando, Franco, Carmelo grande e Carmelo piccolo, Nicola, Loredana, Nunzia, Viviana e Tindara. Infine, i cugini Ignazio, Marianna, Lucia, Salvatore, Consuelo, Veronica e Giuseppina detta Giusy, tutti con mariti e mogli e mocciosi urlanti, che appena misero piede a terra cominciarono a piangere perché "non c'è la sabbia".

Erano arrivati anche i suoceri di Edoardo, accompagnati dalle altre due figlie ancora signorine e dai tre maschi. Edoardo era felice. Poteva ospitarli tutti. Sessanta persone. E altre forse sarebbero arrivate. Non c'erano abbastanza letti per quell'esercito famelico e scalpitante, ma lui era contento lo stesso. Se la sarebbe cavata.

La "sua" rivoluzione si stava compiendo. Sia pure attraverso il generoso lascito di un nobile, fascista e senza dubbio legato a doppio filo alla mafia.

Nonostante Edoardo si fosse raccomandato – "Non portate niente" –, i familiari erano sbarcati carichi di ombrelloni, sedie a sdraio e ceste di vimini piene di roba da mangiare.

Palle, palloni, secchielli, lettini, materassini, salvagente, cappelli, cappellini, visiere, aquiloni, bocce, racchettoni da spiaggia, asciugamani. Non avevano dimenticato niente, i parenti.

Sotto sotto forse non gli avevano creduto, oppure pensavano che la storia dell'eredità gli avesse dato alla testa. Vedendoli così conciati, Edoardo cominciò a ridere, così forte che per poco non si sentì male. "Ben arrivati, ciao, ciao pa'... Maria! Vieni qua, bedda, dammi un bacio... Minchia, Enza, pure la pasta al forno hai portato? Vi avevo detto di non portare niente... Ma che è 'sto sciauro? Involtini di melanzane?! Non ci posso credere, mamma! Sì, vero è che mi piacciono... Vabbè, comunque non c'era bisogno. Pure le arancine? Vabbè, come dici tu."

Edoardo caricò i familiari sui taxi che aveva noleggiato per l'occasione, ma furono necessari parecchi viaggi per completare il trasporto di uomini e cose. Gli adulti erano tutti sudati e nervosi, l'attesa era lunga sotto il sole. Volavano insulti e scappellotti ai bambini, e persino qualche bestemmia, ma in verità l'entusiasmo era alle stelle: quella era la prima vacanza a scrocco della loro vita. Per tutti. Nessuno escluso. Il piacere era un po' guastato dal fatto che a ospitarli fosse un congiunto. Uno di loro. Bisognava invidiarlo. Ma Edoardo era sempre stato un tipo stravagante, con quel suo farneticare di un mondo diverso, potere alle masse e via dicendo, e allora anche dell'invidia si poteva fare a meno.

Don Alfonso vide passare quell'esercito di occupazione e si passò la mano sulla fronte.

"Come ne uscirà?"

Omar provò a contare. E i conti non tornavano.

"Troppi," e scosse la testa, "aveva detto una quarantina."

I più salivano a piedi, i vecchi in Ape. Era una torma, una vera e propria soldataglia senza governo. Giovani e meno giovani portavano jeans strappati, con borchiume, sfilacciamenti casuali, stinterie, accessori all'insegna del tarocco, con vistose firme palesemente false, scialli e camicie straziate di colori marci, cappelli delle più varie fogge, borse di plastica, di stoffa, di finta rafia, a tracolla, a mano, strascicate per le strade. Risalivano vociando, chiamandosi, esplodendo in risate di gola. Più si avvicinavano alla villa di Edoardo, più aumentavano la sorpresa e il lazzo. "Ah, Edoardo re! Evviva Edoardo re!" "Il re della minchia!" "Minchia, bonu s'u fici, 'u villino, Edoardo!" E le donne si davano di gomito.

Fra un passaggio e l'altro, il buon Edoardo incoronato dalla sua folla di visitatori incrociò don Alfonso.

"Arrivarono," gli disse.

"Eh caro mio, li vedo bene."

Quando, uno dopo l'altro, entrarono in file disordinate nella ex villa del barone Condrò, non sfuggirono a una sorta di disagio, di soggezione. Trascinavano i materassini, le valigie, le masserizie sulla ghiaia e vagavano muti intorno alla fontana. Erano colori sgraziati che via via cercavano di aderire a quelle mura concepite per pochi.

Dopo l'iniziale sbigottimento per tanto ben di Dio, i parenti di Edoardo misero da parte l'imbarazzo e tornarono a essere quelli che erano. La piscina fu presa d'assalto dai bambini. Fu preso d'assalto anche il giardino. E il patio. Le docce all'aperto. I bagni interni. Se i bambini pensavano di essere in una specie di Disneyland in mezzo al Mediterraneo, gli adulti non furono da meno. Senza attendere l'attribuzione degli spazi che Edoardo aveva pensato insieme a Caterina, corsero tutti a occupare i posti che ritenevano i migliori. E solo quando si resero conto di dover dividere lo spazio con altri cominciarono a rivolgersi a Edoardo, il quale, dopo un estenuante calcolo di posti letto, materassi, cuccette e altro, riuscì a collocare tutti, e a utilizzare ogni anfratto. Quando la prima grande ondata di lanzichenecchi messinesi trovò pace, ed era ormai sera, e Caterina si era trovata da sola a cucinare, solo allora, dopo generiche congratulazioni, cominciarono le prime vere considerazioni. E non furono considerazioni che, fatte ad alta voce, si sarebbero ritenute gradevoli. Qualcuna giunse necessariamente all'orecchio di Edoardo.

"Chi tanto e chi invece niente!"

"Uno che a sua madre il cuore le ha strappato!"

"Tanta roba perché? Per arricchire altri spacciatori."

"Non dura, non dura. Non ne ha, palle."

"E quella morta nell'uovo di Caterina... Una gatta morta è, ci mangia in testa a lui, e pure a noialtri."

"Non vi lamentate, adesso anche voi ce l'avete la villa," ripeteva Edoardo. "Vi ho invitato a stare un po' da me."

"Che fai, metti le mani avanti?" fu l'acido commento di sua sorella Enza.

"Statti zitta, tu, che sei la più piccola," la interruppe Maria, corsa in difesa di Edoardo.

"Va' a fare del bene," concluse lui, "comunque non ci intossichiamo prima del previsto."

"Ah, io non mi intossico sicuro. Ci sto benissimo qui, e ci voglio rimanere," aggiunse malizioso il cognato Filippo.

"Altro che Superenalotto... Nella vita, vedete, non si deve mai disperare," disse qualcuno, e tutti risero, anche Edoardo.

La prima notte precipitò sulla villa con un sentore di abbandono e di sventura. Nessuno si occupò di piatti e bicchieri di carta. Per guadagnare spazio, qualcuno trascinò lenzuola e cuscini in giardino. Tutti pisciavano all'aperto e senza allontanarsi troppo dalla cuccia in cui stavano dormendo.

Edoardo mise a letto la sua famiglia nella dépendance, insieme a una parte dei parenti della moglie, e passò per il giardino come un re prima della battaglia. Inciampava continuamente, ma infine si convinse che sarebbe stato meglio riposare e pensare a organizzare meglio la convivenza. In fondo aveva un grande compito. Se lo era dato e ora doveva dimostrare di esserne all'altezza.

Eccoli lì, i parenti. Qualcuno russava, qualcuno si agitava, qualcuno parlava nel sonno. Non c'era un angolo di casa che non fosse preso, militarmente occupato. Eppure li indovinava uno per uno, nel sonno, li sentiva carne sua, respiro suo. Adesso poteva amarli. Ora che li aveva lì. L'indomani avrebbe spiegato, avrebbe parlato. Edoardo era alla guida della sua umanità di reietti. Si appoggiò al muro della villa e provò a pensare che stava facendo qualcosa per loro. Provò a pensarlo mentre poco lontano si sentiva qualcuno – era Mimmo, sì, con le chiappe al vento – che scoreggiava, provò a pensarlo e non riuscì a fermare il pensiero. Si lasciò scivolare lungo il muro, si accucciò con la testa fra le ginocchia e si addormentò.

Penelope aveva raccontato a don Alfonso l'incontro fra Régine e Luca Condrò e temeva per il povero Sanguepazzo, che da allora non si era più fatto vedere. Quel coltello non era proprio previsto e in verità nessuno pensava che girasse, per così dire, armato.

Don Alfonso aveva chiamato Régine. "Tutto bene," gli aveva detto lei con una sfumatura quasi comica nella voce. "Per anni ho conservato le tele di Martin in attesa del momento opportuno. Sì, certo, qualcuna l'ho fatta girare in Europa. Poteva essere una bella occasione. Per lui e per me. Niente da fare. Ho le mani legate. Proviamo ad aspettare. Ancora."

Don Alfonso sapeva qualcosa, ma non pensava che si fosse legata mani e piedi con la famiglia Condrò, che sulla casa pesasse un'ipoteca così pesante. E tuttavia, che non si preoccupasse Alfonso, lei aveva ancora qualcosa, altrove, e poi anche quei quadri che ora facevano da garanzia per il debito contratto un giorno sarebbero stati sbloccati. Sapeva con chi aveva a che fare?, le ripeteva don Alfonso. Lo sapeva, l'aveva sempre saputo, ma aveva anche imparato che in Sicilia si finisce per trovare un accomodamento. Poi c'era stata quella storia dell'eredità, così sballata, così inaspettata. Don Calogero l'aveva fatta grossa. Luca era un figlio che avrebbe avuto bisogno di cazzotti quando era ragazzo. Il barone Condrò gli aveva sempre fatto intendere che era lui il migliore, non quella zoccola di sua sorella, ma i padri, eh don Alfonso, hanno un cuore tortuoso.

"Vieni da noi," l'aveva implorata don Alfonso.

"Grazie, mio caro," aveva risposto lei, "ho bisogno di stare da sola, ma tu non dimenticarmi."

Omar era molto indeciso su cosa fare della lettera che aveva fatto sparire. Di tanto in tanto sentiva la madre al telefono, che minacciava di chiamare Alfonso se non gliel'avesse fatta leggere al più presto. Lui la pregava di non farlo. Semmai ci avrebbe parlato lui. Quando sarebbe partito da Stromboli, aveva in mente di seguire Pablo a Barcellona. Rosa non voleva ostacolarlo, ma non poteva essere d'accordo. Che cosa avrebbe fatto a Barcellona? Su chi poteva contare? Lui la rassicurava come ormai aveva imparato a fare. Continuava a studiare. Avrebbe voluto proseguire gli studi negli Stati Uniti. Lavorare con Jared Diamond a Los Angeles, all'Università di California. Avrebbe voluto dar corso a un sacco di idee, ma non poteva. Pablo era tra i pochi a capire la difficoltà di un momento così, ma cos'altro avrebbe potuto fare se non stare lì? Pablo, Omar lo sapeva, non lo si poteva mica chiudere in un progetto solo.

"Mi sembra di essere qui da una vita," gli diceva Penelope, "e invece sono passati solo due mesi."

"È Pablo che accelera i tempi," rispondeva lui facendole il solletico ai fianchi.

Lei lo implorava di lasciarla. “E allora ammetti,” la minacciava Omar.

“Ammetto, ammetto.” Lui la lasciava e restavano a guardare il cielo con la testa piegata all’indietro. E lei, serissima questa volta, “Ammetto,” diceva, e chiudeva gli occhi.

Omar e Pablo erano tornati per l’ennesima volta alla Sciara del Fuoco.

“Io so che qualcosa deve succedere.”

“L’unica cosa che mi augurerei accadesse, sarebbe che noi ce ne andassimo di qui. Ho una voragine nel cuore. Tutti la sentono e vogliono venire a vedere. Le vertigini, capisci? Una vecchia storia.”

Pablo smise di parlare, si sdraiò sul gozzo e restò in ascolto dei borbottii del vulcano. Era bellissimo lassù: quel nero e quell’azzurro, la nebbia grigia e marrone del cratere.

“Che cos’hai in mente? Cosa stai cercando di fare?” chiese Omar scrutandolo in fondo agli occhi.

Pablo si levò di scatto con tutti i capelli biondo cenere sul volto, sembrava un accesso di violenza, sembrava un fiotto di rabbia.

“Voglio tuffarmi. Voglio fare un bagno!” gridò, e sparì nel blu dell’acqua.

Era ferma Stromboli. Era muta. Nuda e assente. Accesa, eppure spenta. Non c'erano fuochi. Non c'erano schiavi e nemmeno padroni. Non c'erano barche. Non c'era orizzonte. Non c'era la sera. Non c'erano voci.

Giugno 2002

20.

LA TEMPESTA

Erano in pochi a scendere al mare nella villa che era stata del barone Condrò, dicevano che era distante, troppo distante, e poi la piscina era così bella... Insomma, i parenti di Edoardo stavano sempre lì. Di giorno in giorno la villa diventava sempre più una specie di accampamento. I bambini, a cui nessuno metteva un freno, dapprima timidamente e poi sempre più spavaldi, avevano preso a saltare sui divani con i costumi bagnati e i piedi sporchi, cacavano in giardino, dove capitava, giocavano con i preziosi soprammobili di don Calogero. I fornelli erano accesi giorno e notte, sotto enormi tegami di sugo di pomodoro che sobbollivano sobbollivano sobbollivano come dovessero condire l'eternità. E invece insaporivano il quintale di quotidiani spaghetti, fusilli, farfalle. Le donne si davano il cambio in cucina, ma di tanto in tanto qualcuna voleva proprio giocare il ruolo della signora e si rifiutava di infilarsi la parannanza:

"Io sulla sdraio sto, e voi mi servite," disse una sera una cognata.

"Una biscia viva, ti servo, con quattro foglie d'ortica, e te la infilo in quello sticchio invecchiuto che ti ritrovi," gracchiò Enza, che aveva la lingua più lunga di tutte.

Edoardo aveva in mente una grande cena in cui finalmente avrebbe pronunciato il discorso dell'investitura, ma più il tempo passava, più perdeva le parole per strada, più dimenticava di che cosa avrebbe voluto essere investito. Le parole gli uscivano senza incepparsi solo se poteva comunicare le sue utopie di riscatto ma, in questo caso, non capiva più dove avrebbe potuto situare il riscatto o se invece non avrebbe dovuto parlare di abuso. Dunque pensava alla cena, si entusiasmava, poi vedeva i suoi consanguinei e gli passava la voglia.

"'U fissa" veniva chiamato confidenzialmente da giovani e vecchi, e c'era chi gli offriva canne in nome dei vecchi tempi.

Dapprima i parenti di sua moglie provarono a condurre una vita separata, ma impararono presto a condividere la deboscia dei Laganà. Che poi c'erano i Laganà ma c'era anche un consistente numero di altri cognomi, e ciascuno pretendeva di comparire, per così dire, in cartellone, perché lo spettacolo – così dicevano – era di tutti, tutti lo facevano e non solo iddu, 'u fissa, che da re era tornato a essere cameriere e fare il cameriere gli riusciva bene.

Solo Tindara e Carmelo, la madre e il padre di Edoardo, cercavano di far fronte comune con il figlio, ma solo perché l'età li consigliava di tenersi alla larga dalle beghe tra fratelli, cognate e cugini.

Caterina piangeva spesso in disparte. Piangeva di rabbia dopo tutti quegli anni a seguire Edoardo di carcere in carcere, a tirarlo fuori. E ora che avrebbe potuto godersi qualcosa, guarda che caos. Non era passata una settimana che levò le tende insieme ai figli e ai genitori. "Fai la rivoluzione da solo," disse a Edoardo, "quando è finita fammi sapere qualcosa." I bei tavolini del salotto erano ormai costantemente all'aperto e così le sedie e molta altra parte dell'arredamento. I cognati vi giocavano interminabili partite a scopa, fra urla e schiamazzi, e molto vino bevuto a canna, perché bicchieri non ce n'erano più. Da quando non c'era più sua moglie a governare la cucina, tutte le altre donne avevano dato forfait. Facevano arrivare pile e pile di pizze e con quelle si sfamavano, ma tutti si lamentavano che erano troppo poco cotte, troppo poco croccanti, con troppo poco sugo. E naturalmente doveva pagare Edoardo.

Il quale Edoardo si era già ampiamente pentito e la notte restava sveglio ad arrovellarsi per trovare un pretesto che gli consentisse di liberarsi di tutti quanti.

Passava le giornate correndo di qua e di là nel vano tentativo di porre riparo ai danni.

Non sapevano, Vincenzo Gaetano Antonio Mimmo Assuntina Antonietta Maria Concetta Enza Deborah Diegoarmando Franco Giuseppina detta Giusy Lucia Salvatore Nunzia Consuelo e gli altri, dell'amore che Edoardo aveva riversato su quella villa, di quanto fossero faticose e impegnative la manutenzione della piscina e del giardino, la cura delle fontane, dei pavimenti maiolicati, del cotto in cucina, del grande gazebo, del forno e del barbecue.

Era ormai prigioniero e avrebbe dovuto aspettare la fine dell'estate.

Il giorno di Ferragosto Stromboli era in festa. Don Alfonso pensò a una cena e volle assolutamente Régine al suo fianco. Régine cucinò, chiacchierò con gli ospiti, servì gli aperitivi, ma al momento di sedersi a tavola salutò e tornò sola a casa sua. Pablo lo guardava con un certo imbarazzo, sapeva di essersi rivelata e faticava a stabilire se si sentiva ladra o derubata. Era un giovane uomo come i molti che aveva conosciuto, ma la lontananza di adesso, programmata, voluta, addirittura benedetta, era la rivelazione di un abisso. Lui era gentile e consapevole, un puma senza fame. Omar, come in tutta quella strana estate, a ogni occasione conviviale covava un risentimento. Lei lo guardò con una tenerezza che Omar non ricordava, tanto che per un attimo uscì dal suo malumore e sorrise.

Gli ospiti nuovi – che in parte ricordava di aver visto nelle estati passate – protestarono e cercarono di trattenerla. "Niente da fare," disse don Alfonso, "Régine se ne va."

Più tardi don Alfonso, che aveva cantato *Los mareados*, raccontò che quella era una canzone che la sua amica Régine amava molto. Omar si illuminò, prese dal piatto quattro paste col gelo di melone, si alzò da tavola e disse che li avrebbe portati a Régine. "Ti accompagno," fece Pablo. "No," lo ringraziò Omar. Don Alfonso incrociò uno sguardo ansioso di Pablo, ma lo lasciò cadere. I buoni solventi ripetevano fra i denti il motivo della canzone. Penelope, che rientrava allora, indicò a Omar il cielo notturno attraversato da folgori azzurre. Poi fu più esplicita: "Tra poco piove". Omar alzò le spalle e sparì nel buio.

Proprio allora squillò il telefono. Era Edoardo, agitatissimo, forse sarebbe stato bene salire a Villa La Torre. Penelope scongiurò Pablo di farci un salto, che sarebbe andata con lui.

Don Alfonso si ritrovò solo con i suoi ospiti, consigliò Biagio di tornare a casa e raccomandò a tutti di non lasciare nulla all'aperto. Aveva cominciato ad alzarsi il vento e si temeva una di quelle tempeste brevi ma violente che arrivavano d'estate.

Pablo e Penelope arrivarono velocissimi a Villa La Torre. Il cancello era aperto. Avevano allestito una sequenza di tavoli all'aperto e avevano cenato tutti fuori. Ora le tovaglie del barone Condrò svolazzavano nel buio, per il giardino correvano bambini inseguendo tutto quello che il vento sollevava e si portava via, qualcuno si attardava intorno ai tavoli, altri stavano di fronte ai televisori, quello di casa e altri due piccoli che erano stati portati da Messina. C'era anche della musica che ritmava ossessiva da qualche parte e si intravedevano i più giovani ballare. Non c'era nulla di magico in quei corpi malvestiti, il grasso precoce che forzava la chiusura dei jeans a vita bassa, le magliette tempestate di lustrini, il trucco volgare, le unghie laccate, le scarpe a punta. Tutti comunque vociavano per sovrastare il volume della musica e dei televisori. Quando vide entrare Pablo e Penelope, Edoardo uscì da una camera in cui si era rintanato spiando l'ingresso e li raggiunse. "C'aiu a fari? C'aiu a fari?" ripeteva. Aveva tentato di tenere un discorso, spiegò, aveva cercato di chiedere collaborazione e comprensione, ma i parenti non si preoccupavano più di domandare o semplicemente di comunicare. Avevano riso e avevano continuato a ridere. "'Eh Edoardo, 'u re senza reggina, ora ci fa il discorso!' così mi pigliavano in giro, e io 'Amunì, per favore', ma quelli niente. Che faccio? Come soldati arrivarono, e come soldati stanno." Occupavano la villa militarmente. "Come soldati," ripeté Edoardo, e aggiunse: "Vergogna. Vergogna loro. Vergogna io. Ho vergogna".

Il padre e la madre erano seduti a capotavola, piccoli e muti. Una cugina, con una vestaglia viola sopra un body di paillette, si accorse dei nuovi arrivati e sbraitò: "Abbiamo ospiti!". Pablo avanzò lentamente sulla ghiaia. Solo. Portava il suo caffettano bianco. Il vento soffiava sempre più forte e gli scompigliava i capelli. Mentre avanzava tra rifiuti, sedie rovesciate, bottiglie, cartacce, la gente si accorgeva di lui e lo guardava incuriosita. Pablo rispondeva fissandoli negli occhi e mantenendo l'andatura lentissima. Il vociare diminuì. Restarono infine solo il sordo tum-tum dei bassi e l'audio dei televisori. Chi stava stravaccato sui divani si levò in piedi e uscì fuori. E fu via via il prender corpo di una torma di fantasmi che appariva dietro le vetrate del salone, sotto il gazebo, fra le aiuole calpestate, dietro i tronchi di palme ed eucalipti. Erano corpi grassi per lo più, poco o malvestiti, seni e pance che lievitavano fuori da mutande, fuseaux, pantaloni a vita bassa, giacchette striminzite, erano volti dai quali si staccavano come fossero indipendenti labbra rosse, viola, laccate, occhi martoriati di mascara e brillantini, erano toraci pelosi, muscoli inflacciditi. Anche i bambini avevano una loro spaventosa rozzezza. I lampi sempre più violenti accendevano la scena e i tuoni che seguivano violentavano i rumori artificiali. Anzi, una saetta più feroce fece saltare la luce, e il mugolio che seguì in quella folla semimmobile e attonita si trasformò in una sequenza di urla e squittii con il tuono che lacerò il buio. Pablo era arrivato in fondo al giardino. Il bianco della sua tunica aveva lasciato una specie di traccia in giardino. "Questi vandali se ne devono andare!" urlò a Edoardo. Cominciò a piovere. Anzi, tutto d'un botto si rovesciò il cielo. Vi fu un fuggi fuggi all'interno. Erano larve in quel momento. Una voce maschile, baritonale, intimò a Pablo di andarsene: "Vatinne!". Al che Pablo, già zuppo d'acqua, i capelli gocciolanti, la tunica appiccicata al petto, puntò deciso verso l'uomo che aveva parlato, lo prese per la canottiera e lo squadrò con quegli occhi terribili. "Domani devi sparire!" gridò, e quell'omone, credendo di doversi difendere da un pugno, si portò la mano davanti alla faccia e disse piano: "No...".

Prima che Villa La Torre tornasse al caos che era diventato abituale dovette passare il temporale e qualche tempo ancora. Pablo si era allontanato com'era venuto, senza accelerare mai il passo. "Vendila, questa casa," disse a Edoardo che non voleva lasciarlo andare via, abbracciò Penelope e scesero per la strada sotto il diluvio sapendo che sarebbe durato poco.

In mezzo allo sgocciolio, ai tavoli rovesciati, alle tovaglie zuppe, al nuovo brutale silenzio, una donna disse: "'U profeta passò". "'U profeta di 'sta minchia," fece l'uomo corpulento che prima si era difeso dall'ira di Pablo. Qualcuno ridacchiò e tutti si rintanarono fradici a dormire dove capitava. "Carmelo? Dov'è Carmelino?" si affannava Concetta. "Con la nonna è," rispose una voce dal buio.

Edoardo si spogliò, si gettò addosso una tovaglia di pizzo e andò ad accucciarsi in cucina.

"Dagliela, questa lettera," diceva Régine a Omar mentre fuori infuriava il temporale. Régine aveva appena finito di leggere e teneva Omar stretto al petto. "Dagliela presto, o diglielo tu," lo allontanò da sé e, tenendogli le mani sulle spalle, lo fissò negli occhi. "Omar, Omar, mio piccolo Omar, tu devi combattere, ma sei un uomo, non lasciarlo fuori quel disgraziato di tuo padre."

"Cosa è successo in questi anni, Régine? Perché non si è mai preoccupato di noi?" Omar non aveva mai parlato a Régine in quei termini.

"Non è capace, Omar. È un uomo, anzi è un vecchio che ne ha viste tante ma non ha visto niente. È un ragazzino, altro che marinaio. Gli piacciono le storie. E gli piace raccontarle. Tu hai ragione quando parli con severità di noi che siamo venuti a stare su questa maledetta isola. Siamo scappati. Siamo vigliacchi." Prese fiato, si versò da bere e fece una carezza a Omar. "Ma lui ha te. Fai in modo che lui ci sia. Non lasciarlo fuori. Anche se è troppo tardi, anche se ti sembra troppo tardi perché lui possa fare veramente qualcosa."

"Io non volevo parlarne. Per questo mia madre ha scritto la lettera."

"E allora dàgli la lettera. Digli di leggerla davanti a te."

"Come finirà?"

"Come vuoi che finisca?"

"Non dipende da me."

"Non è vero. C'entri anche tu."

L'acqua fuori cadeva a scrosci potenti. La casa era piombata nel buio.

"Siamo così piccoli di fronte all'universo. Lo senti? Sembra che ci cada addosso. E se fosse così, riusciremmo appena a dire addio. Ma non c'è solo l'universo, c'è questa terra in cui abbiamo cercato di stare in piedi. Ci sono i delinquenti, c'è il male, e l'universo non dev'essere una scusa. Anche quello che sta succedendo a te non dev'essere una scusa. E tua madre lo sa."

Omar piangeva, silenziosamente, senza nascondere la faccia, piangeva sicuro di poterlo fare.

"Non so perché. Ma mi aspettavo un miracolo," fece Omar tirando su col naso.

"Da Pablo?" chiese sicura Régine.

"L'hai capito..."

"Pablo, anche lui, non può."

"Glielo dirò."

"Sì, diglielo a tuo padre. Non lasciarlo fuori."

Aspettarono che spiovesse e si salutarono. Régine tenne a lungo le mani di Omar fra le sue. Quasi non voleva lasciarle.

"Impara a perdonare: tuo padre, me, te stesso, e naturalmente anche Pablo."

Omar se ne andò e per via ebbe la sensazione che qualcuno lo seguisse. Nel buio vide rosseggiare una sigaretta accesa.

"Ciao, Sanguepa'!" gridò Omar, e la punta della sigaretta sparì.

Don Alfonso attendeva la fine della tempesta chiuso in cucina. Fuori era tutto un dardeggiare di fulmini. Il vento mugolava dal mare. Quando saltò la luce, pensò alla lampadina che illuminava il cortiletto dell'incontro notturno con Pablo. E gli venne in mente quell'incrocio di sguardi nello specchio dell'armadio. Si sentiva svuotato. Ora aspettava qualcosa che non arrivava. Quella notte di pioggia gli schiaffeggiava l'anima, come avesse voluto svegliarla. Qualcosa doveva cambiare. E gli venne in mente la moglie Rosa, chissà perché. Nella stanza buia, una volta di più avvertì la presenza delle figure fondamentali della sua vita. Avevano tutte qualcosa da dirgli, ma non gli arrivavano parole, solo un indistinto brusio. La luce tornò dopo mezzanotte. E poco dopo arrivarono Pablo e Penelope.

Giunse anche suo figlio e si rese conto che lo aveva aspettato, che aveva aspettato Omar. Il giovane trasse la lettera dalla tasca e gli disse: "Leggi".

"La lettera..." fece don Alfonso, "era sparita."

"Leggila. Io parto domattina." Forse avrebbe voluto essere conciliante, ma finì con l'essere solo severo, duro.

Quando don Alfonso ebbe finito – erano poche righe – Omar era sparito.

Ogni tanto apro quella busta sgualcita e rileggo. Quella notte non ebbi neanche il coraggio di salire a chiamarlo, il mio Omar. Omar suole di vento, Omar figlio, Omar dolcissimo. Verso l'alba uscii fuori e pronunciai il suo nome. Non abbastanza forte perché sentisse, ma abbastanza perché scoppiasse dentro di me. Cominciai a piangere e cominciai a capire il senso di tutte le lacrime che erano venute prima.

"Tuo figlio ha la leucemia. Mieloblastica acuta. Può continuare a campare ancora. A Genova mi dicono che abbiamo delle speranze. Magari non di recessione, ma di contenimento. Lui non vuole farsi curare. Gli vengono febbri improvvise, e ti sarai accorto di come è smagrito. Dammi una mano. Almeno questa volta. Non ho altro da dire. Telefonami. Rosa."

I padri, le madri non possono sopravvivere ai loro figli. Tradire questa legge è spaventoso. Avrei dovuto sapere cosa fare fin da allora, invece non lo sapevo. E ancora troppe cose dovevano accadere.

Giugno 2002

21.

SANGUE MARCIO

Le luci dell'alba erano ancora incerte quando Edoardo si riebbe da un episodico e agitatissimo sonno, si disfò della tovaglia di pizzo e uscì fuori dalla cucina. Ormai ci conviveva quasi volentieri con quella fitta accozzaglia di odori che ristagnavano là dentro. Il sentore fortissimo di salsa di pomodoro andava assieme alla puzza di pesce avanzato, pigiato dentro bidoni di plastica che nessuno si preoccupava di svuotare nel cassonetto sulla strada. I lavabi erano intasati e pieni di posate, pentole, padelle, cocci unti che nessuno lavava. Si accumulavano anche i cartoni della pizzeria da cui slinguavano fuori croste di pizze avanzate. La sera avanti avevano cucinato carne al barbecue e avevano utilizzato le stoviglie del servizio più bello del barone Condrò, le ultime rimaste pulite.

Edoardo uscì all'aria aperta e si rammentò di aver sognato una monumentale opera di pulizia. Ma la parola "pulizia", nel sogno, era suonata "polizia" e lui si era trovato con le manette ai polsi trascinato su una ghiaia di siringhe insanguinate. Tornò in cucina e, accorgendosi di essere completamente nudo, si legò nuovamente la tovaglia di pizzo intorno ai fianchi. Poi aprì un flacone di detersivo per piatti e il tanfo del limone artificiale gli diede il vomito. Dovette trattenere i conati. Uscì di nuovo. Fece un giro su stesso. Sembrava non voler aprir gli occhi sulla catastrofe che avvertiva intorno a sé. In casa erano rimasti accesi dei moccoli e un lumicino lento e incerto tremolava funebre dietro le vetrate del salone. Sotto i piedi sentì qualcosa di molliccio, forse del cibo, forse un tovagliolo zuppo d'acqua. Non volle guardare. Cercava solo di cacciare la nausea. "Un tempo," pensò, "mi muovevo in questa casa come un'ombra. Sapevo di essere un'ombra. Un'ombra utile." E gli risuonava nella mente qualcosa che avrebbe potuto essere tradotto nell'espressione "privilegio del decoro". Ora gli arrivavano zaffate di orina, di sudori, fetori di corpi e marcescenze, e capiva che quel "decoro", quel "privilegio", erano precipitati in un bugliolo nauseabondo.

Fece un gesto con la mano come volesse cancellare dai colori dell'alba un'immagine intollerabile, e invece proprio allora cominciò a vedere come non aveva mai visto: i corpi ammassati dei parenti, l'ansare dei dormienti, il verminare di bambini sui materassi, le braccia nude, pendule intrecciate ripiegate, i piedi che spuntavano dappertutto, le bocche aperte, le mani. La poca luce mozzava i corpi e li ricomponeva capricciosamente. Il campo di battaglia. La chirurgia della mente. Venne un abbaiare di cani e le figure immobili parvero subire un lento riassesto, senza spavento, senza ansia. La pioggia li aveva cacciati tutti in casa e non era rimasto un metro di pavimento sgombro. E infatti era il pavimento che pareva muoversi e assestarsi. Edoardo cercò appiglio altrove, ma ovunque cadesse il suo sguardo tornava un'immagine di sfacelo e di vergogna. "La mia casa. La mia bedda casa sapurita..." mormorò, e sentire la sua stessa voce lo fece sussultare. Rivide la figura di Pablo sotto la pioggia, i parenti che si ritiravano in silenzio, il timore che incuteva quel giovane dai capelli biondi, il suo incedere da profeta – "Profeta di 'sta minchia" –, le sue raccomandazioni. Quanto avrebbe avuto bisogno adesso di Pablo. Perché non era lì, ma come angelo, come angelo con la spada di fuoco, a dividere i giusti dagli ingiusti? Perché non c'era? E mentre tante domande gli attraversavano la mente, si ritrovò con il braccio levato e levato lo tenne entrando in casa e cominciando a prendere a calci i dormienti. “Spostati!” gridava. “Vattene!” Più osava comandare, più il volume della voce aumentava. “Sconci! Maledetti! Nemici del popolo! Profittatori!” E quelle figure, quei corpi, cominciarono ad agitarsi, ad allungarsi, a gonfiarsi davanti ai suoi occhi. Gli parve di veder sorridere il volto della vecchia madre Tindara.

“Io il bene non l’ho fatto a nessuno, perché il mio bene nessuno lo vuole!” gridò puntando l’indice contro la sorella Enza: “Bastardi! Disonorati!”.

“Edoardo sta male,” sentì che dicevano, e lui: “Sangue marcio!” rispondeva.

“Qui poveri non ce ne sono,” disse, e la frase suonò a lui stesso una rivelazione. I parenti che aveva invitato non erano i poveri che aveva sognato di salvare. Li vide ammucchiati in mezzo alle cose, servi delle cose, affogati dalle cose. Le donne con le loro collane e i braccialetti che si tenevano addosso anche di notte. Gli uomini con gli orologi, le patacche sul petto. “I poveri non esistono!” gridò.

“Dobbiamo chiamare un medico,” sentì ancora.

“No,” fece con una smorfia. “Ve ne dovete andare. Il medico non lo voglio vedere.”

Adesso erano quasi tutti svegli e lo guardavano, seminudo, con la tovaglia di pizzo stretta sui fianchi, indecisi se sfotterlo, placarlo o farlo tacere.

Due ore dopo sotto il sole forte, seduto sul bordo della fontana gridava ancora: “Sangue marcio!”.

La sorella Enza il medico lo chiamò veramente, e quello arrivò con don Alfonso che si offrì di ospitarlo nella casa di Ficogrande.

“Zio Edoardo se ne va?” chiese un ragazzino.

“Zitto,” disse il padre, “siamo noi che ce ne andiamo.”

E così fecero. Nel giro di due giorni tornarono tutti a Messina, lasciando Villa La Torre così come l’avevano ridotta.

Annabella mi aveva scritto e anch'io le avevo scritto. Sulla visita del fratello avevo sorvolato, ma lei in qualche modo sapeva che era venuto o sarebbe venuto a minacciare. Luca, diceva Annabella, stava diventando pericoloso. Qualcuno lo aveva convinto a incentivare i rapporti con uomini dai quali il padre sino ad allora aveva saputo mantenersi a distanza di sicurezza, senza rifiutarne i favori e la richiesta di favori. Luca no, ci era caduto dentro come un ciuccio e aveva trascinato con sé anche Maurizio. Annabella lo aveva capito e aveva "licenziato" il marito con una congrua somma di danaro. Né l'uno né l'altro avevano intenzione di perdonare. In una lettera mi parlava anche di come aspettava la sera in campagna, nella piana fra Catania ed Enna. Che spiava il cielo. Che aspettava le stelle. Che le piaceva distinguere i rumori semplici, di animali, di contadini, il vento, la pioggia. Cose così. Annabella. Le sue utopie. Aveva ormai voglia di affrontare a viso aperto i mercanti della droga e di sputtanare i malavitosi che imperversavano in quella parte della Sicilia, arricchendosi sulla pelle dei ragazzi. L'idea della comune era ancora viva, ma intanto si era messa in testa di fare nomi e cognomi. Si era documentata, ed era certa che attraverso i canali giusti sarebbe riuscita a entrare in possesso di fotografie, carte compromettenti, intercettazioni telefoniche. Aveva alzato il tiro, Annabella, e adesso era diventata una specie di ossessione: nella sua testa non c'era posto per altro che non fosse la sua voglia di giustizia. E ne parlava tranquillamente con tutti, come se non stesse cercando di mettere i bastoni fra le ruote a un'organizzazione criminale, ma soltanto occupandosi di far fruttare un'attività imprenditoriale. Si sentiva forte, forte e invincibile. In quei giorni. I documenti che mi aveva incaricato di depositare in una cassetta di sicurezza dovevano tenere a bada il fratello.

Portici, dicembre 2004

22.

I MOSTRI

Don Alfonso passò un'ora al telefono con Rosa. Confessò di essere stato superficiale, era desolato di non aver letto prima la lettera e si lasciò insultare con una remissività totale, tanto che Rosa mise da parte le rimostranze e passò presto al tema che a entrambi stava disperatamente a cuore. Don Alfonso si fece raccontare ogni dettaglio. Cercò di capire sino a che punto Omar fosse grave. "Mi hanno detto che la cronicità prevede una sopravvivenza di dieci anni, forse anche di più, e nel frattempo non c'è molto da fare. Antibiotici. Le trasfusioni più in là."

"Vuole andarsene. Ha già preparato i bagagli," disse don Alfonso porgendo orecchio a quanto accadeva fuori.

"Lascialo andare. Non fare nulla, se non te lo chiede lui."

Don Alfonso lasciò il telefono e si trovò faccia a faccia con il medico che gli chiedeva di salire con lui a Villa La Torre. Obbedì come un automa. In fondo era un medico. Gli avrebbe parlato di Omar.

Omar decise di aspettare Edoardo. Voleva rendersi conto di persona di quella che il medico aveva chiamato "trauma psichico". Pablo e Penelope l'avevano visto la sera avanti ed "era già fuori di sé" dissero.

Don Alfonso, appena salito sull'Ape, menzionò subito la

leucemia del figlio. Il medico lo ascoltava. "Se è stato a Genova, qualche risposta deve averla avuta. Io non posso che sostenere l'ipotesi di una cronicità e dunque dell'eventualità di non soccombere subito."

"Soccombere," ripeté don Alfonso come fosse sotto un incantesimo.

Edoardo era in pessime condizioni. Ripeteva continuamente le stesse frasi. Lo sguardo era vitreo e immobile. Don Alfonso fece appena in tempo a vedere in che stato era ridotta Villa La Torre e ad accertarsi che quella masnada sarebbe partita al più presto.

Il medico si prese cura di Edoardo sulla terrazza di Ficogrande. Omar cercò di farlo parlare, ma solo Pablo riuscì a destarne l'attenzione. "Come un profeta entrò," disse agli astanti, "e quelli nichi nichi addiventarono, come insetti schifosi."

Dopo un'iniezione, Edoardo si addormentò profondamente. Il medico fece qualche telefonata e si accordò con un collega di Messina per un ricovero d'urgenza. Sarebbe partito in serata.

Accanto a Edoardo addormentato, don Alfonso provò a parlare con Omar.

"Sono malato, lo so," disse lui.

"Vuoi che venga con te?"

"Dove?"

"Non lo so, dove state andando?"

"Non sappiamo dove ci fermeremo."

Pablo sedeva sulla balaustra, accanto a Omar. Pareva stanco, consumato. Così lo vide don Alfonso e comprese che, chissà da quanto tempo, il vero terapeuta del figlio era lui.

"È questo che ha voluto dirmi?" pensò don Alfonso. "Cercava in me una via e l'ha trovata, ma andava anche altrove."

Guardava un po' il figlio e un po' l'amico e gli tornava in mente il primo giorno di giugno quand'erano arrivati, semidèi, portatori di bellezza e giovinezza.

Erano arrivati per portare disordine. Ci erano riusciti.

"A che ora partite?" chiese don Alfonso quando Omar si alzò in piedi.

Nessuna risposta. Se fino ad allora, in quella strana estate, si era sentito a disagio, adesso don Alfonso era caduto in uno stato di totale prostrazione e impotenza. Li avrebbe lasciati partire, lo sapeva. Li avrebbe lasciati partire senza far nulla, senza sbraitare, senza protestare, senza potersi occupare di nulla che non fosse il proprio sgomento e il proprio dolore. La sua imponenza fisica sembrava assottigliarsi, sfarinare.

Edoardo fu caricato su un taxi elettrico ancora addormentato.

Penelope gli diede un bacio sulla fronte. Non era scesa al gazebo di Maddalena, quella mattina. Il suo amore partiva e lei voleva essere lì a vederlo partire. Non osava avvicinarglisi. Aveva paura di commuoversi. Di tanto in tanto riordinava qualcosa, scambiava una parola con gli ospiti che scendevano e notavano la presenza del medico e del povero Edoardo, assicurava insomma che la casa di Ficogrande continuasse a funzionare.

Pablo non la chiamava in disparte, non aveva attenzioni speciali per lei, non le stava lasciando alcuna parola importante da chiudere nel cuore. Stava partendo e l'avrebbe salutata, l'avrebbe baciata, forse l'avrebbe stretta, ma non stava preparando niente di memorabile per lei. Magari una lettera. Perché non saliva di sopra per scrivergliene una? Nessuno l'aveva mai fatto per lei, e lui l'avrebbe fatto bene. O forse l'aveva già fatto? Si sarebbe occupato di Omar che era malato, e lei l'aveva già saputo. Non era già abbastanza, quello, per cancellare ogni altro compito? "Ma l'amore è un compito?" si domandò. Non doveva mostrare nulla di quello che si teneva nel cuore. E poi tutt'un tratto prese la mano di Pablo e gli disse: "Non puoi rinunciare all'ultimo bagno di Stromboli". Pablo la seguì sorridente, spogliandosi via via che si avvicinavano all'acqua. Nuotarono per una ventina di metri e tornarono indietro. "Grazie," disse Pablo, "non lo dimenticherò." Penelope lo lasciò risalire, asciugarsi e cercare la camicia e i pantaloni. Rimase in acqua finché lui non la chiamò: "Metti le ali, puoi volare," le disse, e lei ritenne che quello fosse il suo saluto.

Quando i due ragazzi furono pronti, Pablo portò giù quella che pareva una tela incartata: era un regalo che don Alfonso non avrebbe dovuto aprire subito. "La lettera invece avrei dovuto," pensò don Alfonso.

Lui e Penelope andarono al porto a vederli partire. Sanguepazzo, poco lontano, sorrideva sollevato ma non osò avvicinarsi, anzi si allontanò sulla spiaggia di Scari e si nascose dentro una capanna.

La sera arrivò la telefonata di Régine. "So tutto," disse con voce rauca, "non precipitare."

"Le carte sono tutte sparigliate. Che faccio?" chiedeva don Alfonso.

"Aspetta," gli rispondeva lei.

L'avrebbe voluta al suo fianco quella sera. "No, Alfonso, no, non oggi."

"Non so nemmeno dove andrà," disse a Penelope quando tornò dal porto.

"Non lo sappiamo," fece lei, e lui si rese conto quanto ormai quella ragazzina fosse coinvolta, e non soltanto per la storia con Pablo.

Nei giorni che seguirono, la solitudine divenne per don Alfonso necessaria e intollerabile. Si occupava raramente della casa: ormai la gestione era passata tutta nelle mani di Penelope. Anche nella sua funzione di intrattenitore dei suoi buoni solventi aveva cambiato ruolo: erano loro a condurre il gioco. Volentieri rispondeva a domande e curiosità, e ancor più volentieri parlava del figlio. Durò poco, finì per stancarsi e cominciò a evitare la compagnia della casa. Le cene collettive erano preparate da Penelope, Biagio veniva a suonare e don Alfonso si limitava a controllare che tutto procedesse secondo la tradizione. Sentiva la mancanza di Régine, da troppo tempo rintanata nella sua casa, e sentiva la mancanza di Pablo, del suo passo silenzioso, del suo sguardo elettrico, sentiva la mancanza di Edoardo che, così gli disse la moglie Caterina venuta a ripulire e presidiare Villa La Torre, migliorava lentamente.

Solo Penelope veniva ricevuta volentieri da Régine. Solo con lei Régine riusciva a restare sulla terrazza della casa, a scendere nello studio di Martin, a consumare i piatti che Nunziata preparava e che quasi regolarmente il giorno seguente si portava via per non sprecare cibo. Con Penelope, che la raggiungeva nelle prime ore del pomeriggio, Régine camminava volentieri sul pendio fra sterpi e cespugli violentati dal sole. Le cicale impazzavano e non si sentiva altro che quel canto monotono, altissimo, impietoso. Quando all'improvviso smetteva, il silenzio pareva abissale.

"Ho paura, Penelope," diceva Régine.

"Di cosa?"

"Di aver perduto tutto, anche la sensazione di aver avuto qualcosa, un tempo."

Penelope la guardava senza capire veramente e a Régine piaceva quello sguardo così pieno di sgomento, così sospeso nel vuoto. Perché avrebbe dovuto capire?

"Il poco che mi resta voglio lasciarlo a te..."

"Cosa stai dicendo?"

"Ho riscritto il testamento. Se riusciamo a salvarci da quel porco del piccolo Condrò, qualcosa rimarrà a te."

Penelope l'abbracciava dicendo che non voleva nulla, nulla, cosa doveva volere? Non le bastava vedere com'era finito Edoardo? Portava male, portava male, parlare in quel modo.

Régine la teneva per le spalle e le carezzava la testa, i capelli cortissimi, il collo da cigno nero. "Non ti preoccupare. Non diventerai ricca."

In uno di questi pomeriggi in mezzo alle cicale, Penelope la fissò spaventata, si ricompose, fece una faccia seria seria, quasi buffa tanto la serietà la segnava, levò la mano leggera come per dire che Régine avrebbe dovuto limitarsi ad ascoltare e disse che era incinta, che ormai non aveva più dubbi, che era spaventata e felice, che non sapeva cosa dire e soprattutto a chi, e che lei, Régine era la prima.

Régine la esplorò tutta con gli occhi, la rimirò, la assaporò senza dire una parola, indecisa fra un gesto materno o da sorella, fra la protezione e la partecipazione, la commozione e l'esultanza. Penelope era in attesa. Se ne stava seduta su un fianco, una mano sulla terra su cui scaricava, attraverso la bella tensione del braccio, il peso del corpo, i piccoli seni desti sotto la camiciola, il capo appena piegato a contrappeso sulla spalla. Il sole di Stromboli aveva restituito la sua pelle al bronzo siciliano e il volto pareva, dentro la cornice di quei corti capelli nerissimi, quello di una piccola, severa madonna.

Régine si beava di quella fremente femminilità, le restituiva immagini di un'ignota innocenza, di una piumata leggerezza che avrebbe potuto essere rapita da un momento all'altro nell'aria.

Decise di chiamarla dentro le sue braccia. "Vieni qui," disse, e Penelope si accucciò morbida e abbandonata contro il petto di Régine.

"Ecco," disse Régine, "ecco, ora il cerchio si chiude."

Le affidava – e glielo disse – il suo Brian, perché con quella nuova creatura finalmente rinascesse. "Sono una donna infelice, Penelope. Tu lo sai che sono una donna infelice. Avrei potuto essere una grande madre, anche dopo aver perso mio figlio. Oh sì, avrei potuto continuare. Non ne sono stata capace." Penelope voleva capire e non ci riusciva. Si limitava ad ascoltare. "Sono venuta qui a morire, è da trent'anni che muoio e non ce la faccio. E Pablo..." Qui si fermò, scosse la testa, cullò Penelope contro il petto. "Ha portato doni. Sono sicura che lo sa. Sono sicura che sa cos'ha portato su quest'isola."

Régine si impiccò la mattina dopo. Forse era ubriaca, Régine. Si impiccò a una trave della sua casa, che non era più sua. La trovò Nunziata e notò subito un sorriso smorfioso sulle labbra.

Guardava un'ultima volta il mare perché sembrava che, anche da morta, sentisse il mare, evocasse il mare, pretendesse un ultimo affronto da lui, da quel mare che tante sere aveva guardato amato ascoltato dalla sua terrazza, sulla sua sdraio, lei incontrastata regina di niente, regina di un vuoto di cui alla fine aveva scoperto le proporzioni e dal quale aveva accettato di essere ingoiata.

Régine aveva cominciato a morire dopo la morte di Brian e non aveva trovato un contravveleno. Era donna, Régine, compagna, sorella, amica, amante, era stata una puttana ingorda di vento, di emozioni, di paure. E l'ultima paura se l'era portata stampata in viso.

Portici, dicembre 2004

23.

AMOR, PESAR, DOLOR

Don Alfonso fu il primo a essere avvisato. Si precipitò a casa di Régine e la trovò lì, con la corda al collo. Prima, come d'istinto, ne abbracciò le gambe per allentare la presa della corda. La teneva sollevata, la teneva stretta, ma poi avvertì il freddo delle gambe e abbandonò la presa. Si ritrasse impietrito e cominciò a piangere, ma piano, senza rumore: le lacrime gli gonfiavano gli occhi e poi scendevano giù sulle gote, colando sulle labbra e in bocca. Non riusciva più a guardarla e diceva: "Bisogna tirarla giù, bisogna tirarla giù," ma sapeva che non si doveva. Nunziata lo confortava e piangeva insieme a lui.

"Perché, Régine? Mi hai fottuto, Régine. Perché adesso?" Naturalmente non aveva risposta. Sapeva che la sua Régine aveva mollato e che forse lui avrebbe potuto prevederlo.

Silenzio tutt'intorno. Era mattina presto e la calma bellezza del mare strideva con quelle lacrime di dolore.

"Hai avvisato la polizia?"

"Solo a lei ho telefonato... Ma perché lo fece, perché?" si disperava Nunziata.

Il medico legale, dissero a don Alfonso dalla stazione di polizia, doveva venire da Messina. Sarebbe passato del tempo. I due agenti invece arrivarono subito. Il cadavere fu liberato e portato sul letto.

Il più alto fumava una sigaretta dopo l'altra e passeggiava su e giù per la terrazza. Era un bel ragazzo di Bassano del Grappa. Régine la conosceva bene, l'agente Trevisan. Anche lui era passato di lì e lei gli aveva strappato un po' di malinconia dagli occhi spaventati. Chi si ricordava più quando era stato. Forse l'inverno precedente. Régine in casi come quelli aveva una maniera di dire basta a cui non era necessario dare parole. Era come se all'attrazione subentrasse una specie di distrazione dalla fisicità che si trasformava a seconda dei casi in gentilezza, tenerezza, incomunicabilità animale.

E ora la bestia, la dolcissima bestia ferita a morte, era lei.

Era mezzogiorno passato quando finalmente arrivò il medico legale per il referto. Ne constatò il decesso per soffocamento, lesse una lettera che Régine aveva lasciato sul tavolo della sala in cui si assumeva tutta la responsabilità della morte e rimandava ad altre lettere inviate al suo avvocato.

Penelope la lavò, la pettinò, ne curò la vestizione insieme a Nunziata che, più esperta, lodò la giovane per la sapienza dei gesti, la delicatezza dei movimenti, la scelta degli aromi. Penelope aveva portato del timo e della maggiorana e ne aveva riempito tante ciotoline.

Don Alfonso aspettò fuori le formalità d'uso, con lo sguardo perduto all'orizzonte. Penelope poi lo raggiunse, gli allungò la mano perché la prendesse e lo condusse in camera da letto. Don Alfonso si lasciò cadere in ginocchio. Senza lacrime. Con uno sgomento che non sapeva esplodere.

Nunziata preparò da mangiare. Venne il parroco e benedisse la salma. "La signora," fece il medico legale prima di andare, "ha espresso il desiderio di essere seppellita nel cimitero di Ginostra, se ai suicidi è concesso."

Due mattine dopo, l'isola intera si fermò per il saluto a Régine. Una processione di volti abbassati, neri, facce di tutti i tipi, quelli del porto, i barcaioli, i pescatori. Il Messinese piangeva come un bambino, a dirotto.

Un lungo corteo si perdeva in mezzo alle viuzze sbarrate dal nero della pietra, dai refoli d'aria, dal profumo di qualche buganvillea che incontravano lungo il percorso. Da lontano sentirono abbaiare il cane di Biagio e poi videro apparire lui con la sua fisarmonica. Il corteo si fermò e lui attaccò *Los mareados*. Straziante, la sua fisarmonica ripeteva il motivo e fra i denti don Alfonso ripeteva i versi del grande Cadícamo: "*Hoy vas a entrar en mi pasado / en el pasado de mi vida / tres cosas lleva mi alma herida / amor, pesar, dolor...*".

La salma fu caricata su uno scafo e a Ginostra attesero il rollo per il trasbordo, poiché nel porticciolo di Ginostra solo così si poteva entrare. La bara la portarono su fino al cimitero don Alfonso e l'agente Trevisan. Erano le undici, le cicale cantavano, il cielo era fermo, il vulcano schiumava nuvole di gas.

Quando tornò a casa, don Alfonso si rammentò del regalo di Pablo e lo scartò. Era una tela, effettivamente, ma ci erano state cucite sopra le polaroid che Pablo aveva scattato e manipolato. Sotto c'era anche un titolo scritto con un pennello: *I mostri*. Ed erano infatti mostri quelli che in sequenza occupavano lo spazio della tela. Facce deformate, allungate, spaccate, abrase, con la pressione del pollice, con l'incisione di un'unghia, con una goccia d'acido. Le fisionomie si riconoscevano, sì, ma quel volto metà sorridente e metà segnato da una cupa smorfia, come se il suo rossetto fucsia fosse diventato ferita, poteva davvero essere Régine? E quel grumo di rosso erano i capelli di Arianna? E quelle occhiaie abissali appartenevano al povero Edoardo? C'erano tutti. Anche don Alfonso, ma il suo non era un ritratto, era una figura intera alla quale l'intervento di Pablo aveva macellato il corpo lasciando intatti solo i piedi e la faccia. In alto a sinistra c'era Penelope, ma anche quello era un ritratto sui generis: la foto era stata scattata alle spalle del soggetto ed era rimasta impressa la nuca nerissima intorno alla quale Pablo aveva lavorato per ottenere una nube densa di blu. Quelli erano i personaggi di quell'estate feroce, quelli erano i feroci protagonisti di una commedia non ancora finita. Erano mostri infelici. Una sequenza di brutture, di sgorbi, che però in qualche modo assomigliavano ai prototipi e finivano per assomigliarsi tra loro.

Don Alfonso rimase davanti a quello spaventoso collage a lungo, in ginocchio. Quante volte si era inginocchiato, in quei giorni. Il dolore l'aveva messo in ginocchio. Giugno Picasso era arrivato e aveva giudicato. Aveva pugnalato. Silenzioso, era entrato nelle vite di tutti e ora le vite di tutti le aveva appese lì, come alla gogna.

Se ne sono andati tutti. Se n'è andata Régine. Giugno è passato. Luglio è passato. Agosto ha sterminato.

Adesso quest'isola mi sembra una prigione. Forse aveva ragione Omar, la vita vera non è qui. Avrei voluto corrergli dietro, a questo figlio mio, per dirgli tutte le cose che non gli ho detto mai.

Leggo il Libro di Giona che Pablo mi ha lasciato: "E gli dissero: 'Che cosa dobbiamo fare di te perché il mare si plachi?'. Il mare, infatti, si faceva sempre più tempestoso. Rispose loro: 'Afferratemi e gettatemi in mare e il mare si calmerà, poiché io so che per colpa mia siete stati assaliti da questa forte tempesta'".

Settembre 2002

24.

IL LUNGO AUTUNNO

Dalla morte di Régine in poi l'estate precipitò in un lungo, oscuro autunno. Don Alfonso ricevette lettere dall'avvocato di Régine che per lo più avevano a che fare con l'eredità, Penelope e le azioni legali aperte da Luca Condrò. La valutazione dei quadri di Martin e gli introiti dei diritti d'autore bastarono fortunatamente a cancellare l'ipoteca sulla casa.

Buoni solventi continuarono ad arrivarne sino alla seconda metà d'ottobre. Per lo più si trattava di gente che aveva bisogno di un periodo di assoluta solitudine e quindi se ne stavano appartati, estremamente soddisfatti dei servizi che Penelope assicurava loro. Solo con l'avvocato Salemi, che passava puntualmente dieci giorni a Stromboli verso la fine d'ottobre, don Alfonso parlò a lungo nelle sere sempre più corte, davanti al mare. Di Omar, di Pablo. Di Régine e Penelope, e soprattutto di Annabella. Proprio in quei giorni gli era giunta nota dalla banca di Lipari in cui aveva depositato il plico di documenti dei Condrò che, insieme ad altre, la sua cassetta di sicurezza era stata forzata. Gli veniva proposto un indennizzo in danaro.

"Deve accettare," disse l'avvocato, "faccia come le dico io, accetti. È probabile che avessero qualcuno nello stesso istituto bancario, che questo sia stato un furto preparato. Hanno fatto in modo che accadesse."

Don Alfonso voleva capire cosa avrebbe potuto fare per Annabella.

"Niente. O meglio: può raccomandarle di non esporsi come sta facendo. Ora, da quanto posso arguire, non ha più uno straccio di carta per mettere un freno a chi la vuole zitta e buona."

Erano giunte notizie di Omar. Era a Barcellona, con Pablo. Rosa diede un indirizzo e un numero di cellulare. Don Alfonso chiamò, ma Omar fu drastico: "Non telefonare. Non ancora".

Penelope fu tentata di scrivere a Pablo, "Se non lo fai tu, lo faccio io," diceva don Alfonso, ma decise che anche per lei era troppo presto. Sarebbe rimasta a Stromboli finché don Alfonso l'avesse voluta, e poi ci avrebbe pensato. Non scrisse mai. Si era fatta ancora più esile ma aveva cominciato a crescerle la pancia, un tondo perfetto sotto il maglione, e quando sedeva in terrazza sulla seggiola impagliata con le mani lunghe e sottili appoggiate sul ventre, don Alfonso si perdeva a guardarla.

In novembre la notizia apparve su tutti i giornali: Annabella Condrò era stata ammazzata con due colpi di pistola alla tempia mentre tornava da Catania, in una strada di campagna. Si era fermata a un passaggio a livello, e la cosa dovette sembrarle molto strana perché aveva fatto quella strada a quell'ora molte volte e le sbarre erano sempre sollevate. Qualcuno si era avvicinato a chiederle qualcosa ma poi aveva fatto fuoco. Fu trovata con la testa sul volante. Per molto tempo il clacson aveva continuato a suonare nel silenzio della campagna.

Sui giornali si parlava della sua vita turbolenta, della droga, del progetto di un centro di accoglienza, dei lavori che non avevano potuto procedere, delle denunce che aveva fatto in più occasioni in diretta su alcune televisioni locali.

Che fosse un delitto di mafia nessuno l'aveva mai messo in discussione finché in qualche articolo si cominciò a parlare di vecchi regolamenti di conti nell'ambiente della droga, dell'allontanamento del suo compagno, ex poliziotto, della pessima considerazione che aveva sempre goduto presso il padre e dell'eredità che ciò nonostante era riuscita a ottenere. Una vera campagna stampa strategica che aveva così profondamente screditato la figura di Annabella da creare un fuggi fuggi generale fra quanti – collaboratori e assistiti – si erano già installati nella masseria che avrebbe dovuto diventare "Amico fragile", la comunità di Annabella Condrò.

Sui giornali e nelle televisioni locali il fratello appariva di tanto in tanto a sostenere non tanto la nuova tesi, quanto lo sconcerto che derivava dalla consapevolezza che essa potesse avere saldi fondamenti.

Villa La Torre era già stata venduta, ma di Edoardo don Alfonso non sapeva più nulla.

25.

TSUNAMI 2004

Omar mi telefonò a metà dicembre. Disse che aveva bisogno di me. Se potevo andare a Barcellona al più presto. "Pablo è in coma," mi disse, e io guardai Penelope che era lì vicino.

"Dobbiamo andare a Barcellona," le comunicai. Lei, senza domandare nulla, salì a preparare il suo bagaglio.

Tirava un vento freddissimo, la buganvillea era solo una trama di foglie dolenti. Pablo e Omar erano arrivati come dèi, belli e giovani. Li avevo accolti come eroi mitologici, come una promessa di eternità. E ora anche quello che mi si era attaccato all'anima e al corpo, come la buganvillea, perdeva i colori, il fiato vitale. Nessuno era invincibile. Ma mentre così dicevo sentivo arrivare una nuova forza, sentivo un nuovo segnale. Sentivo il gracidare dell'allarme che sulle navi segnalava un'emergenza. Ero pronto. Sapevo che dovevo essere pronto: Omar aveva bisogno di me. Dovevo essere padre. Fermo, sicuro. Àncora e macigno. Dovevo cacciare il lupo, l'uomo nero, infiocinare la balena, il Male.

Il mattino dopo eravamo a Napoli e nel primo pomeriggio all'aeroporto di Barcellona. Omar era là ad aspettarci. Non si lasciò fare alcuna domanda che lo riguardasse. Diede solo un bacio sulla guancia a Penelope ma non si accorse, complice anche il cappottino blu che aveva comprato a Napoli, che era incinta. Si mise al volante e cominciò a parlare di Pablo. Diceva che da quando erano arrivati in Spagna Pablo era un altro, si sentiva spento, "consumato", diceva che non aveva voglia di dipingere né di dare avvio a qualsiasi altra attività. Dormiva molto. E quando si svegliava restava per un po' con le mani sulla testa, dentro i capelli, per poi uscire senza lavarsi con addosso sempre lo stesso golfone azzurrino di tre taglie più grande e i pantaloni di fustagno grigio chiaro. Usciva per saltare su una vecchia Honda Goldwing 1200 che aveva comprato appena arrivato. Un'occasione.

Una sera, raccontava Omar, gli aveva infilato una vecchia giacca a vento rossa, un casco in testa, ed erano volati a Tarragona. Sul Balcón del Mediterranei avevano aspettato l'alba senza scambiare una parola. Solo di tanto in tanto Pablo gli chiedeva se stava bene, se aveva freddo. E quelle corse in moto erano diventate un'abitudine, o forse, meglio – diceva Omar –, un rito del tramonto. Quando lui aveva smesso di accompagnarlo, Pablo ci andava da solo. Diceva Omar che l'ultima volta forse non aveva infilato neppure il casco. O forse non lo aveva più infilato. Diceva che tornava a tarda sera, con uno strano sorriso sulle labbra, che gli pareva un guerriero antico, un Achille tornato da un'ispezione a cavallo in attesa della battaglia del giorno dopo. In dicembre si bardava davvero come un soldato e continuava a uscire prima del tramonto, quindi sempre più presto, e a tornare sempre più tardi.

Percorreva ad altissima velocità la Ronda de Dalt e la Ronda del Mig. Avanti e indietro. Misurando i tempi. Talvolta sembrava il vecchio Pablo, ieratico e gentile. E del resto il rito delle corse al tramonto non era così rigorosamente rispettato. Aveva conosciuto una ragazza – e qui Omar aveva guardato nello specchietto retrovisore –, che di tanto in tanto veniva a trovarlo. Faceva l'attrice, sperava di lavorare con Almodóvar e Pablo la prendeva in giro.

"Parlava sempre di te," aveva aggiunto Omar guardando di nuovo nello specchietto, "anche quando c'era lei. Parlava del suo uccelletto siciliano."

Penelope era seduta dietro e non replicava, non chiedeva nulla. Stava rigida contro lo schienale con la borsa sulle ginoc-

chia, il cappottino chiuso sino all'ultimo bottone. I capelli erano un po' cresciuti ma gli occhi sembravano più grandi, e le occhiaie, le ombre sotto gli occhi, più nere, più fonde.

Omar infilò la Gran Vía de les Corts Catalanes, piegò per l'Avinguda del Parallel e parcheggiò nel Carrer de Manso. "La casa di Pablo è qui. Lasciate le vostre cose," aveva detto, ma Penelope era rimasta immobile dietro. "Andiamo subito," disse con un sorriso che parve screpolare le belle labbra rosa.

"Prendo un caffè con mio padre, aspetta qui," le disse Omar fin troppo bruscamente. E poi, mentre entravamo nel bar: "Perché hai portato anche lei?".

Non risposi.

"Non ce la farà," disse Omar. "Non vuole farcela."

Mi disse che stava cercando di mettersi in contatto con la famiglia di Pablo, della quale sapeva pochissimo.

Prendemmo il caffè in silenzio.

Penelope era uscita dall'auto e se ne stava appoggiata al cofano, il cappottino blu appena aperto.

Omar mi guardò e vidi nel suo sguardo interrogativo una piccola sospesa contentezza che confermai con un semplice cenno del capo e che il tempo dell'attraversamento della strada bastò a trasformare in risentito dolore. Se solo Pablo l'avesse saputo. Così provò a dire mio figlio quando arrivammo in ospedale e Penelope ci aveva preceduti nell'atrio, come sapesse esattamente dov'era diretta. "Se Pablo l'avesse saputo, non sarebbe cambiato nulla," feci io, e cercai di cingergli le spalle senza riuscirci.

Pablo era in terapia intensiva. Una vetrata ci divideva da lui. Si intravedeva appena, intubato, coperto da un lenzuolo verde, il cranio completamente rasato. E infatti Penelope disse soltanto: "I capelli...", e lo disse senza alcuna emozione o forse solo prima di qualsiasi emozione.

Poi chiese di essere lasciata lì. Un'infermiera portò una seggiola e lei sedette davanti al vetro, il cappottino abbandonato sullo schienale come un paio di ali inservibili.

Io non sapevo che fare, non sapevo perché ero lì ma ero convinto di doverci essere. "Portami fuori," chiesi, e Omar obbedì. Io ero lì per mio figlio, ma forse anche per Penelope, e infine anche per Pablo.

Scoprii che di Pablo Omar sapeva pochissimo. Sui suoi documenti si chiamava Paolo Maria Pallavicini Gómez de Mora. Omar disse che aveva provato a fare un certo numero telefonico che Pablo usava dicendo: "Adesso chiamo i miei," ma chi fossero questi "miei" non l'aveva mai capito.

Certamente a Barcellona viveva la madre. Insieme a dei cugini, sembrava. A quel numero telefonico comunque non rispondeva nessuno e Omar aveva desistito. Finalmente un amico della comunità di artisti, in verità molto presente al capezzale di Pablo, si era presentato in ospedale dicendo che aveva preso contatti con la famiglia. Era un omone barbuto che Omar conosceva solo di vista e che pareva sapere abbastanza del passato di Pablo. Fu tuttavia di poche parole. Su richiesta di Omar disse che Pablo, dopo la morte del padre, aveva rotto i ponti con quanto restava della famiglia spagnola. Che faceva visita con cadenze irregolari alla madre demente e all'avvocato che curava i suoi interessi. Omar non ricordava di averlo mai sentito parlare di quest'ultimo, ma della rendita che gli consentiva di vivere e viaggiare sì, e spesso, come fosse stata una cosa che in qualche modo gli pesava. L'omone barbuto disse che la famiglia aveva già mosso medici e specialisti e si sarebbero fatti vivi.

"Ti porto nel posto dove è successo," disse Pablo, e raggiungemmo in auto la collina di Montjuïc.

"Pablo ha preso la curva più lunga dell'Avinguda de l'Estadi come fosse una pista di lancio. Era già buio e davanti alla stazione delle funicolari ha evitato, o ha creduto di evitare, qualcosa o qualcuno: è uscito fuori strada proprio nello slargo della piscina municipale."

Anche noi eravamo arrivati lassù con l'ultima luce. La moto di Pablo era ancora sul ciglio della strada. Faceva molto fred-

do. Tirava vento nel parco e le foglie degli alberi viravano dal verde al nero.

"Sono già tornato tre volte, quassù," disse Omar, "non è un posto per morire. Ti pare un posto per morire? Qui le coppie vengono a baciarsi, non era mica una delle sue autostrade."

Omar tremava di freddo, aveva la faccia stanca e tirata, sembrava improvvisamente invecchiato. Per la seconda volta cercai un contatto fisico sospingendolo leggermente verso la macchina posteggiata come verso un riparo sicuro. Si voltò, gli occhi puntati nei miei, le labbra secche appena schiuse. "Diceva che si sentiva un mostro, un mostro non migliore dei mostri con cui continuava ad avere a che fare."

"Perché diceva così?" provai a domandare senza convinzione, ma intanto pensavo al montaggio di polaroid che mi aveva lasciato.

"Diceva così perché non aveva più voglia di nulla."

"Sapeva di te?" chiesi a bruciapelo.

"L'ha sempre saputo."

"Perché non ti ha aiutato?"

"Che ne sai? La mamma era con lui che parlava..."

Ero indispettito. Non era il momento, lo sapevo, ma mi sentivo escluso. Escluso per essermi escluso, ed escluso per essere stato lasciato fuori.

"Ma cos'era," dissi con un tono leggermente alterato, "cos'era per te questo Pablo?"

"Non hai diritto di chiederlo in questo modo," disse Omar, e si mise al volante.

Poco più avanti, scendendo verso Plaça de Espanya riprese con lo stesso tono risentito: "Tu pensi che io sia succube, forse addirittura che gli ho dato il culo". Piangeva. "Nulla di tutto ciò, Marinaio."

Perché non mi chiamava papà? Perché?

"E comunque," continuò, "c'è ancora. È vivo."

Quante volte me la dico adesso quella frase, "È vivo," e mi sembra che dicendola mio figlio possa durare ancora, e ancora, e ancora. Ma mentre la dico mi muore un po'. Capita, come adesso, che all'alba io lo senta tossire e mi prepari a un segnale. Ma segnali sono diventati anche certi clacson baritonali che arrivano dall'autostrada, laggiù. O certe nubi che cerchiano la testa del Vesuvio. O il vento dal mare, quand'è cattivo, freddo, e sporco. Sono sempre pronto a chiamare Rosa e lei sa che deve tenersi pronta quando Omar sta con me. Una notte è rimasta a dormire qui a Portici, perché aveva cominciato a piovere e aveva l'auto con una gomma a terra. Aveva dormito con me. Ci eravamo anche dati una castissima carezza. Si era svegliata molto presto e se n'era andata senza far rumore dopo aver cambiato da sola la gomma bucata. Io mi ero svegliato sentendo ancora il caldo del suo corpo e avevo pensato a Régine.

Adesso aspetto. Con umiltà. Quasi con severità.

Tutte quelle anime che il mare si è portato via. Il Vesuvio è appena cosparso di neve. Da qui fa impressione. C'è in noi, c'è nelle nostre viscere, un trauma storico e ora la catastrofe è – così direbbe Omar – un segno distintivo della nostra identità profonda. Tutti i morti di Pompei ed Ercolano sono con noi. Tanto più in questi giorni di gente spazzata via, in un istante, dall'oceano.

Nei giorni di Barcellona sentivo di essere arrivato a un punto di non ritorno. Avevo perso tanta della mia "chiacchiera". Non avevo voglia di parlare. Ero in mezzo ai giovani e sentivo un lutto senza tango, senza musica, senza nulla. Volevo vedere e ascoltare.

Qualcosa stava cambiando. Credevo di aver cambiato tante volte nella vita, ma questa volta sarebbe successo qualcosa di più forte. Non sapevo ancora come, però sarebbe accaduto. Omar mi spiava. Mi aveva chiamato lì perché il suo grande amico stava morendo. Ma forse era lui che si sentiva morire. Io non ave-

vo il coraggio di chiedergli niente della sua malattia, mi accontentavo di quello che avevo saputo da Rosa e anche ora la chiamavo senza che lui se ne accorgesse. Rosa capiva. Rosa era una gran donna. "Non fare niente," diceva, "non esagerare." Mi conosceva bene.

Anche Maddalena mi aveva chiamato. Aveva riaperto il bar per Natale ma di tanto in tanto dava un occhio alla casa di Ficogrande, dove qualche buon solvente era rimasto malgrado la mia assenza.

Stromboli era lontanissima da lì.

Penelope stava quanto più possibile in ospedale. La sera del primo giorno non volle neppure mangiare, ma preparò qualcosa per noi. Si affaccendava nelle due stanze di Ronda de Sant Pau cercando di mettere ordine. Trovava come una cieca tutto ciò che apparteneva a Pablo senza bisogno di chiedere. Una maglia, un paio di scarpe, un cappelletto. Le camicie le infilò in lavatrice. I maglioni li immerse in un bacile di plastica. Lavava, spazzava, e di tanto in tanto spiava dalla finestra le luci nel buio.

Eravamo in una grande città, ma in pochissimo tempo Penelope era riuscita a comprimere l'esistenza di noi tutti fra l'ospedale dove saremmo andati ogni giorno e la casa di Ronda de Sant Pau. Non c'era altro. Anche la lingua non era un ostacolo per lei. Semplicemente e senza ansia imparava quello che poteva.

In ospedale si era fatta subito benvolere da medici e personale sanitario. Non c'era stato bisogno di spiegare alcunché. Era una giovane donna incinta. Io le avevo comprato una grammatica spagnola: lei leggeva e ripeteva. Quando sedeva sulla sua seggiola di fianco a Pablo, scriveva su un quadernetto frasi che poi sottoponeva alle infermiere. Loro sorridevano. Qualcuna si commuoveva. Erano tutte frasi d'amore. Frasi per quando Pablo si sarebbe svegliato. Omar e io le portavamo da mangiare. Quando non restavamo a farle compagnia, Omar tornava a casa a riposare e io vagavo per la città, su e giù per i chilometri di avingudas o giù ai moli, tristemente turistici.

Questa casa di Portici non è niente di speciale. A nord abbiamo tutta la Napoli industriale: fabbriche, gasometri, silos, officine dismesse, edifici accatastati l'uno a fianco dell'altro che improvvisamente diradano e lasciano spazio al declivio ancora verde compreso fra le pendici del vulcano e l'autostrada. Ci sono anche palazzi antichi nelle vicinanze, residenze di campagna protette dagli ombrelli di poderosi pini marittimi. La nostra casa è recente, molto recente, ma a vederla da fuori è già un edificio degradato. Come potrebbe non esserlo in un posto come questo? Qui nulla si salva. Qui nulla si salverà. Ma per fortuna noi viviamo chiusi dentro, siamo dei reclusi.

A Barcellona la vera reclusa era Penelope. Di tanto in tanto arrivava un amico di Pablo e Penelope si ritirava altrove. Scendeva a prendere un caffè o a fare quattro passi nel cortile dell'ospedale. Si fermava davanti alle bacheche dei reparti e metteva alla prova il suo spagnolo. Confrontava parole sul dizionarietto e verificava le differenze fra catalano e castigliano. Omar le aveva detto che il padre di Pablo aveva origini andaluse.

Una sera Omar ricevette una telefonata che – era evidente – l'aveva turbato. Non osai interrogarlo. Dopo Stromboli, dopo la lettera, dopo averlo saputo chiuso dentro la sua attesa di morte, non osavo far nulla. Mi limitavo al necessario. Avevo accolto il suo drammatico invito a raggiungerlo come un messaggio importante che tuttavia, in sua presenza, non avevo il coraggio di approfondire. E, come a Stromboli, lui faceva di tutto per tenermi a distanza. Mi voleva testimone, ma niente di più. Fu lui comunque, un bicchiere di vino chiuso nel palmo delle mani, a bofonchiare che la notizia dell'incidente era arrivata a una cugina della madre demente che di quest'ultima si occupava. "Non è più in sé," precisò Omar, e quella formula suonò strana in bocca a lui. Dovevo aver risposto con la faccia di chi non ha capito e lui continuò: "Ha passato anni in una clinica, mi ha detto una volta Pablo, e da certe sue altre allusioni avevo capito che ora vive con dei parenti. Lui di tanto in tanto, molto di rado, andava a visitarla".

Non sapevamo dunque di che forma di assenza o follia soffrisse questa donna, ma era evidente che avesse in qualche modo reagito alla notizia che il figlio era in pericolo di vita in un ospedale. Altrimenti perché portarla, come la cugina si preparava a fare?

Il giorno in cui arrivò la madre di Pablo, Penelope rimase dov'era. Si limitò a levarsi in piedi e a cercarsi un angolo nell'atrio davanti alla terapia intensiva.

Era alta e possente, la madre di Pablo. Incuteva subito rispetto. Un'antica e fiera bellezza affiorava dai tratti netti del volto, dalle labbra morbidissime, dall'incedere educato e sicuro. Avanzava dentro una pelliccia di astrakan nero, accompagnata da due donne piccole piccole che parevano molto comprese del ruolo, guardinghe e severe.

Omar e io eravamo dall'altro lato della sala, di fronte a Penelope.

La madre di Pablo si fermò, si sciolse un foulard di pizzo nero e si levò i guanti, con gesti calmi, eleganti. Una delle due accompagnatrici raccolse foulard e guanti come avrebbe fatto con una regina.

"Dov'è il mio Paolo?" disse la donna ad alta voce e in italiano, fingendo di cercarlo con lo sguardo. Le accompagnatrici parlottavano in spagnolo e puntavano il dito oltre la vetrata della terapia intensiva.

"Il mio Paolo non abita qui, mi avete ingannato," continuò la madre senza tradire alcun turbamento. "Come sempre." E girò su se stessa.

A quel punto mi feci avanti io: mi presentai come padre di un amico di Pablo e sentii gli occhi azzurrissimi della donna liquefarsi in uno sguardo di accorata aggressione: "Lei dunque sa dov'è Paolo Maria?". Le sue piccole accompagnatrici si agitavano e mi facevano segno di desistere, ma io offrii il braccio alla signora e l'accompagnai davanti al vetro. Lei mi guardò,

guardò il figlio, tornò a guardare me: "Non si può sopravvivere ai propri figli. È peccato". Mise le mani sul vetro e vi appoggiò la fronte. "È sempre stato troppo bello. Come si fa a vivere con tanta bellezza addosso?" A quel punto voltò la faccia verso di me con gli occhi chiusi e disse con un filo di voce: "Voglio baciarlo". E di seguito: "Voglio baciarlo? No, non voglio. Sta tanto bene così". La allontanai con gentilezza dalla vetrata e la ricondussi alle sue accompagnatrici che, nel frattempo, si erano fermate a parlare con Omar. Ci salutammo e quando le tre donne arrivarono alla porta d'ingresso sentii distintamente che la madre di Pablo chiedeva seccata: "Perché mi avete portato qui? Lo sapevo che non dovevo fidarmi".

Penelope non si era mai avvicinata, era rimasta là dov'era, stringendosi dentro il cappottino blu.

Dov'è andata l'estate di Giugno Picasso? Ho ancora in mente il saluto di Annabella mentre si allontana dalla casa di Ficogrande insieme a Maurizio. Da quanto tempo aveva capito che il suo grande progetto le avrebbe schierato contro tanti nemici? O meglio, da quanto tempo aveva deciso che sarebbe andata avanti a tutti i costi? Era davvero convinta di poter dare una mano a chi aveva perso la strada come l'aveva persa lei? Quando a Lipari forzarono la mia cassetta di sicurezza con i documenti di suo padre, ebbi la tentazione di costringere il fratello Luca a desistere, qualunque cosa avesse avuto in mente. Annabella era finita in un cul-de-sac e, come mi era stato detto, l'unica cosa che potevo fare davvero era far desistere lei dall'esporsi come stava facendo. Io volevo chiudere i conti con Luca Condrò. Scrissi una lettera, che rimase senza risposta. Del resto, ormai il mio pensiero fisso era Omar.

Poco prima della sua chiamata a Barcellona mi arrivò una copia della rivista "New Glam" sul quale era stato pubblicato il pezzo di Arianna. Fra golosi dettagli sulla "pensione di don Alfonso" – "la casa dei buoni solventi" veniva chiamata –, spiccava un *box piuttosto ampio sulla recente scomparsa di una delle sue più assidue frequentatrici, la scrittrice anglo-canadese Régine ***, in Italia dimenticata da editori e critici. Mi viene in mente l'articolo – in una foto si intravedeva di spalle Pablo – perché qualche mese fa Arianna si è vista spesso, in tv e sulla stampa, salire insieme al marito su auto blu, entrare in tribunali, uscire da locali braccata dai giornalisti. Infine, dei curatori erano stati chiamati a "studiare" i bilanci delle aziende in cui il marito era coinvolto. Ne è venuto fuori uno scandalo che, come altri, è stato comparato allo scandalo americano della Enron. Arianna lo sapeva. La "bellissima moglie" la chiamano i giornali. E in un'intervista in tv lei aveva cominciato dicendo: "Sono la bellissima moglie, proprio lei, e ho goduto tutti i privilegi di esserlo, ma per parte mia ho sempre lavorato come giornalista...".*

Omar non commentava. Disse che una volta in barca aveva fatto finta di sedurlo, ma aveva concluso dicendo che preferiva me. Non era vero, dissi a Omar, e avevo ben ragione di pensarlo.

A Barcellona le giornate erano segnate da una sorta di rigida ritualità. Sveglia all'alba. Dopo aver preparato la colazione, Penelope scendeva a fare un po' di spesa, Omar si prendeva la temperatura e la segnava su un foglio che non mostrava a nessuno, io davo una mano a mettere in ordine le due stanze e fumavo una sigaretta sul balcone. C'era gente in strada sin dal mattino presto, i camioncini con la merce si fermavano per le operazioni di scarico davanti ai locali e ai negozi, le donne si muovevano con le loro borse e il traffico aumentava di minuto in minuto. Dopo anni di Stromboli, quella scena mi faceva tornare con la memoria nella Napoli in cui ero cresciuto, anche se Barcellona era città più elegante, più borghese.

Poi all'ospedale, con la speranza o l'angoscia che ogni mattina fosse quella decisiva: fuori dal coma, oltre il coma. I medici erano molto cauti e ogni volta che mostravano cartelle clini-

che o osavano previsioni non potevo non pensare a Omar che era lì, attento, concentrato. Che cosa si aspettava?

L'omone barbuto veniva con regolarità. Scambiava qualche parola con i medici, salutava Penelope con una grazia virile un po' antica, si raccomandava a Omar per qualsiasi novità.

In certe ore della giornata lasciavamo Penelope sulla sua seggiola e uscivamo: Omar tornava a casa dove riposava e io, che covavo ancora una sorta di invincibile imbarazzo nei confronti della sua malattia, mi perdevo in lunghi vagabondaggi per la città, nella scacchiera dell'Eixample, lungo la Gran Vía, su per il Passeig de Sant Joan fino al Parc Güell e al Tibidabo. Camminavo finché mi dolevano le gambe e soprattutto finché i chilometri che macinavo al freddo, spesso anche sotto una antipatica pioggerella invernale, mi confondevano i pensieri. Mi sedevo in un bar e me ne stavo a lungo davanti a una cerveza, magari senza bere, contemplando il traffico fuori, la gente che passava, entrava, parlava. Cos'ero venuto a fare a Barcellona? Un ragazzo che avevo abbracciato nel buio stava morendo e un altro avrebbe potuto cominciare a morire di lì a poco. Così non andava. Qualcosa doveva accadere. Sentivo gli zoccoli di Pablo nella testa, rivedevo come in un incubo i suoi Mostri, riascoltavo il piacere che aveva strappato ad Arianna quella notte: tutta l'estate assumeva attraverso Pablo una misteriosa tonalità rossastra. Régine si era uccisa. Aveva vendicato la morte di Brian. Perché mi era venuto in mente "vendicato"? Perché? Anche adesso faccio fatica a darne ragione. Eppure allora dovetti alzarmi, pagare la birra non consumata e correre fuori, raggiungere l'ospedale con un taxi, sperare di trovarvi Omar.

Mi venne incontro Penelope. C'era un piccolo fuoco nei suoi occhi. Pablo era uscito dal coma. Non glielo avevano lasciato avvicinare, ma aveva aperto gli occhi. Nessuna vera certezza, avevano detto, ma era pur sempre qualcosa. Omar fu il primo a entrare, bardato secondo le norme in sala di rianimazione. Strinse la mano dell'amico che usciva dal lenzuolo e si allontanò. Poi entrai io. Con cautela. Non sapevo neppure se mi avrebbe riconosciuto. Sollevò le palpebre e mi parve sorridere, per quanto si possa sorridere con la bocca deformata dal tubo del respiratore e dal sondino nasogastrico. La sua era la bellezza stanca dell'eroe che non è già più di questa terra. Il cranio rasato gli conferiva l'autorità del monaco, del mistico. Gli dissi che di là c'era Penelope, se avesse provato a piegare il capo verso sinistra l'avrebbe vista. Lo fece e Penelope mosse appena la mano. Lui fece lo stesso levando con fatica la sua. Per la prima volta Penelope, di là dai vetri, scoppiò a piangere fra le braccia di Omar.

Passammo i pochi giorni che mancavano al Natale in una nuova attesa, fra rassegnazione e speranza. Il 25 invitai Omar a La Venta, un ristorante vicino alla Funivia del Tibidabo. Penelope non si schiodava dall'ospedale ed entrava regolarmente bardatissima a contemplare Pablo da vicino. Barcellona era sotto di noi, dalle vetrate entrava una luce fredda, come se il sole illuminasse la lastra uniforme e bianca del cielo.

Mentre consumavamo il nostro pranzo non smettevo di spiare mio figlio: mi sembrava che di tanto in tanto faticasse a respirare, mi sembrava sempre più magro, mi sembrava segnato sotto gli occhi da occhiaie minacciose.

Avrei voluto uscire presto dal corso obbligato della conversazione – Pablo, Penelope, cosa sarebbe accaduto il giorno appresso –, ma fu lui il primo a cominciare: "Cosa è accaduto quest'estate a Stromboli?".

Mi sentii preso in contropiede. Cosa intendeva? Cos'era accaduto fra me e lui? fra me e Pablo? fra me e Régine? O forse semplicemente voleva che riassumessi tutta la nostra vicenda? Restai zitto troppo a lungo.

"Non ne vuoi parlare," disse.

"Di cosa?"

"Ti è sembrata un'estate normale?"

"Sei venuto," dissi come se stessi parlando con la voce di un altro, "sei venuto per dirmi che eri malato e non me lo hai detto."

Adesso eravamo entrambi allo scoperto.

"Tu non sei mai stato il padre da cui ci si aspetta un miracolo."

"Non essere crudele, non ce n'è bisogno."

"Non hai mai letto la lettera."

"Questo non ha nulla a che fare con te. Non ho letto una lettera di tua madre."

"Cosa è successo a Stromboli? C'è qualcosa che non capisco." Io restai in silenzio. "Sono venuto con Pablo," riprese Omar, "perché lui avrebbe dovuto aiutarmi..." Non sapeva come continuare.

"Aiutarti?" chiesi.

"Ero stufo di mettermi al servizio del tuo baraccone..." Cercava di provocarmi, ma voleva anche essere messo alle strette e io non avevo strumenti. Mi venne la tentazione di raccontargli l'abbraccio notturno.

"Pablo ha capito molte cose," provai a dire.

Omar aveva un'aria di sfida e io stavo cercando di essere all'altezza di quella sfida. Che cos'era stato quell'incontro di notte? Non lo sapevo neanch'io. Perché avrei dovuto rovesciargli addosso il mio sgomento? In realtà volevo solo ingelosirlo. Ma di cosa? Ma per cosa? Impugnava una spada in quel momento, voleva colpire ma era disperatamente piccolo. Passai dalla sfida allo struggimento. Cercai un tono conciliante.

"È stata un'estate importante. Purtroppo nulla sarà più com'è stato," dissi, ma sapevo di non andare da nessuna parte.

Lui mi scrutava, come cercasse la parte scoperta. La malattia non c'entrava. Io avevo tradito chissà quando, chissà come e dovevo pagare.

"Che ridicola compagnia, quella della tua casa a Stromboli..."

"Basta," urlai picchiando il palmo della mano sul tavolo, "ti stai dimenticando di Régine, ti stai comportando come un bambino."

Omar scattò in piedi e io mi alzai a mia volta. "Buon Natale," disse, e uscì.

Restai a lungo al tavolo del ristorante, da solo, con un cameriere gentilissimo che di tanto in tanto passava a chiedermi se avevo bisogno di qualcosa.

Pablo rientrò in coma il 27 dicembre e Omar si trasferì nello studio di Pablo, nei pressi dell'università, a un quarto d'ora di strada dalla Ronda de Sant Pau. I medici si limitarono a sottolineare che entrare o uscire dal coma non rappresentava di per sé un peggioramento o un miglioramento decisivo. Bisognava aspettare. Penelope aveva per così dire perso intensità, però non si era spenta. Vigilava. Vigilava sul ragazzo che amava, e soprattutto sul sentimento che a lui la legava. Non era in gioco l'averlo accanto o meno, ma il saperlo vivo.

Volle visitare lo studio di Pablo dove ora Omar dormiva. Ci andammo assieme. Non era uno spazio molto vasto. Qualcosa di appena più grande di un garage. I vasetti dei colori erano disposti su una serie di mensole alte. A terra, c'era una serie di scatoloni da imballaggio pieni di carta. Carta da pacchi, giornali, manifesti piegati, scatole da scarpe, cartoncini colorati, come se Pablo avesse cercato diverse grammature, pesantezze, spessori. La parete a cui era appoggiato il divano che era diventato il letto di Omar era completamente ricoperta di polaroid trattate e in mezzo a queste, talora sopra, in un accalcarsi convulso di immagini, alcune foto di medie dimensioni: ritratti, gruppi, profili. Nella più grande compariva Pablo insieme a un uomo sorridente, più piccolo, e grassoccio. "Raymond Hains l'affichiste" c'era scritto sopra con un pennarello rosso.

Omar fece sedere Penelope. Lei si guardava intorno e le veniva da ridere. L'arte di Pablo, come già a Stromboli nello studio di Martin, la metteva di buon umore.

Io continuavo a spiare mio figlio. Se n'era andato senza spiegare. A Penelope aveva detto che avremmo avuto più spazio. Si muoveva con qualche fatica, talvolta. Dove avevo ancora sbagliato? Ero venuto a Barcellona per cosa?

Telefonai a Rosa. Mi disse di aver pazienza, di non perderlo di vista, di non accettare provocazioni. Mia moglie, scoprivo di punto in bianco, mi conosceva sin troppo bene, ma soprattutto stava costruendo qualcosa intorno al figlio che sentiva condannato. Attraverso lei, capivo che diventavo sempre più importante per Omar.

Tutto il resto accadde con una rapidità che solo ora, a due anni di distanza, riesco a misurare. Il 30 a Stromboli era accaduto l'inferno. Dalla Sciara del Fuoco erano scivolati a mare due costoni di colate consolidate, roccia e depositi lavici. Il secondo – la cubatura di un palazzo di sessanta piani – aveva alzato un'onda alta dieci metri che si era riversata in silenzio sull'isola. Scari e Ficogrande erano state travolte dal maremoto. Mi chiamò Maddalena poco prima di mezzogiorno. Era appena accaduto. Era sconvolta, piangeva. L'inferno era arrivato in silenzio. Era saltata due volte la luce elettrica, il mare era quasi calmo. Il cielo azzurro. L'onda si era caricata in silenzio. A Scari aveva portato via barche e altro materiale lasciato sulla spiaggia. L'acqua era arrivata oltre le prime case. A Ficogrande il mare era entrato nei piani bassi delle case, fracassando e trascinando indietro tutto ciò che non opponeva resistenza. I miei due ospiti non avevano subìto ingiuria, ma dovettero trovare rifugio in albergo. Una nuvola grigia di ceneri, torbida, muscolosa, s'era levata sopra San Vincenzo. La sera diedero la notizia alla tv ispanica.

Passammo tutti e tre la notte nello studio di Pablo in silenzio, svegli. Anche perché Pablo si era ulteriormente aggravato e aspettavamo la mattina per tornare in ospedale. Era ancora buio quando entrammo nel reparto: c'era anche l'omone barbuto e una delle due donnine che aveva accompagnato la madre di Pablo, la cugina.

Aveva smesso di respirare mezz'ora prima. Ci avevano chiamato al numero fisso di Ronda de Sant Pau senza provare al cellulare.

Omar si rese conto che Penelope ci stava in qualche modo sfuggendo. Chiese di entrare nella stanza, chiese alla cugina di potersi occupare del corpo quando sarebbe arrivato il momento e per la prima volta disse che portava in grembo un figlio di Pablo.

Era piccola. Si slacciò il cappottino blu, scostò il lenzuolo verde che copriva il corpo di Pablo e gli accarezzò a lungo il volto, il cranio rasato, il collo. Poi prese a piangere copiosamente e senza rumore. Quando Omar cercò di allontanarla da lì, molto più tardi e su sollecitazione del personale sanitario, lei spinse indietro la mano cacciando via l'aria, via via via. Non doveva esserci niente, nessuno dietro di lei, nulla che le impedisse di far compagnia a quel corpo abbandonato dalla vita. Le lasciarono del tempo, ma lei era pronta a esigerne di più. Dovettero intervenire e allora cominciò a mugolare, sempre più forte, sempre più forte. Fu sdraiata su un letto e sedata, ma continuò a emettere un suono flebile e persistente, da uccelletto.

Fuori, Barcellona si preparava a festeggiare l'ultimo giorno dell'anno.

Eravamo tre anime allo sbando. Delle esequie di Pablo si sarebbe occupata la famiglia. In ospedale non avevamo altro da fare e cominciammo a vagare per la città in festa. Quando tornammo a casa in Ronda de Sant Pau, era quasi sera. Penelope si infilò nel letto assorta in pensieri suoi, non voleva mangiare, non voleva parlare.

Omar bofonchiò che sarebbe tornato allo studio di Pablo.

"Vuoi che venga con te?"

"No."

"Di cosa hai bisogno?"

"Di niente."

"Non voglio che resti solo."

"Non importa."

"Stai male?"

"No."

"Hai la febbre?"

"No."

Non reagiva. Si limitava a negare. E più negava, più mi sentivo impotente, e lui voleva che io mi sentissi impotente. Incapace di qualsiasi cosa.

"Omar!" gridai.

"Cosa c'è?" fece lui quasi sottovoce.

"C'è che non lo accetto!"

"Fai come credi, io esco."

"Tu resti qui!" urlai fuori di me.

"No."

"Omar!" Lo presi per la manica del giubbotto nero.

"Lasciami," disse lui con occhi liquidi e febbricitanti. E io lo lasciai.

Restai in cucina, girando intorno al tavolo come un topo in gabbia. Dovevo fare qualcosa.

Mi richiamò Maddalena. L'isola era stata evacuata. Non avevo idea della desolazione. L'attività del vulcano continuava e ci si aspettavano nuovi crolli, magari una nuova onda anomala.

Lei era rimasta. Non voleva muoversi.

Non trovavano più Sanguepazzo. Forse si era nascosto. Forse era nel numero degli evacuati, ma poi non si erano più occupati di lui e chissà dov'era finito.

Mi occupai invece dei miei ospiti. Chiamai. Mi dissero come se l'erano cavata, lo spavento, la fuga.

"Il vulcano," aveva detto Maddalena, "gli basta così poco per cancellarci tutti. Noi qui l'abbiamo sempre saputo."

Il vulcano, pensavo allora, mentre Barcellona cominciava a rovesciarsi per le strade, ha cancellato un altro segmento della mia vita. Devo ricominciare. È giusto ricominciare. O finire. Come aveva fatto Régine. Pensare a Régine mi strappò un lamento. Cos'era successo fra lei e Pablo che l'aveva devastata co-

sì? Pablo era entrato nelle nostre vite e non aveva lasciato nulla di intatto. Ora, anche morendo, continuava a colpire. Omar aveva portato un dono, come avevo scritto durante l'estate, ma dal dono erano usciti mostri, mostri, mostri. Era la sua bellezza il dono mostruoso? Una volta Pablo aveva detto che la bellezza non doveva essere come il duomo di Monreale – che aveva visto da poco –, una perla intorno alla quale si era accatastato l'orrore edilizio, l'orrore del cattivo gusto, l'orrore e basta. Bisognava distruggerlo il duomo di Monreale, se il resto non si poteva più cancellare, e forse il deserto, la maceria, l'assenza avrebbero cantato più forte. Così aveva detto. Avrebbero cantato più forte. E allora adesso lui era morto. Si era stancato. Si era consumato. Giugno Picasso non c'era più.

Dissi a Penelope di aspettarmi e scesi giù in strada. Raggiunsi lo studio di Pablo. La porta era aperta, la luce accesa, ma Omar non c'era. C'era l'omone barbuto che era venuto a fare un sopralluogo per conto della famiglia. Sì, l'aveva incontrato il giovane Omar. Gli aveva detto che stava male, del resto si vedeva. Avrebbe voluto aiutarlo, ma lui aveva rifiutato ed era uscito. L'omone era sicuro che avrebbe raggiunto me, suo padre, da qualche parte. Non l'aveva fatto.

Corsi d'istinto all'ospedale di Pablo. No, non c'era né era stato ricoverato in un altro reparto. Dove poteva essere andato? Chiamai Penelope a casa, ma nulla, non c'era. Mi gettai nella confusione della festa. Spiavo in tutti i bar. Cercavo le sue fattezze nelle figure che cominciavano ad abbandonarsi ubriache per terra. Veniva musica dappertutto. E anche nelle piazze, sulle Ramblas e in ogni angolo, c'erano bande, percussionisti, trombettisti. Che cosa avevano da ridere da gridare da cantare? Pensavo a Stromboli distrutta dal maremoto, a mio figlio che non trovavo, a Régine, e nulla di tutto ciò si accordava all'aria di spensieratezza che ammorbava la città. Attraverso le vetrine dei locali si vedevano gente e cibo, bicchieri che si riempivano e visi che cercavano di essere all'altezza della serata. Era tutto falso, perché tutto faceva barriera contro di me. Quante volte avevo cercato nei porti, e con ben maggior determinazione, quell'oblio vorace e quasi cattivo. Dentro il corpo di una donna, dentro l'alcol, dentro una musica che mi assordava. Marear, marear, marear... perdere il bandolo, ubriacarsi, soffrire il mal di mare. Lì la gente non faceva che perdersi. E io con loro.

Nelle strade strette nel Barri Gòtic ci si muoveva a stento. Mi arrivavano zaffate di profumi forti, calore di fiati, afrori. Di tanto in tanto, un volto emergeva dal caos e vedevo la smorfia di una risata, il dilatarsi della pelle di una faccia, il candore di una spalla che emergeva da una pelliccia sfilata all'ingresso di un locale, il borbottare di una lagnosa compagna, l'occhio sgranato di ragazzi che potevano somigliare al mio Omar ma non erano lui. "Donde vas?" mi sentii chiedere mentre una mano mi artigliava la spalla. "Sono italiano," risposi suscitando ilarità. E poi "Italiano, italiano," mi chiamava una voce femminile profonda, sensuale. Quante volte l'avevo sentita, quella voce. Altrove. In un'altra vita. Mi lasciai trascinare in un androne buio. Era una donna matura. Aveva bevuto. Mi baciò quasi mordendomi e io risposi cercandole la lingua. Poco più in là passava la festa, cadevano luci, si aprivano e si chiudevano canzoni. Lì dentro mi sbranava una donna e io la stringevo come dovessi ucciderla, la schiacciavo contro il muro e mi piaceva. Mi implorava di lasciarla adesso, che stava male, e io sparii di nuovo nella folla. Dovevo trovare Omar. La vidi piegarsi e vomitare. Dovevo trovarlo e non avevo nessuna pista.

Poi all'improvviso un'illuminazione. Mi aprii un varco, trovai spazio verso quella che mi sembrava una strada non invasa dai passanti. In via Laietana intravidi un taxi, lo inseguii, mi attaccai al finestrino perché quello non mi dava retta né voleva fermarsi. Lo pregai di lasciarmi salire, che era una questione di vita e di morte. Piuttosto che accendere la sua attenzione destai il suo terrore e continuava a procedere, lentamente ma senza fermarsi. Dissi: "Mio figlio". Frenò.

Mi feci portare a Montjuïc. In Plaça de Espanya non si poteva proseguire. Pagai e continuai a piedi, correndo.

Lo trovai là dove la moto di Pablo era andata a schiantarsi e ora c'era una macchia di benzina. Seduto per terra. Respirava a fatica. Sopra Barcellona i fuochi d'artificio squartavano la notte e noi stavamo l'uno di fronte all'altro.

"Papà, aiutami!" gridò Omar mentre le auto strombazzavano stonate correndo giù per l'Avinguda de l'Estadi. "Aiutami, aiutami." Sentii le braccia che si tendevano da sole precedendo ogni altra azione, ogni parola. Le mie braccia andavano nel buio verso mio figlio e lo raccoglievano prima che precipitasse nell'abisso. Non avevo altro che braccia in quel momento, ma mi ascoltai recitare quella che non poteva altro essere che preghiera. "Ti aiuterò, ti salverò, non avere più paura. Sarò al tuo fianco. Caccerò il male. Sedurrò il male. Prenderò il male per il collo. Omar, Omar, Omar."

Allora lo strinsi e sentii la stretta sensuale di poco prima dentro l'androne illuminarsi in questa, e ogni abbraccio finire dentro questo abbraccio. Sentivo le ossa la carne, sentivo la consistenza di un giovane uomo che voleva la mia pietà, tutta la pietà che l'amore può domandare. "Non aver paura," ripetevo, e Omar mi si abbandonava più di un bambino, più di una donna, più del suo amico Pablo.

Stromboli era distrutta. Era come sentissi il mare cattivo arrivare fino a lì, ma non ci avrebbe portato via.

E ora di nuovo il mare è stato violento e feroce. Quasi esattamente due anni dopo. Arrivano le prime interviste. Partono gli aiuti, ma nessuno sa come sarà possibile muoversi nelle macerie e nel fango che hanno cambiato la fisionomia delle coste, seppellito villaggi, ucciso, cancellato.

Omar guarda i tg e si addormenta. Quanto dureranno questi suoi sonni?

Ho preso una decisione. L'ho presa allora, stringendolo forte. Che vivrò accanto a mio figlio sino alla fine. Per scacciare la fine. Ho trovato questa casa sulle pendici del Vesuvio per non essere troppo lontano dalla città e da sua madre. Lui ci si è trasferito volentieri. Sono suo padre, il suo infermiere, il suo capitano. Questa volta la nave è mia. Possiamo fermarci quando vogliamo. Ma stiamo andando avanti.

Dopo essere tornata a Milano dai fratelli, Penelope aveva partorito un bel bambino. Régine le aveva lasciato lo sfruttamento dei diritti d'autore dei suoi libri. Qualcosa ebbe anche dalla famiglia di Pablo, che però non aveva riconosciuto il figlio.

Ai funerali la madre di Pablo aveva voluto avvicinarla. L'aveva delicatamente abbracciata e in un orecchio le aveva sussurrato: "Paolo è sempre stato un bambino triste, occupatene tu adesso".

Ora vive a Ficogrande, con due fratelli e il piccolo Paolo. Se la cava bene. Si limita ad affittare le stanze. Io non ho più voluto tornarci. Mi piace che ci sia Penelope. Nel dicembre del 2003 è uscito in Francia il romanzo che Régine è venuta scrivendo nell'ultima estate, La neve ritorna *l'ha chiamato, e ha messo assieme le sue due vite. Si è anche guardata morire, cose che possono fare solo i grandi artisti. E ora sono stati ripubblicati i suoi primi romanzi. In Europa e in America. La vera fama, ahimè, viene sempre dopo – Régine lo sapeva –, quando le opere dicono addio a chi le ha scritte e lasciano che sia il vento del mondo a portarle in giro, luminose e sole, come polveri di storie.*

Ho detto a Omar che sarei rimasto sino alla fine. Ma questa "fine" si allontana. Intorno a noi c'è un paese che va in pezzi, ma noi siamo qui. Non avrei mai pensato di saper ricominciare. Invece si può. Si può. Tra le carte lasciate da Pablo a Omar c'era una lettera che ogni tanto leggiamo assieme:

"Prima o poi succederà. Corro troppo. Ma soprattutto ho corso troppo fino a ora. L'estate di Stromboli mi ha insegnato a finire. Molti dovrebbero farlo. Non viviamo in un mondo che vale la pena di tollerare. Qualcuno deve farlo. Altri no. Ricordati sempre il duomo di Monreale, come ci siamo arrivati, in che silenzio. Non è per l'opera d'arte in sé. Quel duomo ha già parlato per secoli. Anche lui può finire. Quello che non può fare è starsene silenzioso là dentro, in quel labirinto del degrado civile. Che si spenga. Che soffochi. Forse esagero, perché in questo momento forse vorrei che il mondo cadesse in uno spettrale silenzio e si potesse ricominciare da capo. Sono ingiusto. Sono stanco. Devo abbandonarvi. Un abbraccio a te, Omar. Proteggi tuo padre. Proteggi Penelope. E fate che almeno viva mio figlio".

Lo sapeva, quel figlio di puttana. Lo sapeva. Guardo verso il Vesuvio, le nubi che ne accarezzano la cima. Sento il friggere delle ruote sull'autostrada. Stasera viene Rosa. Devo preparare del buon pesce, bisogna che mi sbrighi.

Ringraziamenti

Ringrazio Alberto Rollo che a questa storia ha voluto bene.

Ringrazio Giovanna Salvia che ha lavorato sulla lingua e sui dialetti perché tutto suonasse credibile e corretto, Enrica Negri per la consulenza artistica sulla pittura americana e inglese, Erminio Risso per alcuni suggerimenti su mare e marinai, e Paola D'Agostino.

Si citano il *Manuale per le maestranze marittime* del comandante Salvatore Puglionisi (Roma 1947) e, indirettamente, *Terrore dal mare* di William Langewiesche (Milano 2005).

Entrano in questa storia echi di *Teorema* di Pier Paolo Pasolini e di *Stromboli* di Roberto Rossellini.

INDICE

Stampa Grafica Sipiel
Milano, maggio 2006